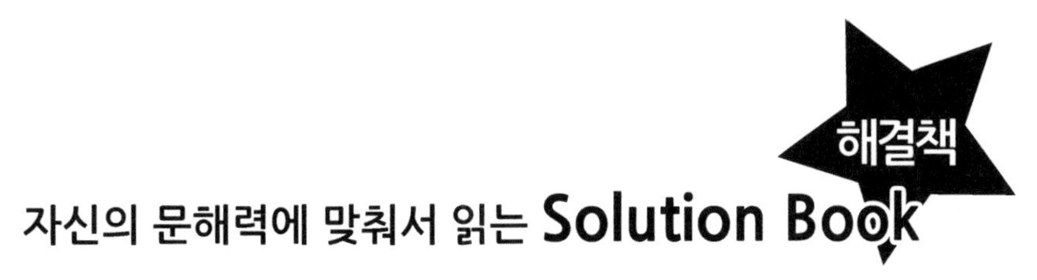

성냥팔이 소녀 외 7편

안데르센 지음

주식회사 자유지성사

[책머리에]

" 어휘력 · 문해력 · 문장력 세계명작에 있고 영어공부 세계명작 직독직해에 있다"

(1) 미래의 약속은 어휘력 · 문해력 · 문장력이다.

이 책은 이미 검증이 되어 세계인들에게 널리 읽히고 있고, 필독서로 선정된 세계명작을 직독직해하면서 그 작품성과 작품속의 언어들을 통해 어휘력 · 문해력 · 문장력까지 몸에 배이도록 반복연습하여 체득화시키고(學而時習之) 글로벌 리더로서 자아강도를 높여 학습자들 스스로 자긍심을 갖도록 하는데 있다.

(2) 국어공부는 어떻게 해야하는가?

초등학교 1학년 어린이들은 글자를 다 익히고 난 다음 본격적으로 국어공부를 시작한다. 국어교육 과정은 읽기, 쓰기, 듣기, 말하기를 바탕으로 문학, 문법 영역으로 구분되어 있다. 하지만 어린이들이 이렇게 세분화 된 영역에 대해서 다 알기는 어렵다. 수업 시간에 무엇을 배워야 하는지 수업 목표에 대해서는 선생님이 일러 주지만, 영역과 관련지어 궁극적으로 어린이들이 도달해야 할 목표가 무엇인지 알기는 어려울 것이다. 이것는 초등학생들 뿐만 아니라, 중학생, 고등학교 학생들 역시 비슷하지 않을까 싶다!
수학은 계산을 통해서 정답이 도출되는 명명함이 있고, 통합교과는 움직임 활동이나 조작활동이 주가 되기에 그나마 배우는 즐거움이 있지만, 국어는 이 두 가지 모두가 부재한다고 할 수 있는 과목이다. "국어공부를 통해서 다다르고자 하는 궁극적 가치는 '문해력'과 '자기표현'이다." 문해력이 지문을 해석하여 문제를 푸는 것으로 평가한다면, 자기표현은 논리적인 말하기가 포함된 글쓰기인 논술일 것이다. 그래서 '국어공부를 어떻게 해야 할 것인가'를 묻는다면 너무도 뻔한 대답일지 모르겠지만 꾸준한 '글 읽기'와 '글쓰기' 라고 말하고 싶다. 우선 책읽기를 통해 어휘력과 전반적인 문해력을 기를 수 있고, 독서록쓰기, 일기쓰기 등 다양한 글쓰기를 통해 표현력을 향상 시킬 수 있을 것이다.
중국 송나라시대 정치가이고 당송팔대가(唐宋八大家)인 구양수는 글을 잘 짓는 방법을 '3다(多)'라고 했다.
① 다독(多讀) : 많이 읽다
② 다작(多作) : 많이 쓰다
③ 다상량(多商量) : 많이 생각하다
즉 책을 많이 읽다보면 어휘력이 풍부해져 생각의 폭이 넓어지고, 또한 생각이 깊어지고, 자연히 하고싶은 말이 많아지게 되면서 보여주고 싶은 글을 잘 짓게 된다는 것이다.
하지만 이 두 가지 모두 스스로 재미를 느껴 꾸준히 하기에는 무엇보다 어렵다. 특히 책읽기는 '읽기의 재미' 를 붙일 수 있을 때까지 적절한 도움과 관심이 필요한 부분이다. 책에 관심을 가질 수 있도록 자주 노출시켜 주고, 특히 저학년들은 스스로 책읽기를 힘들어 한다면 조금 귀찮더라도 반복해서 자주 읽어주는 것도 하나의 방법이라고 할 수 있다.

(3) 직독직해란 무엇인가?

영어 문장을 읽으며 우리말 해석을 따로 하지 않고 내용을 즉시 이해하는 독해방식이다. 직독직해의 장점은 주어, 목적어, 동사를 찾아 문장 앞뒤로 옮겨 다니며 우리말로 일일이 해석하는 방식에서 벗어나 영어 어순 구조에 빨리 적응하도록 해준다는 점이다. 직독직해가 익숙해지면 듣기 능력 향상에도 도움을 준다. 듣기가 잘 안 되는 데는 여러가지 이유가 있겠지만, 문장을 어순 그대로 받아들이는 연습이 부족했던 점도 주된 이유 중 하나이다. 그래서 눈에 보이는 순서대로 해석하는 직독직해가 익숙해지면 귀에 들리는 순서대로 뜻을 파악하는 데도 수월하다. 결론적으로 직독직해는 수험생들일 경우 시험시간도 절약해 주지만 영어의 언어적 특징을 잘 이해할 수 있게 도와줘 말하기와 듣기를 포함하여 전체적인 어학수준을 향상시켜 준다. 이 책은 직독직해를 처음 접하거나 익숙하지 않은 학습자들에게,

① 왜 직독직해를 하는가?

② 직독직해를 하면 어떤 효과를 얻을 수 있는가?

③ 직독직해를 잘하기 위해서는 어떤 연습과 노력이 필요한가?

등을 스스로 체험하게하고 반복연습을 통해 몸에 배이도록 하였다. 중급 수준의 영어 학습자라면 원활한 직독직해를 어렵지 않게 소화해 낼 수 있을 것으로 믿는다. 노력도 재능이다.

2024년 11월

Preface

College entrance examination up to now have changed for several times, usually it was known as to have changed once in every 5 years. But the new college entrance examination system could be called quite "REVOLUTIONARY".

The early days of focusing on studying English only for grammar no longer exists. Studying English requires the ability of getting knowledge through not only reading broadly, but also reading correctly and rapidly.If you are to face this kind of situation progressively, the first thing you need to do is to read a lot. You have to build your reading skills through fast, careful reading.

. The reason I wanted to publish this book was the thought to have a book that is correspondent to such a new entrance system. But it' s not the only reason. In fact, most English studying books tend to concentrate on translations of difficult sentences and picking little grammar mistakes. It is because only grammatical knowledge and mechanical interpretation is focused. But grammar is systematizing the use of language that is spoken by ordinary people. They do not use language by distinguishing what is right from wrong grammatically. In spite of this fact, studying English in this country and also in college entrance examination, grammar has been of greater importance than the true meaning.

Now it has changed. Reading the sentences properly and understanding the meaning correctly are only needed. This is the royal road to learning English. As you read along this book, you will find some part that is difficult or incomprehensible. But you don' t need to tangled up with those phrases. At that moment, you might get caught up with it, but as you read along over and over, you will be able to get the meaning.

First, you' ll start to read with 'Andersen' s Fairy tales' and then read 'The Adventures of Tom Sawyer' , 'OHenry' s Short Stories' and 'The Adventures of Sherlock Holmes' . And finally, it would be better to read the Scarlet Letter. It has some very difficult sentences, so your effort is much needed to read through this book.

However, if you keep on trying to feel what it' s like to learn English, it won' t fail. In other words, it is not hard at all. For both fun and improving English skills, like killing two birds with one stone, I firmly ask you readers to read this book over and over.Good Luck to all the students reading this book!

At Chongrimjae seeing the light of Han river.

Translator

CONTENTS

차 례

The Little Match Girl

IT was so bitterly cold. It was snowing, and the evening was growing dark. It was also the last evening of the year: New Year's Eve. In this cold and in this darkness a poor little girl was walking along the street. Her head was uncovered and her feet were bare. To be sure, she had been wearing slippers when she left home, but what was the good of that? The slippers were quite big; her mother had used them last, they were so big. And the little girl had lost them when she hurried across the street, just as two carriages went rushing past at a frightful speed. One slipper was nowhere to be found, and a boy had run off with the other. He said he could use it

---

match:성냥, 짝 bitterly:혹독하게 bare:벗은 to be sure:확실히 carriage:탈것, 차 run off:달아나다, 도망치다 frightful:무서운, 굉장한

성냥팔이 소녀

혹독하게 추운 날씨였다. 눈이 내리고 날은 점점 어두워져 가고 있었다. 그날은 한해의 마지막 밤인 새해의 전야였다.이렇게 춥고 어두운 밤에 불쌍한 어린 소녀가 거리를 걷고 있었다. 소녀는 머리에 아무것도 쓰질 않았고, 맨발인 상태였다. 물론 소녀가 집을 떠날 땐 슬리퍼를 신고 있었다. 하지만 그 슬리퍼는 너무나 커서 아무 소용이 없었다. 소녀의 어머니가 신던 것이라 너무 컸다. 그나마 소녀는 길을 성급히 건너다가 슬리퍼를 잃어버렸다. 그때 마침 두 대의 마차가 엄청난 속력으로 달려갔기 때문이다. 한 짝은 어디에서도 찾을 길이 없고, 다른 한 짝은 어떤 소년이, 그가 만일 어린아이를 가지게 된다면 요람으로나 쓸 수 있을 거라며 가지고 달아나 버렸다.

전야: 전날밤, 어젯밤
요람: 어린아이를 넣고 흔들어서 즐겁게 하거나 잠재우는 채롱

for a cradle when he had children of his own.

There walked the little girl now on her tiny bare feet, which were red and blue with the cold. In an old apron she had a lot of matches, and she carried a bunch in her hand. No one had bought any from her the whole day. No one had given her a single shilling. Hungry and frozen, she looked so cowed as she walked along, the poor little thing. The snowflakes fell on her long golden hair, which curled so prettily about her neck. But of course she didn't think about anything as fine as that. The lights were shining out from all the windows, and there in the street was such a delicious odor of roast goose. After all, it was New Year's Eve. Yes, she did think about that.

Over in a corner between two houses one of them jutted a little farther out in the street than the other she sat down and huddled. She tucked her tiny legs under her, but she froze even more, and she dared not go home. She hadn't sold any matches, hadn't received a single shilling. Her father would beat her, and then too it was cold at home. They had only the roof above them, and the wind whistled in even though the biggest cracks had been stuffed with straw and rags. Her tiny hands were almost numb with

---

cradle:요람 tiny:작은 bare:벗은 apron:앞치마 bunch:다발 cowed:겁먹은 curl:곱슬거리다 delicious:맛있는 odor:향기 roast:구운 jut:튀어나오다 huddle:몸을 움추리다 tuck:구부려서 당기다 shilling:실링 whistle:세차게 crack:금가다 stuffe:채우다 straw:짚 rag:천 numb:마비된

추위 때문에 붉고 푸르게 얼어 버린 맨발의 어린 소녀가 걸어가고 있었다. 소녀는 낡은 앞치마 속에 많은 성냥들을 가지고 있었고, 손에도 한 움큼을 쥐고 있었다. 하루 온종일, 그녀에게서 성냥을 사주는 사람은 그 어느 누구도 없었다. 아무도 그녀에게 동전 한 닢 주질 않았다. 추위와 배고픔에 떨고 있는 소녀는 무척 겁먹은 듯한 표정으로 홀로 걷고 있었다. 불쌍한 것! 눈송이가 그녀의 긴 금발머리 위로 떨어졌다. 그녀의 예쁜 곱슬 머리는 목까지 내려왔다. 당연히 소녀는 자신의 머리카락보다 좋은 것을 생각지도 못했다. 모든 창문들 사이로 불빛이 새어나오고, 거위를 굽는 맛있는 향기가 거리에 가득찼다. 그래 새해의 전야야. 소녀는 그렇게 생각했다.

한 집이 다른 한 집보다 좀더 튀어나온 그런 두 집 사이의 모퉁이에, 그녀는 웅크리고 앉아 있었다. 그녀는 작은 다리를 구부려 당겼지만, 점점 더 얼어붙었다. 소녀는 성냥을 하나도 팔지 못했기에 감히 집에 갈 엄두를 내지 못했다. 단 한푼의 돈도 벌지 못했다고 아버지는 소녀를 때릴 것이다. 또한 그녀의 집도 춥기는 마찬가지였다. 그 집은 단지 지붕만 있을 뿐이다. 벽의 큰 틈새를 짚과 천 조각으로 메웠지만 바람은 여전히 세차게 들어왔다. 그녀의 작은 손은 추위로 굳어 버렸다. 아아! 조그만 성냥 하나가 소녀를 따뜻하게 해줄 수 있을 것인데! 그녀가 용기를 내어 그 다발 중에서 성냥 하나를 꺼내 벽에 부딪혀서 불을 밝힌다면 그 불꽃이 그녀의 손가락을

cold. Alas! One little match would do so much good! Did she dare to pull just one out of the bunch, strike it against the wall and warm her fingers? She pulled one out. Scratch! How it spluttered, how it burned! It was a warm clear flame, just like a tiny candle when she held her hand around it. It was a strange light. It seemed to the little girl that she was sitting before a huge iron stove, with shining brass knobs and a brass drum. The fire burned so wonderfully, was so warming. No, what was that? The little girl was already stretching out her feet to warm them too when the flame went out. The stove disappeared. She sat with a little stump of the burnt-out match in her hand.

A new one was struck. It burned, it shone, and where the light fell on the wall it became transparent like gauze. She looked right into the room where the table was set with a gleaming white cloth, fine china, and steaming roast goose stuffed with prunes and apples. And what was even more splendid, the goose hopped down from the platter and waddled across the floor with a fork and a knife in its back. Right over to the poor girl it came. Then the match went out, and only the thick cold wall could be seen.

---

splutter:탁탁소리를 내며 튀다 dare:감히~하다 brass:놋쇠 knob:손잡이 flame:불꽃 stump:성냥개비 transparent:투명하게 gauze:망사 waddle:뒤뚱뒤뚱 걷다 gleam:은은한 prune:자두 platter:(타원형의)큰접시

따뜻하게 해줄 수 있을까? 그녀는 하나를 끄집어냈다. 성냥을 켰다. 성냥은 탁탁 소리를 내며 튀어올랐다. 그녀가 손으로 그 둘레를 감쌌을 때, 마치 작은 촛불과도 같이 그 불꽃은 따뜻하고 맑은 불꽃으로 타올랐다. 아! 저게 뭐지? 그것은 이상한 불꽃이었다. 그녀는 마치 자신이 빛나는 놋쇠 손잡이와 놋쇠 통으로 된 커다란 쇠난로 앞에 앉아 있는 것처럼 느껴졌다. 그 불꽃은 너무도 아름답고 따뜻하게 타올랐다. 그렇지만 그녀가 발을 따뜻하게 하기 위해 가까이 갔을 때 그 불꽃은 사라져 버렸다. 난로도 사라져 버렸다. 그녀는 타다 남은 작은 성냥개비를 들고 앉아 있었다.

다시 새 것을 켰다. 그 성냥은 빛을 내며 타 들어갔다. 그 불빛이 벽을 비추자, 그 벽은 망사와도 같이 투명하게 들여다보였다. 그녀는 방안을 똑바로 쳐다보았다. 그곳에는 은은한 흰색 천으로 둘러싸인 테이블 위에, 훌륭한 도자기와 자두와 사과로 가득 속이 채워진, 김이 나는 구운 거위 고기가 있었다. 그리고 더더욱 놀라운 것은, 그 거위가 큰 접시로부터 뛰어내려서, 등에 나이프와 포크가 꽂힌 채로 바닥을 가로질러 뒤뚱뒤뚱 걷고 있는 것이었다. 그 거위가 불쌍한 소녀의 바로 앞까지 왔을 때 성냥은 꺼져 버렸다. 이제는 오직 딱딱하고 차가운 벽만이 보일 뿐이다.

그녀는 새 성냥을 켰다. 이제, 그녀는 아름다운 크리스마스 트리 아래에 앉아 있었다. 그 트리는, 그녀가 저번 크리스마스 때 부유한

망사: 그물처럼 성기게 짠 비단

She lit a new match. Now she was sitting under the loveliest Christmas tree. It was even bigger and had more decorations on it than the one she had seen through the glass door of the rich merchant's house last Christmas. A thousand candles were burning on the green branches, and gaily colored pictures–like the ones that decorate shop windows–looked down at her. The little girl stretched out both hands in the air. Then the match went out; the many Christmas candles went higher and higher; she saw that they were now bright stars. One of them fell and made a long fiery streak in the sky.

"Now someone is dying!" said the little girl, for her old grandmother–the only one who had ever been good to her, but now was dead–had said that when a star falls, a soul goes up to God.

Again she struck a match against the wall. It shone around her, and in the glow stood the old grandmother, so bright and shining, so blessed and mild.

"Grandma!" cried the little one. "Oh, take me with you! I know you'll be gone when the match goes out, gone just like the warm stove, the wonderful roast goose, and the big, heavenly Christmas tree!" And she hastily struck all

---

merchant:상인 stretch out: 팔다리를 뻗다 streak:선 soul:영혼 bless: 축복하다 roast:구운 heavenly:하늘의, 천국의 hastily:급하게

상인의 집 유리창을 통해 보았던 것보다 더 크고 많이 장식되어 있었다. 수많은 촛불들이 그 푸른 가지 위에서 타오르고 있었고, 상점의 유리창을 장식해 놓은 것처럼 재미있게 그려진 그림들이 그녀를 쳐다보았다. 그 어린 소녀는 두 손을 허공 속으로 뻗었다. 그때 성냥은 꺼져 버렸다. 많은 크리스마스 촛불들은 점점 하늘로 높이 올라갔다. 그들이 이제는 하늘의 빛나는 별들이 되어 버린 것을 그녀는 보았다. 하늘에 길다란 불빛을 그리며, 그 별들 중의 하나가 떨어졌다.

"지금 누군가가 죽어 가는 구나!" 그 어린 소녀는 말했다. 지금은 죽고 없지만, 그녀에게 유일하게 잘해 주셨던 나이 드신 할머니가, 별이 떨어질 때면 어떤 영혼이 하나님에게로 올라가는 거라고 말을 해 주었기 때문이다.

다시 그녀는 벽에다 성냥을 그었다. 그 불빛은 그녀의 주위를 비추었다. 그 불빛 속에서 너무도 밝게 빛나고 계신, 그리고 너무도 축복받은 온유하신 그녀의 나이 드신 할머니가 서 계셨다.

"할머니!" 그 어린 소녀는 소리쳤다. "제발, 저를 할머니께로 데려가 주세요! 저는 할머니께서 따뜻한 난로와 멋진 구운 오리 고기, 그리고 크고 훌륭한 크리스마스 트리처럼 성냥이 꺼져 버리면 사라질 거라는 것을 알아요!" 그리고 그녀는 급히 그 다발들 속에 남아 있던 모든 성냥들을 켰다. 그녀는 할머니가 그녀와 함께 있기를 바

온유한: 따뜻하고 부드러운

the rest of the matches in the bunch. She wanted to keep her grandmother with her. And the matches shone with such a radiance that it was brighter than the light of day. Never before had grandmother been so beautiful, so big. She lifted up the little girl in her arms, and in radiance and rejoicing they flew so high, so high. And there was no cold, no hunger, no fear they were with God.

But in a corner by the house, in the early-morning cold, sat the little girl with rosy cheeks and a smile on her face dead, frozen to death on the last evening of the old year. The morning of the New Year dawned over the little body sitting with the matches, of which a bunch was almost burned up. She had wanted to warm herself, it was said. No one knew what lovely sight she had seen or in what radiance she had gone with her old grandmother into the happiness of the New Year.

---

bunch:다발 radiance:광채 rejoice:기뻐하다 rosy:볼그레한 cheek:볼 dawn:날이 새다

랐다. 그 성냥들은 너무도 밝은 광채를 내어, 낮보다도 더 밝게 빛이 났다. 지금껏 할머니가 그렇게 멋있고 위대하게 보인 적은 없었다. 할머니는 그 작은 소녀를 들어올리고는, 그 불빛 속에서 기뻐하며 하늘 높이 올라갔다. 그곳에는 추위도 배고픔도 두려움도 없었다. 그들은 하나님과 함께 있었던 것이다.

추운 이른 아침, 그 집의 모퉁이에선 작은 소녀가 불그레한 볼에 웃음 띤 얼굴을 하고는 죽어 있었다. 그녀는 지난해 마지막 날밤 얼어 죽은 것이다. 성냥 다발과 함께 앉아 있는 그 작은 소녀의 몸에 새해 아침의 서광이 비추고 있었다. 그 성냥다발은 거의 다 타버린 것으로 그녀가 자신의 몸을 따뜻하게 하고 싶어했다는 것을 보여주는 것이었다. 그러나 아무도 알지 못한다. 그녀가 얼마나 아름다운 광경을 보았는지, 그리고 광채 속에서 그녀가 나이 드신 할머니와 새해의 행복 속으로 떠나갔다는 것을.

서광: 복되고 길한 조짐을 나타내는 빛

The Ugly Duckling

IT was so lovely out in the country-it was summer. The wheat stood golden, the oats green. The hay had been piled in stacks down in the green meadows, and there the stork went about on his long red legs and spoke Egyptian, for that is the language he had learned from his mother. Around the fields and meadows were great forests, and in the midst of the forests were deep lakes. Yes, it really was lovely out there in the country.

Squarely in the sunshine stood an old manor house with a deep moat all around it, and from the walls down to the water grew huge dock leaves that were so high that little children could stand upright under the biggest. It was as

---

wheat:밀 oat:귀리 hay:건초 in stacks:산더미처럼 meadow:목초지 squarely:정면으로 manor house:영주 저택 moat:(외적에 대비하여 성곽 둘레에 판)호수, 해자

미운 오리 새끼

너무나 아름다운 시골 풍경이었다. 때는 여름이었다. 밀은 황금빛으로, 귀리는 푸른빛으로 물들어 있었다. 건초가 푸른 초원 위에 산더미처럼 쌓여 있었다. 그리고 그 곳에서 길고 빨간 다리를 가진 황새 한 마리가 그의 어머니로부터 배운 이집트 어를 조잘대며 거닐고 있었다. 들판과 초원 주위에는 큰 숲이 있었고, 그 숲의 한가운데에는 깊은 호수가 있었다. 그 시골에서도 이 호수는 정말 아름다운 곳이었다.

햇빛이 정면으로 비치는 오래된 영주의 저택은 호수가 성곽 주위를 둘러싸고 있었다. 또한 벽 아래쪽 물가에서는 커다란 도크 잎이 자라고 있었는데 그 중 가장 큰 잎은 어린 꼬마의 키만큼 높게 자라 있었다. 도크 잎이 깊은 숲속처럼 무성한 그 곳에 오리 한 마리가 둥지를 틀고 앉아 있었다. 그녀는 충분히

건초: 마른 풀

dense in there as in the deepest forest, and here sat a duck on her nest. She was about to hatch out her little ducklings, but now she had just about had enough of it because it was taking so long and she seldom had a visitor. The other ducks were fonder of swimming about in the moat than of running up and sitting under a dock leaf to chatter with her.

Finally one egg after the other started cracking.

"Cheep Cheep!" they said. All the egg yolks had come to life and stuck out their heads.

"Quack! Quack!" she said, and then they quacked as hard as they could and peered about on all sides under the green leaves. And their mother let them look about as much as they liked, for green is good for the eyes.

"My, how big the world is!" said all the youngsters, for now, of course, they had far more room than when they were inside the eggs.

"Do you think this is the whole world?" said the mother. "It stretches all the way to the other side of the garden, right into the person's meadow. But I've never been there! Well, you're all here now, aren't you?" And then she got up. "No, I don't have them all! The biggest egg is still there. How long will it take? Now I'll soon get tired of it!"

---

net:그물 hatch out:알을 까다 founder:귀여워하다 yolk:노른자 stick out:내밀다 peer about:여기저기 쳐다보다 room:공간 all the way to:~로 쭉 duckling:오리새끼

알을 품고 있어야 했기 때문에 꽤 오랫동안 방문객을 맞이 할 수 없었다. 다른 오리들은, 달려와서 도크 잎 아래 앉아 그녀와 잡담을 하기보다는 성곽 주위에서 헤엄치기를 더 좋아했다.

마침내 알이 하나 둘씩 깨지기 시작했다.

"꽥! 꽥!" 그들은 울었다. 모든 알의 난황에서 생명이 탄생하여, 그들은 머리부터 비집고 나왔다.

"꽥! 꽥!" 그녀는 말했다. 곧 그들은 그녀를 따라 그들이 할 수 있는 만큼 열심히 꽥꽥거리며 푸른 잎 아래의 이곳 저곳을 쳐다보았다. 그들의 어미는 그들이 보고 싶은 대로 보도록 내버려 두었다. 푸르름은 그들의 눈에 좋기 때문이다.

"야, 정말 세상은 크구나!" 모든 꼬마 오리들은 말했다. 물론, 그들이 알 속에 있을 때보다 지금은 훨씬 더 큰 곳에 있기 때문에 그런 생각을 하는 것은 당연하다.

"너희들은 이게 세상의 전부라고 생각하니?" 어미 오리는 말했다. "이 길은 멀리 인간들의 초원인 정원의 다른 쪽까지 뻗어 있지. 하지만 난 거기에 가본 적은 없어! 그런데 여기 있는 너희들이 전부지, 그렇지?" 그리고는 어미 오리는 일어났다. "아니잖아, 내가 새끼들 모두와 있는 것이 아니네! 저 큰 알은 아직도 저기에 있군. 얼마나 오래 걸릴까? 이제 지겨워서 더 이상은 알을 품지 못하겠군!" 그리고 어미 오리는 다시 자리를 잡고 앉아 알을 품었다..

"그래, 잘 되어 가나?" 그녀의 안부를 묻기 위해 찾아온 늙

난황:알 안의 누런 빛의 양분

And then she settled down again.

"Well, how's it going?" said an old duck who had come to pay her a visit.

"One egg is taking so long!" said the duck who was hatching. "It won't crack! But now you shall see the others. They're the prettiest ducklings I've seen. They all look just like their father, the wretch! He doesn't even come to visit me."

"Let me see that egg that won't crack!" said the old duck. "You can be certain it's a turkey egg! I was fooled like that myself once. And I had my sorrows and troubles with those youngsters, for they're afraid of the water, I can tell you! I couldn't get them out in it! I quacked and I snapped, but it didn't help! Let me have a look at that egg! Yes, it's a turkey egg, all right. You just let it lie there and teach the other children how to swim."

"Oh, I still want to sit on it a little longer," said the duck. "I've been sitting on it for so long that I can just as well wait a little longer!"

"Suit yourself!" said the old duck, and then she left.

Finally the big egg cracked. "Cheep! Cheep!" said the youngster, and tumbled out. He was very big and ugly. The duck looked at him.

---

pay a visit:방문하다 wretch:몹쓸 녀석 snap:덥석 물다 turkey:칠면조 suit oneself:마음대로 하다 quacked:꽥꽥거리다 tumble out:굴러나오다

은 오리가 말했다.

"알 하나가 너무 오래 걸리는군요!" 알을 품고 있는 오리는 말했다. "이 알은 깨지지 않을 거예요! 그래도 다른 새끼들을 볼 수 있잖아요. 그들은 지금껏 내가 본 어느 새끼들보다도 귀여운 오리 새끼들이예요. 그들의 아버지를 꼭 닮았지요. 몹쓸 사람 같으니라고! 그는 여태껏 나를 찾아오지도 않았어요."

"안 깨진다는 그 알 좀 보자!" 늙은 오리는 말했다. "이건 틀림없이 칠면조 알일걸! 나도 한때 그렇게 어리석었던 적이 있었지. 그 놈의 새끼들 때문에 슬퍼하기도 하고 고생도 했지. 아마, 그 애들은 물을 무서워했던 모양이야! 난 그 애들을 물속으로 데리고 갈 수 없었지! 꽥꽥거리기도 하고 덥석 물기도 했지만, 그런 건 아무런 도움도 되지 못했지! 그 알 좀 보자! 그래, 이건 칠면조 알이야, 맞아. 그 알은 그냥 거기 두고, 다른 애들한테 수영이나 가르치라고."

"조금만 더 품어 보고요" 그 오리는 말했다. "지금껏 오래 앉아 있었는데, 조금만 더 앉아 있어 보죠!"

"맘대로 하게!" 그 늙은 오리는 그렇게 말하고는 떠나 버렸다.

마침내 큰 알이 깨졌다. "꽥! 꽥!" 그 새끼는 소리를 내며 나왔다. 그는 매우 크고 못생겼다. 어미 오리는 그를 바라보았다.

"정말 엄청나게 큰 오리 새끼군!" 그녀는 말했다. "다른 애

"Now, that's a terribly big duckling!" she said. "None of the others looks like that! Could he be a turkey chick after all? Well, we'll soon find out. Into the water he'll go if I have to kick him out into it myself!"

The next day the weather was perfect. The sun shone on all the green dock leaves. The mother duck came down to the moat with her whole family. Splash! She jumped into the water. "Quack! Quack!" she said, and one duckling after the other plumped in. The water washed over their heads, but they came up again at once and floated splendidly. Their feet moved of themselves, and they were all out in the water. Even the ugly gray youngster was swimming too.

"That's no turkey," she said. "See how splendidly he uses his legs, how straight he holds himself. That's my own child! As a matter of fact, he is quite handsome when one looks at him in the right way. Quack! Quack! Now come with me, and I'll take you out in the world and present you to the duck yard. But always keep close to me so that no one steps on you. And keep an eye out for the cat!"

And then they came to the duck yard. There was a terri-

---

kick out:쫓아내다 splash:풍덩 소리를 내다 plump:뛰어들다 floater:뜨는 것
keep close to:바싹 붙어 있다 step on:무시하다 keep an eye out:~을 감시하다

들하고는 전혀 안 닮았군! 결국 칠면조 새끼라는 말인가?" 하지만, 곧 알게 되겠지. 내가 직접 그를 물속으로 밀어 넣는다면, 그는 물속에서 헤엄칠 수 있을 거야!"

그 다음날은 날씨가 아주 좋았다. 태양 빛이 모든 푸른 도크잎을 비추었다. 어미 오리는 그녀의 가족 모두를 데리고 성곽의 호수로 내려왔다. 풍덩! 그녀는 물속으로 뛰어들었다. "꽥! 꽥!" 그녀는 말했다. 그러자 오리 새끼들이 차례차례 물속으로 뛰어들기 시작했다. 그들은 머리가 물에 휩쓸렸지만, 곧바로 다시 나와서는 멋있게 떠다녔다. 그들은 스스로 다리를 움직여서, 물위에 떠 있었다. 못생긴 그 회색 새끼 역시 헤엄을 쳤다.

"칠면조는 아니군." 그녀는 말했다. "자, 봐. 그가 얼마나 자기 발을 멋있게 움직이는지, 얼마나 중심을 잘 잡고 있는지. 저 아이는 내 아이가 틀림 없어! 사실 말이지, 똑바로 쳐다보면 그도 꽤 잘 생긴 편이야. 꽥! 꽥! 자, 나를 따라와. 내가 바깥 세상으로 너희들을 데리고 가서 오리들이 사는 농장을 가르쳐 주지. 하지만 항상 내 가까이 따라와야 해. 그래야 아무나 너희들에게 접근을 못하지. 고양이를 주의해야 해!"

곧 그들은 오리들이 사는 농장에 도착했다. 거기에는 커다란 소동이 있었다. 왜냐하면, 두 가족이 뱀장어 머리를 두고 다투었는데, 그때 고양이가 그것을 가져가 버렸기 때문이었다.

"잘 봐, 저게 세상 사는 모습이야." 어미 오리는 말했다. 그러면서 그녀는 부리를 움직이며 입맛을 다셨다. 사실 그녀는

ble commotion, for two families were fighting over an eel' s head, and then the cat got it, of course.

"See, that's the way it goes in this world," said the mother duck, and smacked her bill, for she would have liked to have had the eel's head herself. "Now use your legs," she said. "See if you can't step lively and bow your necks to that old duck over there. She's the most aristocratic of anyone here: she has Spanish blood in her veins. That's why she's so fat. And see? She has a red rag around her leg. That is something very special and is the highest honor any duck can receive. It means that no one wants to get rid of her and that she is to be recognized by animals and men! Be quick! Out with your toes! A well-brought-up duck places his feet wide apart, just like his father and mother. Now, then! Bow your necks and say 'Quack!' "

This they did, but the other ducks all around looked at them and said quite loudly, "Look there! Now we're to have one more batch as if there weren't enough of us already! And fie, how that duckling looks! We won't put up with him!" And at once a duck flew over and bit him in the neck.

"Leave him alone!" said the mother. "He's not bothering anyone.

---

eel:뱀장어 smack:입맛을 다시다 aristocratic:배타적인 vein:기질 rag:천조각
get rid of:제거하다 batch:무리 fie:저런!

뱀장어 머리를 좋아했기 때문이었다.

"이제 너희들의 다리를 사용해 봐." 그녀는 말했다. "발을 헛디디지 않도록 주의해야 한다. 그리고 저기 나이 든 오리에게 머리를 숙여 인사해야 한다. 그녀는 이곳에 사는 그 누구보다도 권위적이야. 그녀는 스페인 혈통을 가지고 있지. 그렇기 때문에 그녀는 뚱뚱한 거야. 그리고 봐? 그녀는 빨간 천 조각을 다리에 두르고 있지. 그것은 오리들이 받을 수 있는 가장 영예롭고 특별한 것이야. 그것은 아무도 그녀를 내쫓아 버릴 수 없다는 것을 말할 뿐 아니라, 동물들과 사람들에게서 인정을 받고 있다는 표시이기도 해! 서둘러라! 발끝을 내밀고! 아주 잘 배운 오리라면 아빠 엄마처럼, 자신의 발을 넓게 벌리고 서 있단다. 자! 그리고 너의 목을 굽히고 '꽥!'이라고 말해 봐."

그들은 그렇게 따라했다. 그러나 주위에 있던 다른 오리들은 그들을 보고 크게 소리쳤다. "저기 좀 봐! 이미 우리들만으로 충분한데도 이제 또 다른 무리를 만나야 하는군! 젠장 저 오리 새끼는 왜 저렇게 생겼지! 같이 지내기가 싫군!" 그리고는 곧 한 오리가 그에게로 날아가서, 그의 목을 물었다.

"그를 그냥 놔둬요!" 어미 오리가 말했다. "그는 아무에게도 피해를 끼치지 않았잖아요"

"좋아. 하지만 그는 너무 크고 이상하게 생겼잖아!" 그를 물었던 오리가 말했다. "그러니 이 무리에서 추방되어야 해."

"그들은 저 어미의 귀여운 새끼들이야." 빨간 천을 다리에

권위적:권력과 위세가 있는

"Yes, but he's too big and queer!" said the duck who had bitten him. "So he has to be pushed around."

"Those are pretty children the mother has," said the old duck with the rag around her leg. "They're all pretty except that one; he didn't turn out right. I do wish she could make him over again."

"That can't be, your grace," said the mother duck. "He's not pretty, but he has an exceedingly good disposition, and he swims as well as any of the others; yes, I might venture to say a bit better. I do believe he'll grow prettier or in time a little smaller. He's lain in the egg too long, so he hasn't got the right shape!" And then she ruffled his feathers and smoothed them down. "Besides, he's a drake, so it doesn't matter very much. I think he'll grow much stronger. He'll get along all right."

"The other ducklings are lovely," said the old duck. "Just make yourselves at home, and if you can find an eel's head, you may bring it to me!"

And so they made themselves quite at home.

But the poor duckling, who had been the last one out of the egg and looked so ugly, was bitten and shoved and ridiculed by both the ducks and the hens. "He's too big!"

---

push around:못살게 굴다 turn out:폭로하다 grace:성의 venture:모험 disposition:성향 ruffle:퍼덕이다 drake:수오리 shove:밀치다 ridicule:조롱 받다

두른 늙은 오리가 말했다. "한 아이만 제외하면 모두 귀엽잖아. 정상적으로 보이지 않는군. 난 그녀가 그 애를 다시 훈련시켰으면 해."

"그럴 수는 없어요, 존경하는 아주머니." 그 어미 오리는 말했다. "그는 예쁘지는 않지만, 아주 좋은 품성을 가지고 있고, 다른 애들만큼 헤엄도 잘쳐요. 그래요, 사실 그 애가 조금은 더 뛰어나다고까지 말할 수도 있지요. 나는 그 애가 예쁘게 자라거나 조만간에 작아질 거라고 믿어요. 그는 알 속에 너무 오래 있었어요. 그래서 그는 제대로 모습을 갖추질 못했죠!" 그리고 그녀는 날개를 퍼덕여서 새끼오리를 쓰다듬어주었다. "게다가 그는 숫오리예요. 그래서 그가 어떻게 생겼건 큰 문제가 되질 않아요. 나는 그가 아주 튼튼히 잘 자랄 것이라고 생각해요. 그는 문제없이 이겨낼 거예요."

"다른 오리 새끼들은 사랑스럽군." 그 늙은 오리는 말했다. "편히들 쉬어. 그리고 혹시나 뱀장어 머리를 발견하거든 그걸 내게 가져다 줘!"

그래서 그들은 편히 쉬었다.

그러나 알에서 가장 늦게 나온 못생긴 불쌍한 그 새끼 오리는 다른 오리들과 닭들에게 쪼이고 밀쳐지고 조롱을 받았다. "그는 너무 커!" 그들은 모두 말했다. 그 불쌍한 오리 새끼는 어떻게 해야 할지 몰랐다. 그는 못생겼고 모든 오리들의 조롱

품성:선천적으로 타고난 성품

they all said. The poor duckling didn't know whether to stay or go. He was miserable because he was so ugly and was the laughingstock of the whole duck yard.

So the first day passed, but afterward it grew worse and worse. The poor duckling was chased by everyone. Even his brothers and sisters were nasty to him and were always saying: "If only the cat would get you, you ugly wretch!" And his mother said, "If only you were far away!" And the ducks bit him, and the hens pecked him, and the girl who fed the poultry kicked at him.

Then he ran and flew over the hedge. The little birds in the bushes flew up in fright. "It's because I'm so ugly!" thought the duckling, and shut his eyes, but he still kept on running. Then he came out into the big marsh where the wild ducks lived. He was so exhausted and unhappy that he lay there all night.

In the morning the wild ducks flew up and looked at their new comrade. "What kind of a duck are you?" they asked, and the duckling turned from one side to the other and greeted them as best he could.

"How ugly you are!" said the wild ducks. "But it makes no difference to us as long as you don't marry into our family!"

---

chase:쫓아다니다 nasty:못살게 구는, 괴롭히는 peck:쪼다 poultry:가축
hedge:울타리 comrade:친구 gobble:골골 소리를 내며 울다

거리였기 때문에 비참해졌다.

그렇게 첫날이 지났다. 그러나 갈수록 더욱더 심해졌다. 모든 이들은 그 불쌍한 새끼 오리를 쫓아버렸다. 그의 형과 누이들까지도 그를 싫어했고, 그들은 항상 "고양이에게나 물려가 버려라. 이 못생긴 놈아!"라고 말했다. "어디 멀리 사라져 버렸으면!" 하고 그의 어머니도 말했다. 그리고 오리들은 그를 때렸으며, 닭들은 그를 쪼아댔다. 또한 가축을 먹이는 소녀도 그를 발로 찼다.

곧 그는 울타리 너머로 달아났다. 덤불 속에 있던 조그만 새들은 놀라서 날아가 버렸다. "내가 못생겼기 때문이야!"라고 오리 새끼는 생각하며, 눈을 감은 채 계속 내달렸다. 그리고 야생 오리들이 사는 큰 늪에 도착했다. 그는 너무 피곤하고 슬퍼서 그곳에서 밤새 누워 있었다.

아침이 되자, 야생 오리들이 날아와서는 새로운 친구를 쳐다보았다. "너는 어떤 종류의 오리니?"라고 물어 보았다. 그러자 새끼 오리는 눈길을 돌려 그들을 보고는, 그가 할 수 있는 최대한 친절하게 인사를 했다.

"정말 못생겼군!" 야생 오리들은 말했다. "하지만 네가 우리 가족과 결혼하지 않는 한 그건 아무런 문제가 될 것이 없지!"

이런! 그는 결혼에 대해서는 어떠한 생각도 해보지 않았다. 그가 원했던 모든 것은 골풀에 누워 있는 것과, 늪에서 물을

Poor thing! He certainly wasn't thinking about marriage. All he wanted was to be allowed to lie in the rushes and to drink a little water from the marsh.

There he lay for two whole days, and then there came two wild geese, or rather two wild ganders, for they were both males, not long out of the egg, and therefore they were quite saucy.

"Listen, comrade!" they said. "You're so ugly that you appeal to us. Want to come along and be a bird of passage? In another marsh close by are some sweet lovely wild geese, every single one unmarried, who can say 'Quack!' You're in a position to make your fortune, ugly as you are!"

Bang! Bang! Shots suddenly rang out above them, and both the wild geese fell down dead in the rushes, and the water was red with blood. Bang! Bang! It sounded again, and whole flocks of wild geese flew up out of the rushes, and the guns cracked again. A great hunt was on. The hunters lay around the marsh. Yes, some were even sitting up in the branches of the trees that hung over the water. The blue smoke drifted in among the dark trees and hovered over the water. Into the mud came the hunting dogs.

---

rush:골풀 gander:수거위 saucy:쾌활한 flock:무리 crack:찰싹 소리를 내다 hunt:사냥 drift:떠다니다 hover over:위에 떠 있다, 공중을 날다, 빙빙 돌다

조금 마시는 것을 허락받는 것뿐이었다.

그는 그곳에 꼬박 이틀 동안 누워 있었다. 그러자 그곳에 두 마리의 야생 거위가 왔다. 정확히 말해서 두 마리의 멋쟁이들이었다. 왜냐하면 그들은 수컷들이기에 알을 낳지 않았기 때문이었다. 그래서 그들은 꽤 멋졌다.

"잘 들어, 친구!" 그들은 말했다. "너는 너무 못생겼기 때문에 마음에 드는군. 우리를 따라 철새가 되지 않을래? 가까이에 있는 다른 늪에는 몇몇 아름다운 야생 거위들이 있지. 모두가 결혼을 안 하고 홀로 지내지. 그들은 '꽥!'이라고 말할 수 있어. 비록 네가 지금은 추한 모습일지라도, 너는 미래를 설계할 수 있어!"

빵! 빵! 그들 머리 위에서 갑자기 총소리가 울렸다. 그러자 두 야생 거위는 골풀 속으로 떨어져 죽었다. 그 물은 피로 붉게 물들었다. 빵! 빵! 다시 총소리가 들렸다. 그러자 모든 거위 떼들이 골풀 속에서 날아올랐다. 총소리는 다시 울렸다. 큰 사냥이 계속되고 있었다. 사냥꾼들은 늪 주위에 엎드려 있었고 몇몇은 물에 떠 있는 나무가지 위에 앉아 있기까지 했다. 푸르스름한 연기가 짙은 나무들 사이로 떠다녔고, 물위에도 떠 있었다. 진흙탕 속에서 사냥개들이 나왔다. 첨벙! 첨벙! 갈대와 골풀들이 사방으로 뒤흔들렸다. 그 불쌍한 오리 새끼는 두려움에 떨었다. 그가 머리를 날개 속으로 파묻기 위해 돌리는 순간 무섭게 생긴 커다란 개와 얼굴이 마주쳤다! 개는 혀가 입 밖

골풀: 들 · 습지에 나는 다년초. 높이가 1m 이상이고 초여름에 녹갈색 꽃이 핌

Splash! Splash! Reeds and rushes swayed on all sides. The poor duckling was terrified. He turned his head to put it under his wing and at the same moment found himself standing face to face with a terribly big dog! Its tongue was hanging way out of its mouth, and its eyes gleamed horribly. It opened its jaws over the duckling, showed its sharp teeth, and-splash!-went on without touching him.

"Oh, heaven be praised!" sighed the duckling. "I'm so ugly that even the dog doesn't care to bite me!"

And then he lay quite still while the buckshot whistled through the rushes and shot after shot resounded.

Not until late in the day did it become quiet, but even then the poor duckling didn't dare get up. He waited several hours before he looked around, and then he hurried out of the marsh as fast as he could. He ran over field and meadows, and there was such a wind that the going was hard.

Toward evening he came to a wretched little house. It was so ramshackle that it didn't know which way to fall, and so it remained standing. The wind blew so hard around the duckling that he had to sit on his tail to keep from blowing away. Then he noticed that the door was off one of its hinges and hung so crookedly that he could slip

---

splass:첨벙 reed:갈대 sway:흔들리다 gleam:노려보다 horribly:무시무시하게 jaw:턱 buckshot:오리 사냥용 대형 산탄 ramshackle:무너져 내릴 듯한 hinge:경첩 crookedly:비뚤어지게 slip:미끄러지다

으로 나왔고, 눈은 무시무시하게 그를 노려보고 있었다. 그 개는 날카로운 이빨을 보이면서, 오리 새끼를 향해 턱을 벌렸다. 그리고는 첨벙거리며 지나갔다, 그를 전혀 건드리지 않고.

"오, 하늘이 도왔군!" 그 오리 새끼는 한숨을 쉬었다. "내가 너무 못생겨서 개들까지도 나를 물 생각을 안 하는군!"

그리고 그 오리 새끼는 총소리가 골풀 속에서 울리고, 계속해서 총소리가 나는 동안에도 조용히 누워 있었다. 날이 어두워지기 전에 사방은 조용해졌지만, 그 불쌍한 새끼 오리는 나올 생각조차 하질 못했다. 그는 몇 시간이 지나서야 주위를 둘러보고, 곧 그가 할 수 있는 최대한 빨리 늪을 뛰어 나왔다. 그는 들판과 초원을 가로질러 갔다. 거기에는 거센 바람이 불어서 뛰기가 힘들었다.

저녁이 되어서야 그는 밀집으로 된 조그만 집에 도착했다. 그 집은 금방이라도 무너질 것 같았다. 어느 방향으로 무너져야 할지 몰라서 계속 서 있는 것 같았다. 바람이 너무 세게 불어와 새끼오리는 날려가지 않기 위해 꼬리를 땅바닥에 붙이고 앉아 있어야만 했다. 문에 있는 경첩들 중의 하나가 떨어져 나가 기울어진 문 사이로 들어갈 수 있다는 것을 곧 알게 되었다. 그래서 집 안으로 들어갔다.

그곳에는 나이든 여자가 고양이와 암탉과 함께 살고 있었다. 그녀가 소니라고 부르는 고양이는 그의 등을 곤두세우고는 으르렁거릴 수 있었고, 털을 비벼 불꽃을 낼 수 있었다. 그러나

경첩:문짝을 닿는데 쓰는 장식

into the house through the crack, and this he did.

Here lived an old woman with her cat and her hen. And the cat, whom she called Sony, could arch his back and purr, and he even gave off sparks, but only if one stroked him the wrong way. The hen had quite short tiny legs, so she was called Chicky Low Legs. She laid good eggs, and the old woman was as fond of her as if she were her own child.

In the morning the strange duckling was noticed at once, and the cat started to purr and the hen to cluck.

"What's that?" said the old woman, and looked around, but she couldn't see very well, so she thought the duckling was a fat duck that had lost its way. "Why, that was a fine catch!" she said. "Now I can get duck eggs, if only it's not a drake. That we'll have to try!"

So the duckling was accepted on trial for three weeks, but no eggs came. And the cat was master of the house, and the hen madam. And they always said, "We and the world," for they believed that they were half of the world, and the very best half, at that. The duckling thought there might be another opinion, but the hen wouldn't stand for that.

"Can you lay eggs?" she asked.

---

arch:구부리다 purr:가르랑거리다 Chicky Low Legs:짧은 다리의 닭 cluck:꼬꼬 울다 drake:수오리

단지 어떤 사람이 그를 잘못 쓰다듬었을 때만 그렇게 했다. 암닭은 상당히 짧은 다리를 가지고 있었다. 그래서 그녀는 그 암탉을 '짧은 다리의 닭'이라고 불렀다. 암탉은 좋은 알들을 낳았고, 그 늙은 여자는 그 암탉이 마치 그녀의 자식이라도 되는 양 그 닭을 무척 좋아했다.

아침이 되자, 그 이상한 새끼 오리는 곧 발견되었다. 그러자 고양이는 으르렁거리기 시작했고, 암탉은 꼬꼬댁 울었다.

"이게 뭐야?" 늙은 여자는 말했다. 그리고는 그를 둘러보았다. 그러나 그녀는 눈이 나빠서 잘 볼 수가 없었다. 그래서 그녀는 그 새끼 오리가 길 잃은 살찐 오리라고 생각했다. "아주 좋은 것을 얻었군!" 그녀는 말했다. "만일 숫오리만 아니라면 난 오리알을 얻을 수 있을 거야. 그렇게 되도록 해봐야지!"

그래서 그 새끼 오리에게 알을 얻고자 3주 동안이나 노력을 해보았지만, 알은 나오지 않았다. 그 집에서는 고양이가 주인이었고, 암탉이 여주인이었다. 그리고 그들은 항상 "우리들과 세상"이라고 말했다. 왜냐하면 그들은 그들이 가장 훌륭한 세상의 반을 차지하고 있다고 믿었기 때문이다. 새끼 오리는 다른 의견도 있을 수 있다고 생각했지만, 암탉은 그를 지지해 주지 않았다.

"너 알을 낳을 수 있어?" 그녀는 물었다.

"아니!"

"No!"

"Then keep your mouth shut!"

And the cat said, "Can you arch your back, purr, and give off sparks?"

"No!"

"Well, then keep your opinion to yourself when sensible folks are speaking."

And the duckling sat in the corner in low spirits. Then he started thinking of the fresh air and the sunshine. He had such a strange desire to float on the water. At last he couldn' t help himself; he had to tell it to the hen.

"What' s wrong with you?" she asked. "You have nothing to do. That' s why you' re putting on these airs! Lay eggs or purr, then it' ll go over."

"But it' s so lovely to float on the water!" said the duckling. "So lovely to get it over your head and duck down to the bottom."

"Yes, a great pleasure, I daresay!" said the hen. "You' ve gone quite mad. Ask the cat, he' s the wisest one I know, if he likes to float on the water or duck under it. Not to mention myself. Ask our mistress, the old woman; there is no one wiser than she in the whole world. Do you

---

folks:사람들(여기서는 동물들) spirit:마음 put on airs:잘난 체하다 mistress: 안주인

"그러면 입다물고 조용히 있어!"

그리고는 고양이가 말했다. "너는 등을 구부리고 으르렁거리며 불꽃을 낼 수 있어?"

"아니!"

"그렇다면, 똑똑한 사람들이 말하고 있을 때는 좀 조용히 하고 있어!"

그래서 새끼 오리는 침울한 마음으로 구석에 앉아 있었다. 그때 그에게 신선한 공기와 햇빛에 대한 생각이 떠올랐다. 그는 물에 떠다니고 싶다는 이상한 욕구를 가지게 되었다. 마침내 그는 참지 못하고 물 위를 떠다니고 싶다고 암탉에게 말했다.

"뭐가 잘못됐어?" 그녀가 물어 보았다. "네가 할 수 있는 것은 아무것도 없어. 그것이 네가 이런 곳에 있어야 하는 이유야! 알을 낳든지 그렇지 않으면 으르렁거리는 연습을 하든지."

"그러나 물위를 떠다니는 게 얼마나 멋지다고!" 새끼 오리는 말했다. "물을 머리에 끼얹고 물밑으로 내려가는 게 얼마나 재미있는 줄 알아."

"그래 재미있기도 하겠군!" 암탉은 말했다. "넌 아주 많이 미쳤어. 고양이한테 물어 봐라. 그는 내가 알고 있기로는 가장 현명한 동물인데, 그가 물위를 떠다니고 싶어하는지를, 그리고 물속으로 들어가고 싶어하는지. 나뿐만 아니라 내 여주인한테 물어 봐, 늙으신 아주머니 말이야. 세상에서 그녀만큼이나 현

침울한:걱정에 잠겨서 마음이나 기분이 답답한

think she wants to float and get water over her head?"

"You don't understand me," said the duckling.

"Well, if we don't understand you, who would? Indeed, you'll never be wiser than the cat and the old woman, not to mention myself. Don't put on airs, my child! And thank your Creator for all the good that has been done for you. Haven't you come into a warm house, into a circle from which you can learn something? But you're a fool, and it's no fun associating with you! Believe you me! When I tell you harsh truths it's for your own good, and this way one can know one's true friends. See to it now that you start laying eggs or learn to purr and give off sparks."

"I think I'll go out into the wide world!" said the duckling.

"Yes, just do that!" said the hen.

So the duckling went out. He floated on the water and dived down to the bottom, but he was shunned by all the animals because of his ugliness.

Now it was autumn. The leaves in the forest turned golden and brown. The wind took hold of them and they danced about. The sky looked cold, and the clouds hung

---

associate with:~와 교제하다 harsh:혹독한 see to it that:틀림없이 ~하다 shun:외면하다 hail:우박 raven:갈가마귀 fence:울타리 shriek:날카로운 소리를 내다

명한 사람은 없지. 너는 그녀가 물위를 떠다니며, 물을 머리에 뒤집어쓰기를 원할 것 같아?"

"너는 내가 무슨 말을 하는지 이해하지 못하고 있어." 새끼 오리는 말했다. "글쎄, 우리가 널 이해 못한다면, 누가 널 이해할 것 같아? 실제로 말이지, 넌 고양이나 늙은 아주머니보다 현명하지는 못할 거야, 나는 말할 것도 없고. 이 꼬마야, 잘난 척하지 마! 그리고 너를 위해 일어났던 모든 좋은 일들에 대해 신에게 감사나 하고 있어. 따뜻한 집 안으로, 그리고 네가 무엇인가를 배울 수 있는 그런 곳으로 너는 들어오지 않았니? 그러나 너는 멍청해. 너랑 노는 것은 재미가 없어! 나를 믿어! 내가 너에게 귀에 거슬리는 진실들을 이야기해 줄 때는 그것은 너를 위한 거야. 그리고 이런 식으로 사람들은 진실된 친구들을 알 수가 있지. 지금부터는 알 낳기를 시작하거나 으르렁거리고 불꽃을 어떻게 내는지를 배우도록 해."

"나는 거친 세상으로 나가는 게 좋겠어!" 새끼 오리는 말했다.

"그래 그렇게 하도록 해!" 암탉은 말했다.

그래서 새끼 오리는 밖으로 나왔다. 그는 물위를 떠다녔고, 물 속으로 잠수하기도 했다. 하지만 모든 동물들은 그를 기피했다. 왜냐하면 그는 추하게 생겼기 때문이다.

이제 가을이 왔다. 숲속의 나뭇잎들은 황금빛으로, 갈색으로 변했다. 바람 부는 대로 잎들은 춤을 추었다. 하늘은 차갑게

heavy with hail and snow. A raven stood on the fence and shrieked "Off! Off!" just from the cold. Merely thinking of it could make one freeze. The poor duckling was really in a bad way.

One evening as the sun was setting in all its splendor, a great flock of beautiful large birds came out of the bushes. The duckling had never seen anything so lovely. They were shining white, with long supple necks. They were swans, and uttering a strange cry, they spread their splendid broad wings and flew away from the cold meadows to warmer lands and open seas. They rose so high, so high, and the ugly little duckling had such a strange feeling. He moved around and around in the water like a wheel, stretching his neck high in the air after them and uttering a cry so shrill and strange that he frightened even himself. Oh, he couldn't forget those lovely birds, those happy birds; and when he could no longer see them, he dived right down to the bottom, and when he came up again he was quite beside himself. He didn't know what those birds were called or where they were flying, but he was fonder of them than he had ever been of anyone before. He didn't envy them in the least. How could it occur to him to wish for such loveliness for himself? He would

flock:무리 supple:유순한 swan:백조 utter:소리내다 wheel:바퀴 shrill:날카로운 dived:뛰어들어 잠기다 not in the least:조금도~아니다

보였고, 구름은 우박과 눈을 지닌 채 무겁게 떠 있었다. 까마귀 한 마리가 담장에 서서 추위 때문에 "꺅! 꺅!" 소리를 질렀다. 그것은 얼음이 얼 것임을 예고하는 것이었다. 그 불쌍한 새끼 오리는 곤경에 빠지게 될 것이었다.

태양이 화려한 광채를 내며 지고 있던 어느 저녁, 한 무리의 크고 아름다운 새들이 관목 숲에서 날아올랐다. 그 새끼 오리는 그렇게 아름다운 광경을 본 적이 없었다. 길고 연한 목을 지닌 그들은 하얗게 반짝이고 있었다. 그들은 백조였다. 그들은 이상한 소리를 내면서 화려하고 넓은 날개를 펼치고는 추운 목초지를 떠나 따뜻한 땅과 확 트인 바다를 향해 날아가 버렸다. 그들은 높이 높이 날아올랐다. 못 생긴 새끼 오리는 이상한 감정이 들었다.

그들을 따라 목도 길게 내뻗어 보고, 울음소리도 내 보면서, 그는 물위를 바퀴처럼 빙글빙글 계속 돌았다. 자신의 울음소리가 너무도 날카롭고 이상해서 그 자신조차도 놀랐다. 아, 그는 그런 아름다운 새들을, 그런 행복한 새들을 잊을 수 없었다. 그는 더이상 그 새들을 볼 수 없게 되었을 때, 물 밑까지 잠수해 들어갔다. 그리고는 그가 다시 올라왔을 때, 그는 미칠 듯이 흥분해 있었다. 그는 그 새들을 무엇이라고 부르는지, 그들이 어디로 날아가는지 알지 못했다. 그러나 그는 지금껏 본 그 어떤 것보다도 그들을 좋아했다. 그는 감히 질투조차도 하지 못했다. 어떻게 자신에게서 그런 아름다움을 바랄 수 있겠는

관목:키가 작고, 중심 줄기가 분명하지 않은 나무

have been glad if only the ducks had tolerated him in their midst–the poor ugly bird.

And the winter was so cold, so cold. The duckling had to swim about in the water to keep from freezing. But each night the hole in which he swam became smaller and smaller; it froze so the crust of the ice creaked. The duckling had to keep his legs moving so the hole wouldn't close, but at last he grew tired, lay quite still, and froze fast in the ice.

Early in the morning a farmer came along. He saw the duckling, went out and made a hole in the ice with his wooden shoe, and then carried him home to his wife. There he was brought back to life.

The children wanted to play with him, but the duckling thought they wanted to hurt him, and in his fright he flew into the milk dish so the milk splashed out in the room. The woman shrieked and waved her arms. Then he flew into the butter trough and down into the flour barrel and out again. My, how he looked now! The woman screamed and hit at him with the tongs, and the children knocked each other over trying to capture him, and they laughed and shrieked. It was a good thing the door was standing open. Out flew the duckling among the bushes, into the

---

crust:조각 splash:튀기다 scream:비명을 지르다 flour barrel:밀가루 통 shriek: 비명을 지르다 butter:버터 stunned:놀란 tolerate:참다

가? 오리들이 그들 사이에서 그를, 그 불쌍한 새를, 단지 관대히만 대해 주어도 그는 기뻤을 것이다.

겨울은 너무도 춥고 추웠다. 그 오리 새끼는 얼지 않기 위해 물속에서 헤엄쳐야 했다. 그러나 매일 밤마다 그가 수영을 하는 그 구멍은 점점 작아져만 갔다. 구멍은 얼어붙고 얼음조각들이 삐걱거렸다. 그 새끼 오리는 그 구멍이 얼어서 닫혀 버리지 않게 그의 발을 계속 움직여야 했다. 그러나 마침내 그는 지쳐 버려서 그저 가만히 있을 수밖에 없었다. 그리고 그는 얼음 속에서 딱딱하게 얼어 버렸다.

다음날 아침 일찍 그곳을 지나던 어떤 농부가 새끼 오리를 보고는 아침 일찍이 그의 나무 신발로 얼음에 구멍을 내었다. 그리고는 그를 집으로 데려가 부인에게 주었다. 그곳에서 그는 다시 생명을 찾게 되었다.

어린 꼬마들은 그와 놀기를 원했지만 새끼 오리는 꼬마들이 자기를 해칠 거라고 생각했다. 그래서 그가 놀라서 우유 접시 안으로 날아 들어가는 바람에 우유가 방안에 튀었다. 농부의 부인은 날카로운 소리를 지르며 팔을 휘저었다. 그러자 그는 버터통 안으로 날아 들어갔다가 밀가루통 속으로 빠지고는 다시 나왔다. 아이고, 그가 어떻게 보이겠는가! 그녀는 소리를 치며 그에게 부젓가락을 던졌다. 또한 아이들은 오리를 잡으려다가 서로 부딪쳤다. 그들은 웃기도 하고 날카롭게 소리도 질

관대:너그러움

newly fallen snow, and he lay there as if stunned.

But it would be far too sad to tell of all the suffering and misery he had to go through during that hard winter. He was lying in the marsh among the rushes when the sun began to shine warmly again. The larks sang-it was a beautiful spring.

Then all at once he raised his wings. They beat more strongly than before and powerfully carried him away. And before he knew it, he was in a large garden where the apple trees were in bloom and the fragrance of lilacs filled the air, where they hung on the long green branches right down to the winding canal. Oh, it was so lovely here with the freshness of spring. And straight ahead, out of the thicket came three beautiful swans. They ruffled their-feathers and floated so lightly on the water. The duckling recognized the magnificent birds and was filled with astrange melancholy.

"I will fly straight to them, those royal birds, and they will peck me to death because I am so ugly and yet dare approach them. But it doesn't matter. Better to be killed by them than to be bitten by the ducks, pecked by the hens, kicked by the girl who takes care of the poultry yard, or suffer such hardships during the winter!" And he

---

misery:불행 fragrance:향기 winding:구불 구불한 thicket:수풀 melancholy:우울증 peck:쪼다 poultry:가금 hardship:시련

렀다. 다행히도 문이 열려 있어서 관목 속으로 그는 날아갔다. 조금 전에 내린 눈이 덮힌 관목 속에 그는 마치 실신한 듯이 누웠다.

그러나 이러한 것은 그가 추운 겨울 내내 겪어야 했던 모든 고난과 불행에 비한다면 그렇게 슬픈 일도 아닐 것이다. 태양이 다시 따뜻하게 비추기 시작할 때, 그는 골풀들이 있는 늪에 앉아 있었다. 종달새는 노래를 불렀다. 아름다운 봄이었다.

그때 갑자기 그는 그의 날개를 올렸다. 그는 그 날개로 예전보다 더 강하게 내리칠 수 있었고 힘있게 멀리 날아갈 수도 있었다. 그리고 어느새, 그는 큰 정원 안에 있었다. 사과나무에 꽃이 피고, 푸르고 긴 가지들을 구불구불한 수로 바로 아래까지 늘어뜨린 라일락의 향기가 가득한 넓은 정원이었다. 오오, 이곳은 봄의 신선함으로 가득찬 아름다운 곳이었다. 앞으로 나가자, 수풀 밖으로 아름다운 세 마리의 백조가 나왔다. 그들은 깃털을 세우고, 물위로 유유히 떠다녔다. 새끼 오리는 그 멋진 새들을 보고는, 이상한 우울함이 가득 밀려들어 왔다.

"내가 저 멋진 새들에게로 바로 날아갈 수는 있겠지만, 나같이 못생긴 놈이 감히 다가가면 그들은 나를 죽도록 쪼아대겠지. 그러나 그것은 문제가 되질 않아. 그들에 의해 죽는 것은, 오리에게 물리고, 암탉에게 쪼이고, 가축을 돌보는 소녀에게 차이고, 혹은 겨울 동안 겪었던 모진 고통에 비하면, 오히려 더 나아!" 그래서 그는 물속으로 날아 들어가서는 그 멋진 백

실신:정신을 잃음
수로:물길

flew out into the water and swam over toward the magnificent swans. They saw him and hurried toward him with ruffled feathers.

"Just kill me," said the poor creature, and bowed down his head toward the surface of the water and awaited his death. But what did he see in the clear water? Under him he saw his own reflections, but he was no longer a clumsy, grayish-black bird, ugly and disgusting. He was a swan himself!

Being born in a duck yard doesn't matter if one has lain in a swan's egg!

He felt quite happy about all the hardships and suffering he had undergone. Now he could really appreciate his happiness and all the beauty that greeted him. And the big swans swam around him and stroked him with their bills.

Some little children came down to the garden and threw bread and seeds out into the water, and the smallest one cried, "There's a new one!" And the other children joined in, shouting jubilantly, "Yes, a new one has come!" And they all clapped their hands and danced for joy and ran to get their father and mother. And bread and cake were thrown into the water, and they all said, "The new one is the prettiest! So young and lovely!" And the old swans

---

ruffle:물결을 일으키다 feather:깃털 creature:생물 reflection:그림자 clumsy:초라한 undergo:견디다 bill:부리 seed:성숙하다 jubilantly:환호하며 clap:박수를 치다

조들이 있는 곳을 향해 헤엄쳐 갔다. 그들은 그를 보자 깃털을 세우고는 그를 향해서 급히 다가갔다.

"나를 죽여주세요." 그 불쌍한 생명은 말했다. 그리고 수면을 향해 머리를 숙이고는 자신의 죽음을 기다렸다. 그러나 그때 맑은 물위로 그가 본 것이 무엇인 줄 아는가? 그는 밑으로 비춰진 자신의 모습을 보고 있었다. 그러나 그는 더이상 볼품없고, 회색빛 나는 검은 새가 아니었다. 더이상 못생기고 혐오스러운 모습이 아니었다. 그 자신은 백조였다!

만일 어떤 누구라도 백조의 알로 낳아졌다면, 오리의 무리에서 태어났다고 해도 큰 문제가 되진 않는다!

그는 지금껏 겪었던 모든 고생과 어려움이 도리어 행복하게 느껴졌다. 이제 그는 행복감과 그를 기쁘게 하는 모든 아름다움을 진정으로 감사할 수 있었다. 큰 백조들이 그의 주위로 헤엄쳐 와서는 부리로 그를 쓰다듬었다.

몇몇 꼬마 아이들이 정원으로 내려와서는 빵 조각과 씨들을 물속으로 던졌다. 가장 작은 꼬마 아이가 소리쳤다. "저기 하나가 새로 왔어!" 그러자 다른 아이들이 모여서는, 환호하며 소리쳤다. "야, 정말 새로 한 마리가 왔네!" 그러면서 그들은 모두 손으로 손뼉을 치며 흥겹게 춤을 추었다. 그리고는 엄마와 아빠를 부르러 달려갔다. 빵과 케이크를 물속으로 던져 넣으면서 그들 모두는 말했다. "새로 온 백조가 가장 예쁘다! 정말 젊고 아름다운데!" 나이든 백조들이 그에게 인사를 했다.

혐오:싫어하고 미워함

bowed to him.

Then he felt very shy and put his head under his wing-he didn't know why. He was much too happy, but not proud at all, for a good heart is never proud. He thought of how he had been persecuted and ridiculed, and now he heard everyone saying that he was the loveliest of all the lovely birds. And the lilacs bowed their branches right down to the water to him, and the sun shone so warm and bright. Then he ruffled his feathers, lifted his slender neck, and from the depths of his heart said joyously:

"I never dreamed of so much happiness when I was the ugly duckling."

---

persecute:박해를 하다 ruffle:물결을 일으키다 slender:가느다란

그러자 그는 무척 부끄러워하면서 날개 속으로 머리를 감추었다. 그는 너무나 행복했다. 그러나 자만하지 않았다. 좋은 성품은 결코 자만하지 않는 법이다. 그가 예전에 얼마나 박해를 받고 조롱을 당했는지 모른다. 그러나 지금은 모든 아름다운 새들 중에서 그가 가장 아름답다고 모두들 이야기를 하는 것을 들었다. 라일락이 그들의 가지를 물가에까지 구부리며 그에게 인사를 했다. 태양은 너무도 따뜻하고 밝게 빛났다. 그는 깃털을 세우고는 가느다란 그의 목을 들어올렸다. 그리고 마음 깊은 곳에서부터 우러나오는 기쁜 마음으로 말했다.

"내가 못난 새끼오리였을 때는 이렇게 큰 행복을 꿈도 꿔보지 못했어."

자만:스스로 뽐냄

The Emperor's New Clothes

MANY years ago there lived an emperor who was so exceedingly fond of beautiful new clothes that he spent all his money just on dressing up. He paid no attention to his soldiers, nor did he care about plays or taking drives in the woods except for the sole purpose of showing off his new clothes. He had a robe for every hour of the day, and just as it is said of a king that he is "in council," so they always said here: "The emperor is in the clothes closet!"

In the great city where he lived everybody had a very good time. Many visitors came there every day. One day two charlatans came. They passed themselves off as

---

emperor:임금님 exceedingly:지나치게, 너무나 show off:자랑하다, 뽐내다 robe:의복 in council:보좌기관에 자문하는 clothes closet:옷장, 의상실 charlatan:사기꾼

임금님의 새 옷

오래 전에, 아름다운 새 옷을 너무나 좋아해서 그의 모든 돈을 단지 옷을 사는 데 다 낭비하는 한 임금님이 살고 있었다. 그는 새 옷을 자랑하는 유일한 목적을 제외하고는, 그의 군사들에 대해서는 아무런 관심도 갖지 않았고, 또한 사냥이나 숲속에서의 말타기등에도 전혀 신경을 쓰지 않았다. 그는 매시간마다 옷을 갈아입었고, "임금님께서 회의실에 계십니다."라고 말하듯이 이 나라에선 "임금님께선 지금 의상실에 계십니다!"라고 항상 이야기들 한다.

그가 살고 있었던 그 큰 도시에서는 모든 사람들이 행복한 나날을 보내고 있었다. 많은 관광객들이 매일같이 그곳을 방문했다. 하루는 두 사기꾼이 왔다. 그들은 옷감을 짜는 사람인 체하면서, 상상도 못할 정도로 가장 좋은 옷감을 짜는 방법을 알

weavers and said that they knew how to weave the most exquisite cloth imaginable. Not only were the colors and the pattern uncommonly beautiful but also the clothes that were made from the cloth had the singular quality of being invisible to every person who was unfit for his post or else was inadmissably stupid.

"Well, these are some splendid clothes," thought the emperor. "With them on I could find out which men in my kingdom were not suited for the posts they have; I can tell the wise ones from the stupid! Yes, that cloth must be woven for me at once!" And he gave the two charlatans lots of money in advance so they could begin their work.

They put up two looms all right, and pretended to be working, but they had nothing whatsoever on the looms. Without ceremony they demanded the finest silk and the most magnificent gold thread. This they put in their own pockets and worked at the empty looms until far into the night.

"Now I'd like to see how far they've come with the cloth!" thought the emperor. But it made him feel a little uneasy to think that anyone who was stupid or unfit for his post couldn't see it. Of course he didn't believe that he himself needed to be afraid. Nonetheless he wanted to

---

pass oneself off as:~인 체하다 weave:(옷감을)짜다 exquisite:세련된 not only A but also B:A는 물론이고 B도 또한 tell A from B:A와 B를 구별하다, 분간하다 put up:설치하다 loom:베틀 whatsoever:whatever의 강조형 nonetheless:그럼에도 불구하고, 하지만

고 있다고 말하였다. 색깔이나 무늬가 특별히 아름다운 것은 물론이고, 그 천으로 만들어진 옷은, 자신의 지위에 맞지 않거나 상당히 멍청한 사람들에게는 보이지 않는다는 독특한 특성을 가지고 있다는 설명이었다.

"그렇다면, 그것은 상당히 화려한 옷이겠군." 임금님은 생각했다. "그것만 있으면, 내 왕궁에서 직위가 적당하지 않은 사람이 누구인지 찾아낼 수 있겠고 멍청한 사람과 현명한 사람을 구별할 수 있을 거야! 그래, 그 옷감은 나를 위해서 당장 짜여져야만 해." 그래서 그는 그 두 사기꾼들이 일을 시작할 수 있도록 미리 많은 돈을 주었다.

그들은 두 개의 베틀을 설치하고 일을 하는 척했다. 그러나 그 베틀 위에는 아무것도 없었다. 그들은 꺼리김 없이 최상급의 비단과 가장 좋은 금실을 요구했다. 그들은 이것들을 자기들이 챙기고는 빈 베틀에서 밤늦게까지 일했다.

"자, 그들이 옷을 얼마나 완성했는가 보러 가야겠군!" 임금님은 생각했다. 그러나 멍청하거나 혹은 자신의 직위에 적합치 못한 사람은 누구도 그 옷을 볼 수 없다고 생각하니 약간 불안해졌다. 물론 그는 그 자신이 두려워할 필요는 없다고 믿었지만, 그래도 일이 얼마나 진행됐는가를 알기 위해 우선 다른 사람을 보내고 싶었다. 그 도시의 모든 사람들은 그 옷이 가지고 있는 놀라운 능력에 대해 알고 있었다. 그리고 모든 사람들은

send someone else first to see how things stood. The whole city knew of the remarkable powers possessed by the cloth, and everyone was eager to see how bad or stupid his neighbor was.

"I'll send my honest old minister to the weavers," thought the emperor. "He's the best one to see how the cloth looks, for he has brains and no one is better fitted for his post than he is!"

Now the harmless old minister went into the hall where the two charlatans sat working at the empty looms.

"Heaven help us!" thought the old minister, his eyes opening wide. "Why, I can't see a thing!" But he didn't say so.

Both the charlatans asked him to please step closer and asked if it didn't have a beautiful pattern and lovely colors. Then they pointed to the empty loom, and the poor old minister kept opening his eyes wider. But he couldn't see a thing, for there was nothing there.

"Good Lord!" he thought. "Am I supposed to be stupid? I never thought so, and not a soul must find it out! Am I unfit for my post? No, it'll never do' for me to say that I can't see the cloth!"

"Well, you're not saying anything about it!" said the one

---

how things stood:일이 어떻게 진행되고 있는지 minister:대신 brains:(복수로) 두뇌, 지력 harmless:정직한 step closer:더 가까이 걸어가다(오다) do:이득이 되다

그들의 이웃이 나쁜지 혹은 멍청한지를 무척 알고 싶어했다.

"내가 가장 신임하는 늙은 대신을 그 옷감 짜는 사람에게 보내야겠군." 임금님은 생각했다. "그는 옷감이 어떻게 보이는지를 알 수 있는 가장 적임자야. 그는 지식도 있고 그 위치에 있어선 그 사람보다 더 적합한 사람은 없지!"

곧, 그 죄없는 늙은 대신은 그 두 사기꾼들이 빈 베틀에서 앉아서 일하고 있는 그 홀을 향해 걸어갔다.

"하나님 굽여살펴 주소서!" 그 늙은 대신은 이렇게 생각하고는 눈을 크게 떴다. "어, 아무것도 안 보이네!" 그러나 그는 그렇게 말하진 않았다.

그 두 사기꾼들은 그에게 더 가까이 걸어오라고 권한 뒤, 이것이 아름다운 무늬와 멋진 색깔을 지니지 않았냐고 물었다. 그러면서 그들은 빈 베틀을 가리켰다. 그러자 이 불쌍한 늙은 대신은 눈을 더 크게 떴다. 그러나 아무것도 보이질 않았다. 거기엔 아무것도 없었기 때문이다.

"하나님 맙소사!" 그는 생각했다. "내가 멍청한 걸까? 결코 난 그렇게 생각하진 않는데, 그러나 아무도 그것을 알아선 안되지! 내가 내 직책에 부적당한 것일까? 아니지, 그 옷감이 안 보인다고 말해서 내게 이로울 것은 없어!"

"그런데 당신은 그것에 대해선 아무 말씀도 없으시군요!" 베를 짜던 사람 중의 한 명이 물었다.

who was weaving.

"Oh, it's nice! Quite charming!" said the old minister, and peered through his spectacles. "This pattern and these colors! Yes, I shall tell the emperor that it pleases me highly!"

"Well, we're delighted to hear it!" said both the weavers, and now they named the colors by name and described the singular pattern. The old minister paid close attention so he could repeat it all when he came back to the emperor. And this he did.

Now the charlatans demanded more money for more silk and gold thread, which they were going to use for the weaving. They stuffed everything into their own pockets. Not a thread went onto the looms, but they kept on weaving on the empty looms as before.

Soon afterward the emperor sent another harmless official there to see how the weaving was coming along and if the cloth should soon be ready. The same thing happened to him as to the minister. He looked and he looked, but as there was nothing there but the empty looms, he couldn't see a thing.

"Well, isn't it a beautiful piece of cloth?" both the charlatans said, and showed and explained the lovely pattern

---

minister:대신 peer:자세히 들여다 보다 spectacles:안경 delighter:기쁜 name:이름 붙이다, 부르다 describe:설명 stuff:채워넣다 loom:베틀 official:공무원, 신하 come along:진척되다, 잘 되어가다

“오, 그것은 훌륭하군요! 아주 매력적이예요!” 그 늙은 대신은 말했다. 그리고는 그의 안경을 통해 자세히 눈여겨보았다. “이 무늬와 색깔! 좋소, 내가 얼마나 감탄했는지 임금님께 말해주겠소!”

“그 말씀을 들으니 기쁘군요!” 그 두 직공은 말했다. 그리고는 그들은 그 색깔의 이름을 말해 주었고, 그 독특한 무늬에 대해 설명해 주었다. 그 늙은 대신은 임금님에게 반복해서 설명해 주기 위해 상당히 주의를 기울였다. 그리고 그는 돌아가서 임금님에게 설명을 해 주었다.

이제 그 사기꾼들은 옷감을 짜야 한다며, 더 많은 비단과 금실을 사기 위한 돈을 더 요구했다. 그들은 모든 것을 자기 주머니 속에 챙겨 넣었다. 그 베틀에는 실이 하나도 없었지만, 그들은 예전처럼 그 빈 베틀에서 옷감 짜는 것을 계속했다.

그 후 곧 임금님은 옷감 짜는 일이 잘 진행이 되는지, 그리고 옷감이 곧 준비되는지 등을 알아보기 위하여 또 다른 순진한 신하를 보냈다. 그때 그 대신에게 일어났던 일과 마찬가지의 일이 그에게도 똑같이 일어났다. 그는 보고 또 보았지만, 빈 베틀만 있을 뿐 거기엔 아무것도 없었다. 그는 어떤 것도 볼 수 없었다.

“저, 매우 아름다운 옷감이 아닌가요?”라고 사기꾼들은 말하면서, 거기엔 전혀 있지도 않은, 아름다운 무늬에 대해 보여주고 설명해 주었다.

that wasn't there at all.

"Well, I'm not stupid!" thought the man. "Then it's my good position that I'm unfit for? That is strange enough, but I must be careful not to show it!" And so he praised the cloth he didn't see and assured them how delighted he was with the beautiful colors and the lovely pattern. "Yes, it's quite charming!" he said to the emperor.

All the people in the city were talking about the magnificent cloth.

Now the emperor himself wanted to see it while it was still on the loom. With a whole crowd of hand-picked men, among them the two harmless old officials who had been there before, he went to where the two sly charlatans were now weaving with all their might, but without a stitch or a thread.

"Yes, isn't it magnifique?" said the two honest officials. "Will your majesty look-what a pattem, what colors!" And then they pointed to the empty looms, for they thought that the others were certainly able to see the cloth.

"What's this?" thought the emperor. "I don't see anything! Why, this is dreadful! Am I stupid? Am I not fit to be emperor? This is the most horrible thing that could happen to me!"

---

stupid:멍청한 unfit:적합하지 않다 praise:칭찬하다 assure:분명히 말하다
loom:베틀 hand-picked:정선된 harmless:순진한, 죄없는 sly:교활한
magnifique:훌륭한(불어) majesty:존엄 dreadful:끔찍한

"이상하다, 난 멍청하진 않은데!" 그는 생각했다. "그렇다면, 내가 가진 좋은 직위가 내겐 적합치 않은 걸까? 그거 참 이상한 일이군. 하지만 그렇게 보이지 않도록 조심해야겠어!" 그래서 그는 보이지도 않는 옷감에 대해서 칭찬을 하였으며, 그는 그 아름다운 색깔과 그 멋진 무늬를 보니 무척 기분이 좋다고 그들에게 분명히 말했다. "좋아요, 그것은 참 매력적입니다!" 그는 임금님에게 말했다.

도시의 모든 사람들은 그 굉장한 옷감에 대해 이야기를 하고 있었다.

비록 그것이 아직 완성되지 않았지만 이제 임금님은 직접 그것을 보고 싶어했다. 임금님은 전에 가 보았던 순진한 두 늙은 신하를 포함하여 정선된 한 무리의 신하들을 데리고 그 교활한 두 사기꾼들이 그들의 의도대로, 그러나 한 땀도 없이, 실조차 없는 채로 옷감을 짜고 있는 그 곳으로 갔다.

"보세요, 훌륭하지 않습니까?" 그 두 정직한 신하는 말했다. "임금님께서도 보실 수 있을 겁니다. 그 아름다운 무늬와 색깔을!" 그리고는 그들은 빈 베틀을 가리켰다. 왜냐하면 그들은 다른 사람들도 그 옷감을 분명히 볼 수 있을 거라고 생각했기 때문이다.

"이게 뭐야!" 임금님은 생각했다. "나는 아무것도 안 보이는데! 이런, 맙소사! 내가 멍청하단 말인가? 내가 임금님의 직위에 적합하지 않단 말인가? 이런 끔찍한 일이 내게 일어나다

정선:특별히 골라 뽑음

"Oh, it's quite beautiful!" said the emperor. "It has my highest approval!" And he nodded contentedly and regarded the empty looms. He didn't want to say that he couldn't see a thing. The entire company he had brought with him looked and looked, but they weren't able to make any more out of it than the others. Yet, like the emperor, they said, "Oh, it's quite beautiful!" And they advised him to have clothes made of the magnificent new cloth in time for the great procession that was forthcoming.

"It is magnifique! Exquisite! Excellent!" passed from mouth to mouth. And every one of them was so fervently delighted with it. Upon each of the charlatans the emperor bestowed a badge of knighthood to hang in his buttonhole, and the title of "Weaver Junker."

All night long, before the morning of the procession, the charlatans sat up with more than sixteen candles burning. People could see that they were busy finishing the emperor's new clothes. They acted as if they were taking the cloth from the looms, they clipped in the air with big scissors, they sewed with needles without thread, and at last they said, "See, now the clothes are ready!"

With his highest gentlemen-in-waiting the emperor

---

approval: 인정 make any more out of it: 거기에서 더 많은 것을 발견하다(이해하다) procession: 행렬 forthcoming: 다가오는 bestow: 수여하다 weaver: 직조공, 베짜는 사람 Junker:(독일 귀족의)귀공자 act as if: 마치 ~인 것처럼 행동하다 all night long: 밤새 내내, 밤을 꼬박 세워

니!"

"음, 정말 아름답군!" 임금님은 말했다. "내가 여태껏 본 것 중에 최고인데!" 그리고는, 만족스럽게 고개를 끄덕이며 그 빈 베틀을 바라보았다. 임금님은 옷감이 보이지 않는다고 말하고 싶지는 않았다. 그가 함께 데리고 온 모든 수행원들은 보고 또 보았지만, 그들은 다른 사람들처럼 아무것도 발견할 수 없었다. 그러나 임금님과 마찬가지로 그들은 말했다. "오, 그것 정말 아름답군요!" 그리고는, 그들은 임금님에게 앞으로 다가올 중요한 행렬 때 이 훌륭한 새 옷감으로 만든 옷을 입을 것을 조언했다.

"그거 좋군! 아주 훌륭해! 좋았어!" 돌아가며 그들은 말했다. 그리고 그들 모두는 그것을 열렬히 칭찬했다. 그 임금님은 그들 사기꾼 각자에게 기사 작위의 배지를 수여하고 그것을 단추구멍에 달아 주었다. 그리고 그들에게 "옷 짓는 귀공자"라는 칭호를 수여하였다.

그 행진을 하는 아침까지, 밤을 새워 그 사기꾼들은 16개 이상의 초를 태우며 앉아 있었다. 사람들은 그들이 왕의 새 옷을 완성하려고 서두르는 것을 볼 수 있었다. 그들은 마치 그 베틀에서 옷감을 가져오는 척하고는 허공에다 대고 큰 가위로 재단을 한 뒤, 실도 없는 바늘로 바느질을 하였다. 그리고는 마침내 그들은 말했다. "보세요, 이제 새 옷이 준비됐군요!"

임금님은 기다리고 있던 가장 높은 신하들을 데리고 직접 그

조언: 도움말을 해줌
작위:벼슬과 지위

came there himself and both the charlatans lifted an arm in the air as if they were holding something and said, "See, here are the knee breeches! Here's the tailcoat! Here's the cloak!" And so on.

"It's as light as a spider's web! You'd think you had nothing on, but that's the beauty of it!"

"Yes," said all the gentlemen-in-waiting, but they couldn't see a thing, for there was nothing there.

"Now, if your majesty would most graciously consent to take off your clothes," said the charlatans, "we will help you on with the new ones here in front of the big mirror!"

The emperor took off all his clothes, and the charlatans acted as if they were handing him each of the new garments that had supposedly been sewed. And they put their arms around his waist as if they were tying something on–that was the train–and the emperor turned and twisted in front of the mirror.

"Heavens, how well it becomes you! How splendidly it fits!" they all said. "What a pattern! What colors! That's a magnificent outfit!"

"They're waiting outside with the canopy that is to be carried over your majesty in the procession," said the chief master of ceremonies.

---

knee breeches:짧은 바지 tail coat:테일 코트 spider's web:거미줄 graciously:우아하게 supposedly:소문으로는 train:뒤에 끌리는 옷자락 splendidly:근사하게, 더할 나위없이 garment:입히다 fit:적당한 out fit:준비 canopy:천개 procession:행렬

곳으로 가자, 그 사기꾼들은 마치 무언가를 들고 있는 척하면서 허공에다 대고 팔을 들어올리고는 말했다. “여기 보세요, 이것이 짧은 바지고요! 이것이 테일코트 입니다! 이것은 망토고요!” 그리고는 계속 말을 했다.

“이것은 거미줄만큼 가볍지요! 아무것도 입지 않은 것처럼 느껴지실 겁니다. 그러나 그것이 바로 이 옷의 아름다움이지요!”

“그렇군요.” 모든 신하들이 말했다. 그러나 그들은 아무것도 볼 수 없었다. 당연히, 거기엔 아무것도 없었기 때문이다.

“자, 이제 임금님께서 옷을 벗는 것에 대해 동의하신다면, 영광스럽게도 우리가 여기 있는 새 옷을 거울 앞에서 입으실 수 있도록 도와 드리겠습니니다!”

임금님이 모든 옷을 벗자, 그 사기꾼들은 말했다. 이미 바느질이 되었다고 가정됐을 뿐인 그 새 옷을 각각 그에게 건네주는 척했다. 그리고는 그들은 팔을 임금님의 허리 주위에 대고는 뒤에 끌리는 옷자락 같은 것을 달아 주는 척했다. 임금님은 거울 앞에서 이리 저리 몸을 틀어 보았다.

“오, 임금님께는 정말 잘 어울립니다! 정말 더할 나위 없이 잘 맞는군요!” 그들은 모두 말했다. “무늬가 정말 멋있죠! 얼마나 아름다운 색깔입니까! 최고의 의상입니다!”

“행진 때 임금님을 수행할 천개를 가지고, 그들이 지금 밖에서 기다리고 있습니다.” 행사의 최고 집행관이 말했다.

"Well, I'm ready!" said the emperor. "Isn't it a nice fit?"

And then he turned around in front of the mirror just one more time, so it should really look as if he were regarding his finery.

The gentlemen-in-waiting, who were to carry the train, fumbled down on the floor with their hands just as if they were picking up the train. They walked and held their arms high in the air. They dared not let it appear as if they couldn't see a thing.

And then the emperor walked in the procession under the beautiful canopy. And all the people in the street and at the windows said, "Heavens, how wonderful the emperor's new clothes are! What a lovely train he has on the robe! What a marvelous fit!" No one wanted it to appear that he couldn't see anything, for then of course he would have been unfit for his position or very stupid. None of the emperor's clothes had ever been such a success.

"But he doesn't have anything on!" said a little child.

"Heavens, listen to the innocent's voice! said the father, and then the child's words were whispered from one to another.

"He doesn't have anything on! That's what a little child is saying–he doesn't have anything on!"

---

turn around:한바퀴 빙 돌다 finery:화려한 옷 fumble:더듬거리다, 서툰 손놀림을 하다 innocent:천진난만한 whisper:속삭이다 doesn't have anything on: 아무것도 걸치지 않다, 아무것도 입지 않다

"좋아, 난 준비됐어!" 임금님은 말했다. "이거 잘 맞지?" 그리고는 한번 더 이리저리 돌아보았다. 그는 정말 화려한 옷을 보고 있는 것처럼 보였다.

뒤에 끌리는 옷자락을 잡아야 할 신하들은, 마치 그들이 그 옷자락을 잡아 올리고 있는 것 같이 보이게 손으로 바닥을 더듬거렸다. 그들은 팔을 허공에 높이 들고는 걸어갔다. 그들은 자기들이 아무것도 보질 못하는 것처럼 보일까 두려워 감히 그것을 놓지 못했다.

임금님은 아름다운 천개 아래서 행진을 하고 있었다. 거리에서, 혹은 창문을 통해 그것을 본 모든 사람들은 말했다. "오, 임금님의 새 옷은 정말 아름답군! 그가 입고 있는 예복의 끝에 달린 옷자락은 정말 아름답군! 정말 신기하게도 꼭 맞잖아!" 누구도 자기가 아무것도 볼 수 없는 것으로 보여지길 원치 않았다. 그렇게 되면, 그는 그의 직위에 맞지 않는 사람이 되거나 매우 멍청한 사람으로 간주될 것이기 때문이었다. 임금님의 옷들 중에서 지금껏 이렇게 성공한 옷은 없었다.

"하지만 그는 아무것도 입고 입질 않은 걸요!" 한 어린 아이가 말했다.

"오, 신이시여, 이 천진난만한 음성을 들으소서!" 그의 아버지는 말했다. 그리고는 곧 그 아이의 말이 이 사람 저 사람들에게 속삭임으로 퍼져나갔다.

"그는 아무것도 입고 있질 않아! 어린아이가 그렇게 말했대.

천개:왕좌, 설교단 따위의 상부를 가리는 장식
예복: 의식 때 입는 옷

"He doesn't have anything on!" the whole populace shouted at last. And the emperor shuddered, for it seemed to him that they were right. But then he thought, "Now I must go through with the procession." And he carried himself more proudly than ever, and the gentlemen-in-waiting carried the train that wasn't there at all.

---

populace: 백성 shudder:(공포, 추위로) 부들부들 떨다

그는 아무것도 입고 있질 않다고!"

"그는 아무것도 입고 있질 않아!" 결국 모든 백성들은 소리쳤다. 당연히 임금님은 부들부들 떨기 시작했다. 자기가 생각해도 그들의 말이 맞는 것 같았기 때문이다. 그러나 그때 그는 생각했다. "난 이 행렬을 무사히 다 마쳐야만 해." 그리고는 그는 전보다 더 자랑스럽게 걸어갔으며, 또 그의 신하들은 전혀 있지도 않은 그 옷자락을 들고 따라갔다.

The Nightingale

IN China, you know of course, the emperor is Chinese, and everyone he has around him is Chinese too. Now this happened many years ago, but that is just why the story is worth hearing, before it is forgotten. The emperor's palace was the most magnificent in the world. It was made entirely of fine porcelain, so precious and so fragile and delicate that one really had to watch one's step. In the garden the most unusual flowers were to be seen, and the most beautiful had fastened to them silver bells that tinkled so that no one would go past without noticing them. Yes, everything had been very well thought out in the emperor's garden, and it stretched so far that

---

Nightingale:새이름(나이팅게일) emperor:황제 palace:궁전 magnificent: 장엄한, 화려한 porcelain:도자기 fragile:깨지기 쉬운 delicate:섬세한 watch one' s step:발걸음을 조심하다 tinkle:딸랑딸랑 울리다 stretch:뻗어 나가다

나이팅게일

여러분들도 아시다시피, 중국에서는 황제도 중국인이고 그의 주위의 모든 사람들도 역시 중국인이다. 이 이야기는 오래 전의 이야기지만 바로 그 이유 때문에 잊혀지지 않고 기억될 가치가 있는 것이다. 그 황제의 궁전은 세상에서 가장 화려했다. 그 궁전은 전부가 매우 귀중하고 잘 깨지기 쉬운 섬세한 도자기들로 이루어졌기 때문에 사람들은 주의해서 걸어 다녀야 했다. 정원에 가면 매우 귀한 꽃들을 볼 수 있으며, 가장 아름다운 꽃에는 딸랑딸랑 울리는 은으로 된 종이 달려 있어서 어느 누구도 그 꽃들을 보지 않고 무심결에 지나치는 일이 없었다. 사실, 황제의 정원은 잘 돌봐지고 있었고, 그 정원은 너무도 길게 뻗어 있기 때문에 정원사라고 할지라도 그것이 어디서 끝나는지를 알지 못했다. 만일 어떤 사람이 산책을 하고 있다면, 그는 거대한 나무들과 깊은 호수들이 있는 너무

---

even the gardener didn't know where it stopped. If one kept on walking, one came to the loveliest forest with great trees and deep lakes. The forest stretched all the way down to the sea, which was blue and so deep that great ships could sail right in under the branches. And in these branches lived a nightingale that sang so sweetly that even the poor fisherman, who had so many other things to keep him busy, lay still and listened when he was out at night pulling in his net.

"Good heavens! How beautiful!" he said. But then he had to look after his net and forgot the bird, although the next night, when it sang again and the fisherman came out there, he said the same thing: "Good heavens! How beautiful!"

From every land in the world travelers came to the emperor's city. They admired the city, the palace, and the garden. But when they heard the nightingale, they all said: "But this is really the best thing of all!" And the travelers told about it when they got home, and scholars wrote many books about the city, the palace, and the garden. But they didn't forget the nightingale it was given the highest place of all. And those who were poets wrote the loveliest poems, each one about the nightingale in the forest by the

---

net:그물 scholar:학자 forest:숲 fisherman: 어부, 낚시꾼

도 아름다운 숲속에 다다르게 될 것이다. 그 숲은 멀리 바다에까지 뻗어 있었고 그 바다는 푸르고 깊어서 거대한 배들도 나뭇가지 아래로 항해를 할 수 있었다. 그 나뭇가지에는 나이팅게일이라는 새가 살고 있었는데, 그 새는 너무도 노래를 달콤하게 부르기 때문에 바쁘게 일해야 하는 불쌍한 어부일지라도 그물을 걷기 위해 한밤중에 나오다가 그 노래 소리를 듣게 되면 앉아서 쉬며 그 노래를 듣게 된다.

"야, 세상에! 정말 아름다운 소리군!" 그는 말했다.

그러나 곧 그는 그물을 살펴야 했기 때문에 그 새를 잊어버리게 되었다. 마찬가지로 그 다음날 밤에도 그 새는 다시 노래를 부르고 있었고 그 어부는 그곳에 도착하여 똑같은 말을 했다. "야 세상에! 정말 아름다운 소리군!"

세계의 여러 곳으로부터 여행자들이 그 황제가 사는 도시에 왔다. 그들은 그 도시와 궁전과 그 정원에 무척 감탄했다. 그러나 그들이 그 나이팅게일의 소리를 들었을 때 그들은 이구동성으로 말했다. "이 새가 다른 모든 것들보다 최고야!" 그리고는 그들은 자기 나라로 돌아가자 그것에 대해 이야기를 했고, 학자들은 도시와 궁전과 정원에 대해 많은 책들을 썼다. 하지만 그들은 나이팅게일을 잊지 못했다. 그 새는 그들에게 있어서 그 어떤 것들보다도 높은 평가를 받았다. 그리고 시인들은 가장 아름다운 시들을 썼는데, 그 시들은 바다 옆 숲속에 살고 있는 나이팅게일에 대한 시들이었다.

이러한 책들은 세상 여러 곳으로 퍼져 갔으며, 한번은 그들

이구동성: 여러 사람의 말이 한결 같음

sea.

These books went around the world, and once some of them came to the emperor. He sat in his golden chair, reading and reading and nodding his head, for he was pleased by the lovely descriptions of the city, the palace, and the garden. "But the nightingale is really the best thing of all" there it stood in print.

"What's that?" said the emperor. "The nightingale? Why, I don't know anything about it! Is there such a bird in my empire, in my very own garden? I have never heard of it before! Fancy having to find this out from a book!"

And then he summoned his chamberlain, who was so grand that if anyone of lower rank dared speak to him or ask about something, he would only say: "P!" And that doesn't mean anything at all.

"There is supposed to be a highly remarkable bird here called a nightingale!" said the emperor. "They say it's the very best thing of all in my great kingdom! Why hasn't anyone ever told me about it?"

"I have never heard it mentioned before!" said the chamberlain. "It has never been presented at court!"

"I want it to come here this evening and sing for me," said the emperor. "The whole world knows what I have,

---

go around:~사이에서 읽혀지다 nod:끄덕이다 description:묘사 faney:~에 놀라다 summon:부르다 chamberlain:신하 kingdom:왕국 present:(모습을)드러내다

중의 몇 권이 황제에게도 전해졌다. 그의 도시와 궁전과 정원에 대한 아름다운 묘사가 마음에 들었기 때문에 그는 황금 의자에 앉아 그 책을 읽고 또 읽으면서 고개를 끄덕였다.

"그러나 나이팅게일이라는 새는 정말 그 무엇보다도 뛰어나다." 그는 이 문장에서 멈추었다.

"이게 뭐야?" 황제는 말했다. "나이팅게일? 글쎄, 난 그 새에 대해 아는 것이 하나도 없는데! 그런 새가 내 제국에 있단 말인가, 내 바로 이 정원에? 이제껏 전혀 들어 보지 못했는데! 이 책에서 이런 걸 알아내다니 정말 별난 일이군!"

그리고는 곧 그는 시종장을 불렀다. 그 시종장은 너무도 지위가 높은 사람이라 낮은 지위의 사람이 감히 그에게 말을 걸거나 무엇을 물어 보면, 그는 단지 "푸!" 하며 대답했을 것이다. 이 말은 아무런 의미도 없는 것이다.

"여기에 나이팅게일이라고 불리는, 정말이지 엄청난 새가 있다던데!" 황제가 말했다. "그들이 그러더군, 그 새가 이 위대한 나의 왕국에서 가장 뛰어나다고! 왜 아무도 그 새에 대해 내게 이야길 하지 않았지?"

"전 여태껏 그런 것을 들어 본 적이 없습니다!" 그 시종장은 말했다. 그 새는 여태껏 궁전에 나타난 일이 없습니다!"

"난 그 새가 오늘밤 나를 위해 이곳에 와서 노래를 불러 주었으면 하는데." 황제는 말했다. "모든 세상이 그 새를 내가 가지고 있다고 알고 있는데, 난 전혀 그렇질 못하잖아!" "전 지금껏 그 새에 대해 어떠한 이야기도 듣질 못했습니다!" 그 시

and I don't!"

"I have never heard it mentioned before!" said the chamberlain. "I shall look for it! I shall find it!"

But where was it to be found? The chamberlain ran up and down all the stairs, through great halls and corridors. But no one he met had ever heard of the nightingale, and the chamberlain ran back again to the emperor and said it was probably a fable made up by the people who write books. "Your Imperial Majesty shouldn't believe what is written in them. They are inventions and belong to something called black magic!"

"But the book in which I read it was sent to me by the mighty emperor of Japan, so it cannot be false. I will hear the nightingale! It shall be here this evening! I bestow my highest patronage upon it! And if it doesn't come, I'll have the whole court thumped on their stomachs after they have eaten supper!"

And again ran up and down all the stairs and through all the great halls and corridors. And half the court ran with him, for they weren't at all willing to be thumped on their stomachs. They asked and asked about the remarkable nightingale that was known to the whole world but not to the court.

---

corridor:복도 fable:이야기 Your Imperial Majesty:황제 폐하 belong to:~에 속하다 black magic:마법 마술(black art) bestow ~on(upon):(권한, 임무를)부여하다 patronage:후원, 지원 thump:부딪치다

종장은 말했다. "제가 그것을 찾아보지요! 제가 그 새를 찾아 드리겠습니다."

하지만 그걸 어디서 찾는단 말인가? 그 시종장은 모든 계단들을 오르락내리락 거리며 큰 홀들과 복도들을 뛰어다녔다. 그러나 나이팅게일에 대해 들어 보았다는 사람은 만나지 못했다. 그러자 그 시종장은 다시 황제에게 달려와서는 그것은 아마 그 책을 지은 사람이 꾸민 이야기일 거라고 말했다. "황제 폐하, 거기에 쓰여 있는 이야기를 믿으셔서는 안됩니다. 그 이야기는 날조된 허구이며 사악한 주술에 속하는 것들일 겁니다!"

"하지만 내가 읽고 있는 이 책은 일본의 권위 있는 황제가 보낸 거야. 그렇기 때문에 그 이야기가 허구일 리 없어. 나는 나이팅게일의 소리를 들을 거야! 오늘밤까지 이곳에 데려와! 내가 모든 지원을 해 주지! 그러나 만일 데려오지 못한다면, 오늘밤, 저녁식사를 한 모든 사람들의 배를 주먹으로 갈겨 주겠어."

시종장은 다시 모든 계단을 오르내리며 큰 홀과 복도들을 뛰어다녔다. 그러자 궁전의 대신들 반수가 그를 따라 함께 달렸다. 그들은 모두 배가 걷어채이는 것을 원치 않았기 때문이다. 그들은 이 세상 모두가 알지만 궁전에서만 모르는 이 놀라운 나이팅게일에 대해 묻고 또 물었다.

마침내 그들은 부엌에서 일하는 조그마한 농부의 딸을 만났다.

"나이팅게일이요? 오 하느님! 전 그 새를 잘 알고 있어요. 그

날조: 사실인 듯이 거짓으로 꾸밈
허구: 사실에 없는 일을 얽어서 꾸밈

Finally they met a little peasant girl in the kitchen. She said, "The nightingale? Heavens! I know it well. Yes, how it can sing! Every evening I'm permitted to take a few scraps from the table home to my poor sick mother she lives down by the shore. And on my way back, when I'm tired and stop to rest in the forest, I can hear the nightingale sing. It brings tears to my eyes. It's just as though my mother were kissing me."

"Little kitchen maid!" said the chamberlain. "You shall have a permanent position in the kitchen and permission to stand and watch the emperor eating if you can lead us to the nightingale. It has been summoned to appear at court this evening."

And so they all set out for the part of the forest where the nightingale usually sang. Half the court went with them. As they were walking along at a fast pace a cow started mooing.

"Oh!" said a courtier. "There it is! Indeed, what remarkable force for so tiny an animal. I am certain I have heard it before."

"No, that's the cow mooing," said the little kitchen maid. "We're still quite a long way from the spots."

Now the frogs started croaking in the marsh.

---

peasant:농부 a peasant girl:시골처녀 scraps:먹다 남은 음식 on my way back:돌아오는 길에 permanent:영원히 summon:부르다 set out for:~로 향하여 길을 떠나다 moo:(소가)음매 울다 courtier:신화 spot:장소 croak:(개구리가)개굴개굴 울다 marsh:늪

래요, 그 새가 얼마나 노래를 잘하는데요. 저는 해변가에 살고 계시는 불쌍하고 병든 어머님께 드리기 위해 매일 밤마다 식탁에서 남는 음식 찌꺼기를 조금 가지고 갈 수 있지요. 저는 집으로 돌아가는 길에 피곤할 때면 숲속에서 멈추어 쉽니다. 그 때 저는 나이팅게일이 노래를 부르는 것을 들을 수 있지요. 그 노래를 들으면 눈물이 난답니다. 마치 저의 어머님이 저에게 입을 맞추시는 것처럼 느껴지지요."

"귀여운 부엌 하녀야!" 시종장은 말했다. "만일 네가 우리를 그 나이팅게일이 있는 곳까지 인도해 줄 수 있다면, 넌 영원히 부엌에 있을 수도 있고, 황제께서 식사하시는 것을 지켜볼 수도 있단다. 그 새는 오늘밤 궁전에 모습을 나타내야만 한단다."

그래서 그들은 그 새가 언제나 노래를 부른다는 숲속으로 모두 떠났다. 그 궁전의 사람들 반수가 그들과 함께 갔다. 그들이 빠른 속도로 걷고 있을 때 어떤 암소가 울기 시작했다. "오!" 어떤 신하가 말했다. "저 소리구나. 저런 작은 동물로서는 정말이지 놀라운 능력이군. 난 저 소리를 분명히 들어 본 적이 있어."

"아니예요, 저건 암소가 우는 거예요." 그 작은 부엌 하녀가 말했다. "아직도 거기까지 가려면 많이 남았어요."

이제는 늪에 있는 개구리들이 울기 시작했다.

"아름답군." 중국 황실의 목사가 말했다. "이제야 그 새의 소리를 들을 수 있군. 마치 작은 교회의 종소리처럼 들리는데."

"아니예요, 그것들은 개구리들이죠!" 작은 부엌 하녀는 말했

"Lovely," said the Chinese imperial chaplain. "Now I can hear her. It's just like tiny church bells."

"No, that's the frogs!" said the little kitchen maid. "But now I think we'll soon hear it."

Then the nightingale started to sing.

"That's it!" said the little girl. "Listen! Listen! There it sits!" And then she pointed to a little gray bird up in the branches.

"Is it possible?" said the chamberlain. "I had never imagined it like this. How ordinary' it looks! No doubt seeing so many fine people has made it lose its couleur!"

"Little nightingale," shouted the little kitchen maid quite loud, "our gracious emperor would so like you to sing for him!"

"With the greatest pleasure," said the nightingale, and sang in a way to warm one's heart.

"It is just like glass bells!" said the chamberlain. "And look at that tiny throat. How it vibrates! It's remarkable that we have never heard it before. It will be a great success at court."

"Shall I sing for the emperor again?" said the nightingale, who thought the emperor was there.

"My enchanting little nightingale," said the chamber-

---

imperial:황실의 chaplaim:목사 point to:(손가락으로)가리키다 ordinary:평범한 couleur:(불어)색깔 gracious:너그러운 with pleasure:기꺼이 vibrate:(목소리가)가늘게 떨다 enchanting:매력적인

다. "하지만 곧 그 새 소리를 들을 수 있을 거예요."

곧 나이팅게일이 울기 시작했다.

"저 소리예요!" 작은 소녀는 말했다. "들어 보세요! 들어 봐요! 저기 그 새가 앉아 있군요!" 그리고 그녀는 가지 위에 앉아 있는 작은 회색의 새를 가리켰다.

"아니, 저거란 말이야?" 시종장은 말했다. "난 저렇게 생겼으리라고는 전혀 상상을 못했는데. 정말 평범하군! 분명 많은 훌륭한 사람들이 저 모습을 보면 실망을 할 것이 틀림없어!"

"귀여운 나이팅게일아." 작은 부엌 하녀는 크게 소리쳤다. "우리의 너그러우신 황제님께서 네가 황제님을 위해 노래를 불러주기를 바라신단다!"

"물론 그래 드리지요," 그 나이팅게일은 말했다. 그리고는 사람들의 마음을 포근하게 감싸는 노래를 불렀다. "마치 유리 종소리 같이 들리는군!" 시종장은 말했다. "저 조그마한 목 좀 봐. 멋지게 울리는구나! 정말이지 전에는 결코 들어 보지 못한, 기가 막힌 소리야. 이 새는 왕궁에서 크게 성공할 수 있을 거야."

"제가 황제님을 위해 다시 노래를 불러 드릴까요?" 그 나이팅게일은 말했다. 그 새는 황제가 거기에 있다고 생각했다.

"나의 귀여운 작은 나이팅게일아," 시종장은 말했다. "오늘 저녁 왕궁 축하연에 너를 내보낼 수 있어서 정말 기쁘구나. 그곳에서 너는 매력적인 노래 소리로 우리의 위대하신 황제 폐하를 기쁘게 해 드릴 수 있단다."

lain, "it gives me the greatest pleasure to command you to appear at a court celebration this evening, where you will delight his High Imperial Eminence with your charming song!"

"It sounds best out of doors," said the nightingale, but it followed them gladly when it heard it was the emperor's wish.

The palace had been properly polished up. Walls and floors, which were of porcelain, glowed from the lights of thousands of golden lamps. The loveliest flowers, which really could tinkle, had been lined up in the halls. There was such a running back and forth that it caused a draft that made all the bells tinkle so one couldn't hear oneself think.

In the middle of the great hall, where the emperor sat, a golden perch had been placed for the nightingale to sit on. The whole court was there, and the little kitchen maid had been given permission to stand behind the door, for now she really did have the title of kitchen maid. Everyone was wearing his most splendid attire. They all looked at the little gray bird, to which the emperor was nodding.

And the nightingale sang so sweetly that tears came to the emperor's eyes and rolled down his cheeks. And then

---

command:명령하다 celebration:축하연 charming:매력적인 perch:횃대 splendid:빛나는 attire:옷 roll down:굴러 내리다

"집 밖에 있어야 더 좋은 소리가 나지요." 나이팅게일은 말했다. 그러나 그 새는 황제의 소원이라는 것을 듣고는 기쁜 마음으로 그들을 따라갔다. 그 궁전은 철저하게 닦여져 윤이 나고 있었다. 도자기로 되어 있는 벽과 마루는 수천 개의 황금 램프에서 나오는 불빛으로 인해 붉게 빛나고 있었다. 너무나도 아름다운 꽃들이 홀에 정렬되어 있었고 실지로 꽃들에 종이 달려 딸랑딸랑 울리게 되어 있었다. 누군가 그 앞을 왔다 갔다하면 그 바람에 모든 종들이 울려서 지나가던 그 사람은 생각조차도 할 수 없었다.

황제가 앉아 있는 큰 홀의 중간에는, 나이팅게일이 앉을 수 있게 황금으로 된 횃대가 놓여 있었다. 모든 궁궐 신하들이 거기에 있었다. 작은 부엌 하녀는 문 뒤에 서 있을 수 있는 허락을 받았다. 그녀는 이제 부엌 하녀라는 직위를 수여받았기 때문이다. 모든 사람들은 그들의 가장 화려한 옷을 입었다. 그들은 모두 그 작은 회색의 새를 바라보았고, 그것을 바라본 황제도 새를 향해 고개를 끄덕였다.

나이팅게일은 너무도 달콤하게 노래를 불렀기에, 황제의 눈에서는 눈물이 흘러 그의 뺨 위로 흘러내렸다. 그러자, 나이팅게일은 더욱더 달콤하게 노래를 불렀다. 그 노래 소리는 사람의 마음에 바로 다가왔다. 황제는 너무나 기쁜 나머지, 나이팅게일의 목에 황금으로 만든 자신의 사슬을 두르도록 하였다. 그러나 나이팅게일은 이미 충분한 보상은 받았다면서 고맙지만 사양한다고 말했다.

횃대: 새가 앉을 수 있게 가로로 걸어 둔 막대

the nightingale sang even more sweetly. It went straight to one's heart. And the emperor was so pleased that he said the nightingale was to have his golden slipper to wear around its neck. But the nightingale said no, thank you it had been rewarded enough.

"I have seen tears in the emperor's eyes. To me, that is the richest treasure. An emperor's tears have a wondrous' power. Heaven knows I have been rewarded enough!" And then it sang again with its sweet and blessed voice.

"That is the most adorable coquetterie I know of," said the ladies standing around. And then they put water in their mouths so they could gurgle whenever anyone spoke to them, for now they thought that they were nightingales too. Yes, even the lackeys and chambermaids let it be known that they were also satisfied, and that was saying a lot, for they are the hardest to please. Yes indeed, the nightingale had really been a success.

Now it was to remain at court and have its own cage as well as freedom to take a walk outside twice during the day and once at night. It was given twelve servants, too, each one holding tightly to a silken ribbon fastened to its leg. That kind of walk was no pleasure at all.

The whole city talked about the remarkable bird, and

---

slipper:사슬줄 reward:보상받다 wondrous:놀랄만한 adorable:찬미받을 qurgle:입을 헹구다 lackey:종 chambermaid:시녀 be to: 해야 하다

"저는 황제의 눈에서 흐르는 눈물을 보았어요. 나에게 있어선 그것이 가장 큰 보물이랍니다. 황제의 눈물은 불가사의한 힘을 가지고 있지요. 하늘은 알고 있을 겁니다. 제가 이미 충분한 보상을 받았다는 것을!" 그리고는 그는 다시 그의 달콤하고 축복받은 목소리로 노래를 불렀다.

"저 새는 내가 본 것 중 가장 사랑스러운 새구나." 그 주위에 둘러 서 있던 여자들이 말했다. 그 이후로 그들은 마치 나이팅게일이나 된 것처럼 누군가 그들에게 말을 건넬 때마다 꼬르륵 소리를 낼 수 있게 하기 위해 입에 물을 머금었다. 심지어 종복이나 침실에서 시중 드는 하녀들조차도 만족해 한다고 알려졌고, 이는 많은 것을 의미한다. 왜냐하면, 그들은 기분을 맞추기가 어려운 사람들이기 때문이다. 정말이지 나이팅게일은 아주 큰 성공을 거든 셈이다.

이제 그 새는 왕궁에 있어야만 했으며, 낮에 두 번, 밤에 한 번 산책을 할 수 있는 자유뿐만 아니고, 새장도 갖게 되었다. 그 새에게는 또한, 12명의 하인들이 딸리게 되었는데, 그들 모두는 그 새의 발에 단단하게 묶인 실크 리본을 하나씩 꽉 잡고 있었다. 그런 식의 산책은 전혀 즐겁지 않았다.

도시 사람들 모두는 그 놀라운 새에 대해서 이야기를 했으며, 두 사람이 만날 때면, 먼저 한 사람이 "나이트" 라고 말만 해도 나머지 사람은 "게일" 하고 말하곤 했다. 그리고는 한숨을 지으며 서로를 이해했다.

하루는 커다란 상자가 황제에게 배달되었다. 그 바깥면에는

불가사의: 사람의 생각으로는 알 수 없는 일
종복: 사내종

whenever two people met, the first merely said "Night!" and the other said "Gale!" And then they sighed and understood each other!

One day a big package came for the emperor. On the outside was written "Nightingale."

"Here's a new book about our famous bird," said the emperor. But it was no book, it was a little work of art in a case: an artificial nightingale made to resemble the real one, except that it was encrusted with diamonds and rubies and sapphires! As soon as the artificial bird was wound up it could sing one of the melodies the real one sang, and then its tail bobbed up and down, glittering with gold and silver. Around its neck hung a ribbon, and on it was written: "The emperor of Japan's nightingale is poor compared to the emperor of China's."

"How lovely!" said everyone. And the person who had brought the artificial nightingale immediately had the title of chief-imperial-nightingale-bringer bestowed upon him.

"Now they must sing together! What a duet that will be!"

And then they had to sing together, but it didn't really come off because the real nightingale sang in its own way and the artificial bird worked mechanically.

---

package:소포, 선물꾸러미 artifical:인공의 wind up:(실, 태엽 따위를)끝까지 감다 bob:홱홱 움직이다 glitter:번쩍이다 bestow:주다 duet:이중창 mechanically:기계적으로

'나이팅게일' 이라고 쓰여 있었다.

"우리의 유명한 새에 대한 새로운 책이 여기 있군." 황제는 말했다. 그러나 그것은 책이 아니라 상자 속에 든 조그마한 예술품이었다. 다이아몬드와 루비와 사파이어로 장식되었다는 것을 제외하면 그 인공적으로 만든 나이팅게일은 진짜와 똑같이 만들어졌다. 태엽을 감자마자 그 인공적인 새는 진짜 새와 똑같은 멜로디의 노래를 부를 수 있었고 그와 동시에 그것은 금과 은으로 번쩍이는 그의 꼬리를 위 아래로 흔들었다.

그것의 목 주위에는 리본이 달려 있었고, 거기에는 다음과 같이 써 있었다. 일본 황제의 나이팅게일은 중국 황제의 나이팅게일에 비하면 보잘것 없다."

"정말, 귀엽군!" 모든 사람들이 말했다. 그리고 그 인공적인 나이팅게일을 가져온 사람에게는 즉시 나이팅게일을 가져온 사람이라는 칭호가 수여되었다.

"이제 그들은 함께 노래를 불러야 하겠군! 정말 멋진 듀엣이 될 거야!"

그리고는 곧 그들은 함께 노래를 불러야 했지만 조화를 이룰 수 없었다. 왜냐 하면 진짜 나이팅게일은 자기 내키는 대로 노래를 불렀지만, 인공적인 나이팅게일은 기계적으로 노래를 불렀기 때문이다.

"인공 새가 문제가 있는 게 아닙니다." 음악 지휘자는 말했다. "그 새는 시간도 완벽하게 맞추고 저의 방식에 잘 따릅니다."

"It is not to blame," said the music master. "It keeps time perfectly and according to the rules of my own system!" Then the artificial bird had to sing alone. It was as much of a success as the real one, and besides, it was so much more beautiful to look at: it glittered like bracelets and brooches

Thirty-three times it sang one and the same melody, and still it wasn't tired. People were only too willing to hear it from the beginning again, but the emperor thought that now the living nightingale should also sing a little. But where was it? No one had noticed it fly out of the open window, away to its green forest.

"But what kind of behavior is that?" said the emperor. And all the courtiers berated it and said the nightingale was a most ungrateful bird.

"We still have the best bird," they said, and again the artificial bird had to sing. And it was the thirty-fourth time they had heard the same tune, but they didn't know it all the way through yet, for it was so hard. And the music master praised the bird very highly yes, even assured them that it was better than the real nightingale, not only as far as its clothes and the many diamonds were concerned, but internally as well.

---

come off:성공하다 mechanically:기계적으로 keep time:박자에 맞게 노래하다 bracelet:팔찌 brooch:브로찌 too willing to hear:기꺼이 그것을 듣고 싶어하다 berate:심하게 꾸짖다 ungrateful:배은망덕한 the same tune:똑같은 음색

그 이후 인공 새 혼자 노래를 불러야 했다. 그것은 진짜 나이팅게일이 했던 것만큼 성공을 했다. 게다가 훨씬 더 보기에 아름다웠다. 그 새는 팔찌나 부로찌같이 반짝거렸다.

서른 세 번이나 같은 노래를 부르고도 그 새는 피곤해 하질 않았다. 사람들은 다시 처음부터 그 노래를 또 듣고 싶어했지만, 황제는 이젠 살아 있는 나이팅게일도 노래를 조금은 불러야 한다고 생각했다. 어디서 그를 찾겠는가? 그가 열려진 창문을 통해 그의 푸른 숲으로 날아가 버린 것을 아무도 알지 못했다.

"도대체 그건 무슨 경우란 말인가?" 황제는 말했다. 그러자 모든 신하들은 그 새를 욕했으며, 그 나이팅게일은 가장 불손한 새라고 말하였다.

"우린 아직도 최고의 새를 가지고 있지." 그들은 말했다. 그리고는 다시 그 인공 새는 노래를 불러야 했다. 그들이 같은 톤의 소리를 들은 것이 그때가 34번째였지만, 그들은 지금껏 듣는 동안 전혀 알지 못했다. 그것을 구별하기는 어렵기 때문이었다. 또한 그 음악 지휘자는 그 새를 무척 극찬했다. 그의 옷이나 장식되어 있는 많은 다이아몬드뿐만 아니라 내적인 측면에서 보아도 진짜 나이팅게일보다도 그 인공 새가 사실 더 낫다고 그들에게 단언하기까지 했다.

"나의 군주님과 부인님들, 그리고 우리의 위대하신 황제 폐하께서는 그 누구보다도 잘 아실 겁니다. 여러분들께서는 진짜 나이팅게일이 무엇을 부를지에 대해 전혀 상상이 되질 않으시

단언: 딱 잘라 하는 말

"You see, my lords and ladies, and your Imperial Majesty above all! You can never figure out what the real nightingale will sing, but with the artificial bird everything has already been decided. This is the way it will be, and not otherwise. It can be accounted for; it can be opened up to reveal the human logic that has gone into the arrangement of the works, how they operate and how they turn one after the other!"

"Those are my thoughts precisely!" they all said. And on the following Sunday the music master was allowed to show the bird to the people. They were also going to hear it sing, said the emperor. And they heard it and were as happy as if they had all drunk themselves merry on tea, for that is so very Chinese. And then they all said "Oh" and held their index fingers high in the air and nodded. But the poor fisherman, who had heard the real nightingale, said: "It sounds pretty enough, and it is similar too. But something is missing. I don't know what it is."

The real nightingale was banished from the land.

The artificial bird had its place on a silken pillow close to the emperor's bed. All the gifts it had received, gold and precious stones, lay around it, and its title had risen to high-imperial-bedside-table-singer. It ranked Number One

---

internally:내적으로 account for: 설명하다 open up: 계발하다 arrangement:정돈 precisely:정확히 index finger:집게 손가락 banish:추방되다 pillow:베개

겠지만, 인공 나이팅게일은 이미 모든 것이 결정된 상태죠. 이 새는 자기가 하던 대로만 할 뿐 다른 방식으로 하지는 않죠. 인공 새는 설명되어질 수 있는 것입니다. 인공 새를 열어보면 인간의 논리성에 맞게 볼 수도 있습니다. 기계 장치들이 잘 배치되어 부속들이 얼마나 잘 작동하고 있습니까! 순차적으로 얼마나 잘 돌아가고 있습니까!"

"제 생각하고 너무나 똑같네요!" 그들은 모두 말했다. 그리고 이번 주 일요일에 음악 지휘자는 사람들에게 그 새를 공개할 수 있도록 허락을 받았다. '백성들도 역시 그 새가 노래 부르는 것을 들을 수 있을 것이다'라고 황제는 말했다. 백성들이 그 새의 소리를 들었을 때 그들 모두는 마치 즐겁게 차를 마신 것처럼 행복해 했다. 차 마시는 관습은 바로 중국인들의 특성이다. 그리고는 그들 모두는 감탄사를 발하며, 집게손가락을 하늘 높이 들어 최고라는 뜻을 표하며 고개를 끄덕였다. 그러나 진짜 나이팅게일의 소리를 들었던 그 가난한 어부는 말했다. "이 소리는 무척 아름답고 진짜와 비슷한 것도 사실이지만 무언가가 빠졌어. 난 그게 뭔지 모르겠단 말이야."

진짜 나이팅게일은 그 땅에서 추방되었다.

인공으로 만든 나이팅게일은 황제 침대 가까이에 있는 베개 위에 그 자리를 잡았다. 금과 값비싼 보석등 모든 선물들을 받아 그 주위에 놓았으며, 그의 칭호 역시 '왕의 곁에서 노래 부르는 자' 로 승격되었다. 그 새는 왼쪽의 가장 첫 번째 자리에 위치하였다. 왜냐 하면 황제는 그 위치가 심장이 놓이는 가장

on the left, for the emperor considered the side where the heart lies to be the most important. And the heart of an emperor is on the left side too. The music master wrote a treatise in twenty-five volumes about the artificial bird. It was very learned and very long and contained the biggest Chinese words, and all the people said they had read and understood it, for otherwise they would have been considered stupid and would have been thumped on their stomachs.

It went on like this for a whole year. The emperor, the court, and all the other Chinese knew every little "cluck" in the song of the artificial bird by heart. But this is why they prized it so highly now: they could sing along with it themselves, and this they did! The street boys sang "Zizizi! Cluck-cluck-cluck!" And the emperor sang it too. Yes, it was certainly lovely.

But one evening, as the artificial bird was singing away and the emperor was lying in bed listening to it, something went "Pop!" inside the bird. "Whirrrrrrrrrr!" All the wheels went around, and then the music stopped.

The emperor sprang out of bed and had his personal physician summoned. But what good was he? Then they summoned the watchmaker, and after much talk and many

---

stone:보석 title:관직, 지위 treatise:논문 volume:(책)한 권 cluck:꼬꼬 우는 소리 prize:상을 주다 personal physician:개인 의사 watchmaker:시계 수리공

중요한 자리라고 생각했기 때문이다. 황제의 심장 역시 왼쪽에 위치했다. 음악 지휘자는 인공 새에 대한 논문을 25권의 책에 썼다. 그것은 매우 현학적이었으며, 매우 길었고, 큼지막한 한자로 되어 있었다. 모든 사람들은 자신들이 그것을 읽고 이해했다고 말하였다. 그렇지 않으면 그들은 멍청하다고 간주되거나, 그들의 배를 두들겨 맞기 때문이었다.

그렇게 일 년이 지났다. 황제와 모든 조정 신하들, 그리고 다른 중국인들은 인공 새가 부르는 노래의 거의 모든 "꼬꼬"하는 소리를 외울 수 있게 되었다. 그러나 이것은 이제는 그들이 그 새를 더욱 높게 평가하는 이유가 되었다. 왜냐하면 그들은 스스로가 그것을 따라 노래를 부를 수 있었기 때문이다. 그들은 그렇게 노래를 따라 불렀다! 거리의 소년들은 "지지지! 꼬꼬꼬!" 하고 노래를 불러댔고, 황제 역시 그렇게 노래를 불렀다. 사실, 그것은 분명히 아름다웠다.

그러나 어느 날 밤, 인공 새가 노래를 부르고 있고, 황제는 침대에서 그 노래를 들으며 누워 있었을 때, 뭔가 "퍽" 하는 소리가 그 새 안에서 났다. "휘리리~!" 모든 태엽이 다 풀어지고 음악은 멈추었다.

황제는 벌떡 침대에서 일어나 그의 개인 주치의를 불러오도록 명령했다. 하지만 그가 무슨 소용이 있겠는가? 곧 그들은 시계 수리공을 데리고 왔다. 그 새에 대한 많은 이야기와 시험을 한 후, 그는 그럭저럭 다시 조립해 놓았다. 그러나 그는 그 새를 반드시 최대한 아껴서 사용해야 한다고 말했다. 그 톱니

현학: 학식이 높음을 뽐냄

examinations of the bird he put it more or less in order again. But he said it must be used as sparingly as possible. The cogs were so worn down that it wasn't possible to put in new ones in a way that would be sure to make music. What a great affliction this was! Only once a year did they dare let the artificial bird sing, and even that was hard on it. But then the music master made a little speech, with big words, and said it was just as good as new, and then it was just as good as new.

Five years passed, and then a great sorrow fell upon the land. They were all fond of their emperor, but now he was sick and it was said he could not live. A new emperor had already been picked out, and people stood out in the street and asked the chamberlain how their emperor was.

"P!" he said, and shook his head.

Cold and pale, the emperor lay in his great magnificent bed. The whole court thought he was dead, and they all ran off to greet the new emperor. The lackeys ran out to talk about it, and the chambermaids had a big tea party. Cloths had been put down in all the halls and corridors to deaden the sound of footsteps. And now it was so quiet, so quiet. But the emperor was not yet dead. Stiff and pale, he lay in the magnificent bed with the long velvet curtains

---

examination:조사 put in order:정돈하다 sparingly:드물게 cog:(톱니바퀴의)이 affliction:고통 be hard on:~에게 고역이다 pick out:간택하다 greet:알현하다 deaden: 방음하다

가 너무 낡아서, 확실하게 음악을 만들 수 있는 그런 새로운 장치를 넣을 수 없었다. 이게 얼마나 큰 고통이란 말인가! 그들은 단지 일 년에 한 번만 인공으로 만든 새의 노래를 들을 수 있었다. 그마저도 그에게는 힘든 일이었다. 그러자 곧 음악 지휘자는 큼지막한 글씨를 써 가지고는 짧게 연설을 하였다. 그는 말했다. 그것이 새것처럼 좋다고. 그리고 그것은 새것처럼 좋았다.

5년이 흐른 뒤, 그 나라에는 큰 슬픔이 닥쳤다. 그들은 모두 황제를 좋아했지만, 황제는 현재 건강이 좋질 않았다. 또한 그가 살 수 없을 거라는 말들이 퍼졌다. 새로운 황제가 이미 뽑혔고, 사람들은 거리에 서서 시종장에게 황제의 상태를 물어보았다.

시종장은 "푸!"라고 소리를 내고는 그의 고개를 저었다.

춥고 창백해진 상태로 그 황제는 그의 화려한 침대에 누워 있었다. 모든 조정 대신들은 그가 죽었다고 생각했다. 그래서 그들은 새 황제에게 인사하기 위해 모두 나가버렸다. 종복들은 이 이야기를 하러 밖으로 나갔고 하녀들은 차를 마시러 갔다. 발자국 소리를 없애기 위하여 모든 홀과 복도에는 천이 깔려 있었다. 그래서 모든 곳이 조용해졌다. 그러나 황제는 아직 죽지 않았다. 뻣뻣하고 창백한 얼굴로, 그는 기다란 벨벳 커튼을 치고, 무거운 황금 장식을 한 화려한 침대에 누워 있었다. 그의 위로는 창문이 높이 열려 있었고, 달빛이 그 황제와 인공 새를 비추고 있었다.

and the heavy gold tassels. High above him a window stood open, and the moon shone in on the emperor and the artificial bird.

The poor emperor could hardly breathe. It was as though something heavy were sitting on his chest. He opened his eyes and then he saw that Death was sitting on his chest. He had put on his golden crown and was holding the emperor's golden sword in one hand and his magnificent banner in the other. All around from the folds of the velvet curtains strange faces were peering out. Some were quite hideous, others so kindly and mild. These were all the emperor's good and wicked deeds that were looking at him now that Death was sitting on his heart.

"Do you remember that?" whispered one after the other. "Do you remember that?" And then they told him so much that the sweat stood out on his forehead.

"I never knew that!" said the emperor. "Music! Music! The big Chinese drum!" he shouted. "So I don't have to hear all the things they're saying!"

But they kept it up, and Death nodded, just the way the Chinese do, at everything that was being said.

"Music! Music!" shrieked the emperor. "Blessed little golden bird, sing now! Sing! I've given you gold and

---

tassel:장식술 Death:사신, 저승사자 banner:깃발 hideous:무시무시한 shriek:소리를 지르다, 비명을 지르다

불쌍한 황제는 거의 숨을 쉴 수가 없었다. 그것은 마치 뭔가 무거운 것이 그의 가슴을 짓누르는 것 같았다. 그는 눈을 떴다. 그때 그는 저승사자가 그의 가슴에 앉아 있는 것을 보았다. 그는 황금 왕관을 쓰고는 한 손으로 황제의 칼을 잡고 다른 한 손으로는 그의 화려한 깃발을 잡았다. 주름진 벨벳 커튼 을 빙 둘러 낯선 얼굴들이 그를 응시하고 있었다. 몇몇은 상당히 무시무시 하였고, 나머지 얼굴들은 친절하고 온화했다. 이들은 황제의 선행과 악행들이었고 저승사자가 황제의 가슴 위에 앉아서 그를 쳐다보고 있었다.

"그 일이 기억나세요?" 그들은 계속해서 황제에게 속삭였다. "그 일이 기억나세요?" 그들이 그에게 너무 많은 이야기를 했기 때문에 곧 그의 머리에서 식은땀이 났다.

"난 하나도 몰라!" 그 황제는 말했다. "음악을 틀어 음악을! 큰 중국 북을 울려라!" 그는 소리쳤다. "그래서 저들이 이야기하는 것이 하나도 안 들리게 좀 해 줘!"

그러나 그들은 계속 말했고 저승사자는 중국인들이 하는 방식대로 그들이 말하는 것마다 고개를 끄덕였다.

"음악을 틀어! 음악을!" 황제는 소리를 질렀다. "축복받은 귀여운 황금새야, 지금 노래를 불러라! 노래를 불러! 내가 너에게 황금과 값비싼 선물을 주었지 않는냐. 나의 황금 사슬을 너의 목에 둘러 주었지 않느냐. 노래를 불러, 지금! 노래를!"

그러나 그 새는 침묵을 지켰다. 그 누구도 태엽을 감는 사람이 없었기 때문에 그 새는 노래를 부를 수 없었다. 그러나 저

costly presents. I myself hung my golden slipper around your neck. Sing now! Sing!"

But the bird kept silent. There was no one to wind it up, so it didn't sing. But Death kept on looking at the emperor out of his big empty sockets, and it was so quiet, so terribly quiet.

Suddenly the loveliest song could be heard close to the window. It was the little real nightingale sitting on the branch outside. It had heard of the emperor's need and had come to sing him comfort and hope. And as it sang the face became paler and paler, and the blood started flowing faster and faster in the emperor's weak body, and Death himself listened and said, "Keep on, little nightingale, keep on!"

"If you will give me the magnificent golden sword! If you will give me the rich banner! If you will give me the emperor's crown!

And Death gave each treasure for a song, and the nightingale kept on singing. And it sang about the quiet churchyard where the white roses grow and the scent of the elder tree perfumes the air and where the fresh grass is watered by the tears of the bereaved. Then Death was filled with longing for his garden and drifted like a cold,

---

socket:구멍 need:요구 comfort:편안하게 하다 keep on:계속하다 scent:향기 perfume:향기를 풍기다 the bereaved:유족

승사자는 텅 비어 있는 큰 눈의 동공으로 황제를 계속 바라보았다. 조용했다. 무서우리만치 침묵이 흘렀다.

갑자기 아름다운 노래 소리가 창문 가까이에서 들려왔다. 조그마한 진짜 나이팅게일이 밖에 있는 나뭇가지에 앉아 있었다. 그 새는 황제의 소원을 듣고는 그에게 평안과 희망을 주기 위하여 노래를 불러 주러 왔던 것이다. 나이팅게일이 노래를 부르니 선행과 악행을 나타내는 얼굴들이 희미해지면서, 그 황제의 병약한 몸에서 피가 점차 빨리 흐르기 시작했다. 저승 사자는 그 노래를 들으면서, "계속해라, 작은 나이팅게일아, 계속!" 이라고 말했다.

"만일 당신이 내게 훌륭한 황금 칼을 준다면! 만일 당신이 내게 멋진 깃발을 준다면, 만일 당신이 내게 황제의 왕관을 준다면!"

그러자 저승 사자는 노래를 듣고자 보물을 하나씩 주었고, 나이팅게일은 노래를 계속 불렀다. 그는 흰 장미가 자라고 오래된 나무의 향이 공기 중에 은은히 퍼지는, 또한 유족들의 눈물을 먹고 사는 푸른 초원이 있는 교회의 정원에 대해 노래를 불렀다. 그러자 저승 사자는 자신의 정원을 그리워하는 마음이 부풀어 창문 밖의 차가운 하얀 안개처럼 사라져 버렸다.

"고맙다, 정말 고마워!" 황제는 말했다. "성스러운 작은 새야, 물론 난 너를 알고 있지. 내가 너를 나의 제국에서 내쫓았지. 그런데 넌 여전히 나의 침대에서 나쁜 환영을 몰아내기 위하여, 그리고 죽음의 사신을 나의 마음속에서 내몰기 위하여 노

환영:사상 또는 감각의 착오로 사실이 아닌 것을 사실처럼 인정하는 현상

white mist out of the window.

"Thank you, thank you!" said the emperor. "Heavenly little bird, I know you, all right. I have driven you out of my land and empire, and still you have sung the bad visions away from my bed and removed Death from my heart! How can I reward you?"

"You have already rewarded me!" said the nightingale. "You gave me the tears from your eyes the first time I sang. I will never forget that. Those are the jewels that do a singer's heart good. But sleep now, and get well and strong. I shall sing for you."

And it sang, and the emperor fell into a sweet sleep, which was calm and beneficial

The sun was shining in on him through the windows when he awoke, refreshed and healthy. None of his servants had returned yet, for they thought he was dead, but the nightingale still sat there and sang.

"You must always stay with me," said the emperor. "You shall sing only when you yourself want to, and I shall break the artificial bird into a thousand bits!"

"Don't do that!" said the nightingale. "Why, it has done what good it could. Keep it as before. I cannot build my nest and live at the palace, but let me come whenever I

---

mist:안개 drive ~out to:~을 추방하다 reward:보상하다 jewel:보석 get well: 건강을 회복하다 beneficial:유익한 break into:~을 부수다

래를 불러 주었구나! 내가 너에게 어떻게 보상해 주면 좋겠느냐?"

"폐하는 이미 제게 보상을 해주었지요!" 나이팅게일은 말했다. "폐하는 제가 처음 당신에게 노래를 불러 주었을 때, 제게 당신의 눈물을 주었어요. 전 그것을 결코 잊질 못해요. 그것들은 노래 부르는 사람의 마음속엔 보석과도 같은 것이지요. 하지만 지금은 주무셔야 해요. 몸이 건강히 나으셔야죠. 제가 폐하께 노래를 불러 드릴 것입니다."

그리고는 새는 노래를 불렀다. 그러자 황제는 평온함과 유익함을 주는 달콤한 잠에 빠졌다.

그가 기운을 회복하고 건강하게 잠에서 깨었을 때 햇빛이 창문을 통해 그에게 비추고 있었다. 아직 그의 신하들은 그에게 돌아오지 않았다. 그들은 그가 죽었다고 생각했기 때문이다. 그러나 나이팅게일은 여전히 거기에 앉아서 노래를 부르고 있었다.

"넌 나와 항상 함께 있어야 한다." 황제는 말했다. "넌 네가 원하는 때만 노래를 불러도 좋아. 그리고 저 인공 새는 수많은 조각으로 박살내 버려야겠다."

"그러지 마세요!" 나이팅게일은 말했다. "왜요, 그는 그가 할 수 있는 최선을 다했어요. 그를 전처럼 그냥 놔두세요. 저는 궁전에서 둥지를 틀고 살 수는 없어요. 대신 제가 원할 때 언제라도 올 수 있도록 해주세요. 그러면 저는 저녁마다 창문 옆의 가지에 앉아 당신을 위해 노래를 부를 겁니다. 저는 행복한 사

want to. Then in the evening I will sit on the branch here by the window and sing for you. I shall sing about those who are happy and those who suffer, I shall sing of good and evil, which is kept hidden from you. The little song-bird flies far, to the poor fisherman, to the farmer's roof, to everyone who is far from you and your court. I love your heart more than your crown, and yet your crown has an odor of sanctity about it. I will come. I will sing for you. But you must promise me one thing!"

"Everything!" said the emperor, standing there in his imperial robe, which he himself had put on, and holding the heavy golden sword up to his heart.

"One thing I beg of you. Tell no one that you have a little bird that tells you everything! Then things will go even better!"

And then the nightingale flew away.

The servants came in to have a look at their dead emperor. Yes, there they stood, and the emperor said, "Good morning!"

---

suffer:고통받다 good and evil:선과 악 ordor:향기 sancitity:신성 robe:예복 put on:입다 have a look at:한번 보다

람들과 고통받는 사람들을 위해 노래를 불러야 합니다. 또한 당신에게 감춰져 있는 선과 악을 위해서도 노래를 불러야 합니다. 노래 부르는 작은 새는 멀리 날아가 가난한 어부에게, 농부의 지붕으로, 그리고 당신과 당신의 궁전으로부터 멀리 떨어진 모든 사람들에게로 날아갈 겁니다. 저는 당신의 왕관보다도 당신의 마음을 더욱 사랑합니다. 그리고 여전히 당신의 왕관 주위에 고결한 향기가 차 있습니다. 저는 다시 올 겁니다. 당신에게 노래를 불러 드리기 위해서요. 하지만 당신은 내게 한 가지 약속을 하셔야 해요!"

"어떤 것이라도 들어주지!" 황제는 그가 직접 입은 황제의 예복을 한 채로, 그의 무거운 황금 칼을 가슴까지 들어올리고 서서는 말했다.

"한 가지만 부탁할게요. 당신에게 모든 것을 말해 주는 작은 새가 있다는 사실을 아무에게도 말하지 말아 주세요! 그러면 모든 일이 더욱잘될 겁니다!"

그리고는 나이팅게일은 날아가 버렸다.

하인들이 죽은 황제를 보기 위하여 들어왔다. 물론 그들은 거기 멈춰섰고, 황제는 말했다. "좋은 아침이야!"

The Little Mermaid

FAR out to sea the water is as blue as the petals on the loveliest cornflower and as clear as the purest glass. But it is very deep, deeper than any anchor rope can reach. Many church steeples would have to be placed one on top of the other to reach from the bottom up to the surface of the water. Down there live the mermen.

Now, it certainly shouldn't be thought that the bottom is only bare and sandy. No, down there grow the strangest trees and plants, which have such flexible stalks and leaves that the slightest movement of the water sets them in motion as if they were alive. All the fish, big and small, slip in and out among the branches just the way the birds

---

petal:꽃잎 anchor rope:닻줄 steeple:뾰족탑 on top of:~의 꼭대기에 bare:황량한, 휑한 flexible:유연한 stalk:줄기

인어 공주

멀리서 보는 바닷물 빛은 아름다운 수레 국화의 꽃잎처럼 푸르고 아주 깨끗한 유리처럼 맑다. 하지만 그곳은 매우 깊어서 닻줄이 닿을 수 없을 정도이다. 바닷물의 밑바닥에서 수면까지 닿기 위해서는 많은 교회의 뾰족탑들을 차례로 쌓아 올려져야 한다. 그 깊은 바닷속에 인어들이 살고 있다.

그런데 바다 밑바닥이 황량하고 모래만이 있다고 생각해서는 절대 안 된다. 그와 달리 그 바닥에는 매우 신기한 나무와 식물이 자라고 있다. 그것은 매우 유연한 줄기와 잎을 가지고 있고 아주 작은 물결에도 움직여서 마치 살아 있는 것 같아 보인다. 크고 작은 물고기들은 마치 새들이 하늘에서 날듯이 나뭇가지 사이를 미끄러지듯 왔다갔다 한다. 바닷속 가장 깊은 곳에 바다 왕의 궁전이 있다. 벽은 산호로 되어 있고, 길고 끝

유연한:부드럽고 연한

do up here in the air. At the very deepest spot lies the castle of the king of the sea. The walls are of coral, and the long tapering windows are of the clearest amber. But the roof is of mussel shells, which open and close with the flow of the water. The effect is lovely, for in each one there is a beautiful pearl any of which would be highly prized in a queen' s crown.

For many years the king of the sea had been a widower, and his old mother kept house for him. She was a wise woman and proud of her royal birth and so she wore twelve oysters on her tail; the others of noble birth had to content themselves with only six. Otherwise she deserved much praise, especially because she was so fond of the little princesses, her grandchildren. They were six lovely children, but the youngest was the fairest of them all. Her skin was as clear and opalescent as a rose petal. Her eyes were as blue as the deepest sea. But like all the others, she had no feet. Her body ended in a fishtail.

All day long they could play down in the castle in the great halls where living flowers grew out of the walls. The big amber windows were opened, and then the fish swam into them just as on land the swallows fly in when we open our windows. But the fish swam right over to the

---

do up in the air:물 위의 하늘에서 날다. coral:산호 tapering:끝이 점점 좁은 amber:호박(琥珀) mussel shell:홍합 껍질 pearl:진주 widow:과부, 미망인 royal birth:황실 출신, 왕족으로 태어남 opalescent:젖빛의

이 점점 좁아지는 창문은 투명한 호박으로 되어 있다. 하지만 지붕은 홍합 껍질로 되어 있는데 껍질들은 물의 흐름에 따라 열리고 닫힌다. 그 껍질 안에는 여왕의 왕관에나 있을 법한 아름다운 진주들이 하나씩 박혀 있어서 열리고 닫힐 때 그 효과가 너무나 멋있다.

여러 해 동안 바다의 왕은 홀아비로 지냈는데, 그의 노모가 아들을 위해 왕궁을 관리했다. 그녀는 현명한 여성이었고 왕족으로 태어난 것에 대해 자부심을 가지고 있었다. 그녀의 꼬리에 열두 개의 굴을 박았는데, 나머지 귀족 출신들은 단지 여섯 개로 만족해야 했다. 다른 한편으로 그녀는 존경을 받을 만했는데 그 이유는 특히 그녀는 손녀인 어린 인어공주들을 매우 좋아했기 때문이다. 그들은 여섯 명의 사랑스러운 아이들이었는데, 그들 중 막내가 가장 아름다웠다. 그녀의 피부는 장미의 꽃잎처럼 깨끗하고 우유빛이 났다. 그녀의 눈은 깊은 바다처럼 푸른 빛이었다. 하지만 다른 인어와 마찬가지로 그녀는 발이 없었다. 그녀의 하반신은 물고기의 꼬리였다.

하루 종일 그들은 성벽 바깥에 꽃이 자라고 있는 성안의 큰 홀에서 놀았다. 커다란 호박으로 되어 있는 창문은 열려 있어서 물고기들은 육지에서 열린 창문으로 제비가 날아 들어오듯이 창문으로 헤엄쳐서 들어왔다. 그 물고기들은 어린 공주들 바로 위로 헤엄쳐 그녀들이 주는 먹이를 먹었고, 귀여움을 받

외양: 겉모습

little princesses, ate out of their hands, and allowed themselves to be petted.

Outside the castle was a large garden with trees as red as fire and as blue as night. The fruit shone like gold, and the flowers looked like burning flames, for their stalks and leaves were always in motion. The ground itself was the finest sand, but blue like the flame of brimstone. A strange blue sheen lay over everything down there. It was more like standing high up in the air and seeing only sky above and below than like being at the bottom of the sea. In a dead calm the sun could be glimpsed. It looked like a purple flower from whose chalice the light streamed out.

Each of the little princesses had her own tiny plot in the garden, where she could dig and plant just as she wished. One made her flower bed in the shape of a whale. Another preferred hers to resemble a little mermaid. But the youngest made hers quite round like the sun and had only flowers that shone red the way it did. she was a strange child, quiet and pensive, and while the other sisters decorated their gardens with the strangest things they had found from wrecked ships, the only thing she wanted, besides the rosy-red flowers that resembled the sun high above, was a beautiful marble statue. It was a handsome

---

pet:애무하다 in motion;움직이고 있는 flame of brimstone:유황의 불꽃 sheen:광채 dead calm:쥐죽은 듯이 고요한 glimpse:흘낏 보이다 chalice:성배 pensive:생각에 잠긴 decorate:치장하다, 꾸미다 wrecked ship:난파된 배 marble statue:대리석 동상

왔다.

성의 바깥에는 불꽃처럼 붉은 나무들과 밤처럼 푸른 나무들이 있는 큰 정원이 있었다. 그 열매는 금빛으로 빛나고, 꽃은 타오르는 불꽃 같고, 줄기와 잎사귀는 언제나 움직이고 있었다. 바닥은 매우 고운 모래였지만, 유황의 불꽃처럼 푸른 빛이었다. 신비로운 푸른 빛의 광채가 그곳의 모든 것을 비추고 있었다. 그것은 바다 밑바닥에 있다기보다는 공기 중의 높은 곳에 서 있으면서 하늘을 위아래로 쳐다보는 것 같았다. 고요한 적막 속에서 태양이 때때로 보였다.

어린 공주들은 저마다 정원에 자기만의 조그만 영역을 가지고 있었는데, 그녀들은 거기다가 자기 마음대로 땅을 파고 나무를 심을 수 있었다. 어떤 공주는 고래 모양으로 된 꽃침대를 만들었다. 다른 공주는 자신의 땅을 작은 인어 공주처럼 보이게 하기를 좋아했다. 하지만 가장 어린 공주는 그녀의 땅을 태양처럼 완전히 둥글게 만들고 태양이 그러하듯 붉은 빛을 내는 꽃들로만 채웠다. 그녀는 유별난 아이였고, 조용하고 생각이 깊었으며, 다른 누이들이 난파된 배에서 발견한 신기한 물건들로 그들의 정원을 꾸미는 데 반해, 바다위의 태양처럼 보이는 붉은 장미빛 꽃들 이외에, 그녀가 꾸민 것은 오로지 아름다운 대리석 동상 하나였다. 그것은 깨끗한 흰 대리석에 조각된 잘 생긴 소년의 동상이었는데 그것은 난파선에서 깊은 바

성배: 신성한 술잔

boy carved out of clear white stone, and in the shipwreck it had come down to the bottom of the sea. By the pedestal she had planted a rose-colored weeping willow. It grew magnificently, and its fresh branches hung out over the statue and down toward the blue, sandy bottom, where its shadow appeared violet and moved just like the branches. It looked as if the top and roots played at kissing each other.

Nothing pleased her more than to hear about the world of mortals- up above. The old grandmother had to tell everything she knew about ships and cities, mortals and animals. To her it seemed especially wonderful and lovely that on the earth the flowers gave off a fragrance, since they didn' t at the bottom of the sea, and that the forests were green and those fish that were seen among the branches there could sing so loud and sweet that it was a pleasure. What the grandmother called fish were the little birds, for otherwise the princesses wouldn't have understood her, as they had never seen a bird.

"When you reach the age of fifteen," said the grandmother, "you shall be permitted to go to the surface of the water, sit in the moonlight on the rocks, and look at the great ships sailing by. You will see forests and cities

---

carved:새겨진, 조각된 pedestal:주춧대 weeping willow:수양버들 magnificently:화려하게, 멋지게 play at:~놀이를 하다, ~을 하고 놀다 mortal: 인간 give off:발산하다 fragrance:향기 permit:허락하다, 허용하다 you shall be permitted to go:가도 좋다

다 밑으로 내려온 것이었다. 주춧대의 근방에 그녀는 장미색의 수양버들을 심었다. 멋지게 자란 수양버들의 가지는 동상의 위로 늘어져 푸른 색의 모래 바닥으로 향했고, 그림자는 보랏빛으로 보였으며 나뭇가지처럼 움직였다. 나뭇가지가 뿌리쪽으로 향해 흔들리고 있어서 마치 나무의 윗부분과 뿌리가 서로 입을 맞추려고 장난치고 있는 것처럼 보였다.

그녀는 위쪽의 인간 세상에 대한 소식을 듣는 것을 가장 좋아했다. 할머니는 자신이 알고 있는 배와 도시, 인간과 동물에 대한 모든 것을 이야기했다. 그녀는 바닷속에서와는 달리 땅위에서는 꽃들이 향기를 발산하고 숲이 녹색이며 나뭇가지 사이로 보이는 물고기들이 매우 크고 달콤한 소리로 노래하고 그 소리가 듣기 좋다는 것이 매우 놀랍고도 신기했다. 할머니가 물고기라고 부르는 것은 작은 새였다. 공주들은 새를 본 적이 없었기 때문에 그렇게 부르지 않으면 이해할 수 없을 것이다.

할머니는 "너희들이 15세가 되면 수면으로 올라가서 달빛 속에서 바위에 올라앉아 커다란 배가 지나가는 것을 보는 것을 허락할 것이다. 너희들은 수풀과 도시 역시 보게 될 것이다."라고 말했다.

내년에는 첫째 공주가 15세가 되는데, 나머지 공주들은 각각의 언니보다 1년씩 더 어리므로, 가장 어린 공주는 바다 밑으

too."

The next year the first sister would be fifteen, but the others yes, each one was a year younger than the other; so the youngest still had five years left before she might come up from the bottom of the sea and find out how it looked in our world. But each one promised to tell the others what she had seen on that first day and what she had found to be the most wonderful thing, for their grandmother hadn' t told them enough– there was so much they had to find out.

No one was as full of longing as the youngest, the one who had to wait the longest and who was so quiet and pensive. Many a night she stood by the open window and looked up through the dark blue water where the fish flipped their fins and tails. She could see the moon and stars. To be sure, they shone quite pale, but through the water they looked much bigger than they do to our eyes. If it seemed as though a black shadow glided slowly under them, then she knew it was either a whale that swam over her or else it was a ship with many mortals on board. It certainly never occurred to them that a lovely little mermaid was standing down below stretching her white

---

longing:동경 pensive:생각에 잠긴, 슬픈 flip:퍼덕이다 fin:지느러미 pale:창백한, 엷은, 희미한 mortal:사람

로부터 수면으로 올라가 바다 위의 세상이 어떻게 보이는지를 알려면 아직 5년이나 남았다. 하지만 인어들은 그 첫날에 본 것이 무엇인지를, 그리고 자신들이 발견한 가장 놀라운 것이 무엇인지를 인어들에게 얘기해 주기로 약속했다. 왜냐하면 그들의 할머니가 충분히 이야기를 해 주지 않아서 그들이 발견해 내야 할 만한 것들이 많았기 때문이다.

막내 공주가 세상을 가장 동경했는데 그녀는 가장 오랜 시간을 기다려야 했고, 매우 조용하고 생각에 잠기는 성격이었다. 밤에 자주 그녀는 열린 창문가에 서서 물고기들이 지느러미와 꼬리를 퍼덕이는 검푸른 물빛을 올려다 보았다. 그녀는 달과 별을 볼 수 있었다. 확실히, 그것들은 상당히 희미하게 비춰졌지만, 물을 통해서는 우리의 눈에 비쳐지는 것보다 훨씬 커 보였다. 검은 그림자가 그들 밑으로 천천히 미끄러져 움직일 때는, 그녀는 그것이 그녀의 머리 위로 헤엄치는 고래이거나 인간들이 많이 타고 있는 배라는 것을 알았다. 뱃사람들은 사랑스러운 어린 인어 공주가 용골을 향해 하얀 손을 뻗치며 바다 밑에 서 있다는 것을 상상해 본 적도 없을 것이다.

이제 첫째 공주가 15세가 되어서 수면 위로 올라가는 것이 허락되었다.

첫째는 백여 가지의 이야깃거리를 가지고 돌아왔다. 그 중 첫째가 말한 가장 놀라운 이야기는 그녀가 달빛이 잔잔한 바

용골: 배의 척추에 해당되는 중심 골격

hands up toward the keel.

Now the eldest princess was fifteen and was permitted to go up to the surface of the water.

When she came back, she had hundreds of things to tell about. But the most wonderful thing of all, she said, was to lie in the moonlight on a sandbank in the calm sea and to look at the big city close to the shore, where the lights twinkled like hundreds of stars, and to listen to the music and the noise and commotion of carriages and mortals, to see the many church steeples and spires, and to hear the chimes ring. And just because the youngest sister couldn't go up there, she longed for all this the most.

Oh, how the little mermaid listened. And later in the evening, when she was standing by the open window and looking up through the dark blue water, she thought of the great city with all the noise and commotion, and then it seemed to her that she could hear the church bells ringing down to her.

The next year the second sister was allowed to rise up through the water and swim wherever she liked. She came up just as the sun was setting, and she found this sight the loveliest. The whole sky looked like gold, she said and the clouds. Well, she couldn't describe their beauty enough.

---

keel:배의 용골 sandbank:모래톱 twinkle:반짝이다, 빛나다 commotion:떠들썩함, 소란스러움 spire:첨탑 chime:차임, 관종(管鐘) describe:묘사하다, 표현하다

닷가 모래톱에 앉아서, 불빛이 수많은 별들처럼 반짝이는 해변에 인접한 큰 도시를 바라봤다는 것이었다. 그녀는 그 도시에서 음악과 소음과 마차와 인간의 떠들썩한 소리를 들었고, 많은 교회의 뾰족탑과 첨탑을 보았고, 교회 종소리를 들었다는 것이다. 그러자 막내 공주는 그곳으로 올라갈 수 없었기 때문에 이러한 것들을 더욱 동경하게 되었다.

아, 작은 인어공주가 어떤 마음으로 들었겠는가! 그리고 저녁 늦은 시간에 그녀는 열린 창문가에 서서 검푸른 물을 통해 위쪽을 쳐다보면서 시끄럽고 소란스러운 커다란 도시를 생각했고, 마치 그녀 자신에게 울려 퍼지는 교회의 종소리가 들리는 것 같았다.

다음해에는 둘째 언니가 물위로 올라가서 원하는 곳 어디든지 헤엄칠 수 있도록 허락되었다. 그녀는 해가 질 때 물위로 올라갔고, 그 광경이 가장 아름답다고 생각했다. 하늘 전체는 황금 빛의 구름이었다고 그녀는 말했다. 그녀는 그것들의 아름다움을 충분히 표현할 수 없었다. 심홍색과 자줏빛의 구름들이 그녀의 머리 위로 지나갔다. 하지만 구름보다 더 빠르게 마치 흰색의 긴 베일같이, 한 떼의 백조들이 물위를 지나 태양 쪽으로 날아갔다. 그녀는 태양을 향해 헤엄쳤으나 그것은 물 속으로 잠겨 버렸고, 붉은 빛이 바다와 구름으로부터 점점 사라졌

첨탑: 뾰쪽탑

Crimson and violet, they had sailed over her. But even faster than the clouds, like a long white veil, a flock of wild swans had flown over the water into the sun. she swam toward it, but it sank, and the rosy glow went out on the sea and on the clouds.

The next year the third sister came up. She was the boldest of them all, and so she swam up a broad river that emptied into the sea. she saw lovely green hills covered with grapevines. Castles and farms peeped out among great forests. She heard how all the birds sang, and the sun shone so hot that she had to dive under the water to cool her burning face. In a little bay she came upon a whole flock of little children. Quite naked, they ran and splashed in the water. She wanted to play with them, but they ran away terrified. And then a little black animal came; it was a dog, but she had never seen a dog before. It barked at her so furiously that she grew frightened and made for the open sea. But never could she forget the great forests, the green hills, and the lovely children who could swim in the water despite the fact that they had no fishtails.

The fourth sister was not so bold. she stayed out in the middle of the rolling sea and said that this was the

---

crimson:심홍색의 veil:장막 a flock of swans:한 떼의 백조 glow:붉은 빛 bold:용감한, 겁없는 empty into:(강이)~로 흘러들어가다 grapevines:포도덩굴 peep out:슬쩍 내다보다 bay:만 naked:벌거벗은, 나체의 run away terrified:겁에 질려 달아나다 make for:~를 향하여 나아가다 open sea:큰 바다

다.

그 다음해에는 셋째 언니가 올라갔다. 그녀는 그들 중 가장 용감했고, 그래서 바다로 흘러 들어오는 커다란 강까지 헤엄을 쳤다. 그녀는 포도 덩굴로 뒤덮인 아름다운 푸른 언덕을 보았다. 넓은 숲 사이로 성과 농장이 띄엄띄엄 보였다. 그녀는 새들이 노래하는 것을 들었고, 태양이 무척 뜨겁게 내리쬐어서 달아오른 얼굴을 식히기 위해 물 속에 들어가야만 했다. 작은 만에서 한 무리의 어린 아이들과 우연히 만났다. 그들은 벌거벗은 채로 물 속으로 달려가 첨벙거렸다. 그녀는 그들과 어울려 놀고 싶었지만, 그들은 겁에 질려 달아났다. 그리고 나서 작고 검은 동물이 왔는데 그것은 개였다. 하지만 그녀는 이제까지 개를 한번도 본 적이 없었다. 그 개가 그녀를 향하여 사납게 짖었기 때문에 그녀는 무서워서 넓은 바다로 도망쳤다. 하지만 그녀는 드넓은 숲과, 푸른 언덕과, 비록 물고기 꼬리는 가지고 있지 않았지만 물 속에서 수영할 수 있던 사랑스러운 어린아이들을 잊을 수가 없었다.

네 번째 언니는 그리 대담하지 않았다. 그녀는 굽이치는 바다의 중간에 머물러 있으면서 그것이 가장 아름답다고 말했다. 그녀는 그녀 주위의 수 마일 내의 모든 것을 볼 수 있었고 하늘은 커다란 유리 종과 같았다. 그녀는 아주 멀리서 배를 봤다. 그것들은 바다 갈매기처럼 보였다. 돌고래는 즐겁게 재주

loveliest of all. She could see for many miles all around her, and the sky was just like a big glass bell. she had seen ships, but far away. They looked like sea gulls. The funny dolphins had turned somersaults, and the big whales had spouted water through their nostrils so it had looked like hundreds of fountains all around.

Now it was the turn of the fifth sister. Her birthday was in winter, so she saw what the others hadn't seen. The sea looked quite green, and huge icebergs were swimming all around. Each one looked like a pearl, she said, although they were certainly much bigger than the church steeples built by mortals. They appeared in the strangest shapes and sparkled like diamonds. She had sat on one of the biggest, and all the ships sailed, terrified, around where she sat with her long hair flying in the breeze. But in the evening the sky was covered with clouds. The lightning flashed and the thunder boomed while the black sea lifted the huge icebergs up high, where they glittered in the bright flashes of light. On all the ships they took in the sails, and they were anxious and afraid. But she sat calmly on her floating iceberg and watched the blue streaks of lightning zigzag into the sea.

Each time one of the sisters came to the surface of the

---

dolphin:돌고래 somersault:재주넘기 spout:내뿜다 nostril:콧구멍 boom:쾅하고 울리다 iceberg:빙산 steak:줄 zigzag:지그재그(여기서는 번개의 모양)

넘기를 했고, 커다란 고래는 콧구멍을 통해서 물을 뿜어냈기 때문에 주위에 수백 개의 분수가 있는 것 같았다.

이제 다섯 번째 언니의 차례였다. 그녀의 생일은 겨울이었기 때문에 그녀는 다른 자매들이 보지 못한 것을 보았다. 바다는 아주 녹색 빛이었고, 거대한 빙산이 주위에 떠다녔다. 비록 인간이 만든 교회 뾰족탑보다 훨씬 크지만, 그것들 하나하나는 모두 진주처럼 보였다고 그녀는 말했다. 그것들은 매우 신기한 모양이었고 다이아몬드처럼 반짝였다. 그녀는 그 중 큰 빙산에 올라앉아 미풍에 긴 머리를 날리며 앉아 있었고 그런 그녀를 보고 모든 배들이 놀라며 항해했다. 하지만 저녁이 되자 하늘은 구름으로 덮였다. 번쩍거리는 빛과 함께 천둥이 울릴 때 검은 바다 위에서 거대한 빙산은 물결치며 번쩍였다. 배안의 사람들은 돛을 걷으며 걱정하고 두려워했다. 하지만 그녀는 떠다니는 빙산에 침착하게 앉아 있었고 바닷속으로 푸른 빛의 번개가 지그재그로 내리치는 것을 보았다.

인어들이 처음으로 수면 위로 올라왔을 때마다 그녀들은 처음에 본 새롭고 경이로운 것들에 언제나 매료되었다. 하지만 그녀들은 그 이후로, 이제는 원할 때라면 언제라도 올라가는 것이 허용되었기 때문에, 그런 것은 더이상 문제되지 않았다. 그들은 다시 집을 그리워하게 되었다. 그리고 한달 후 그들은 자신들이 살고 있던 바다 속이 가장 아름답고 좋은 집이라고

매료: 매력으로 남의 정신을 흐리게 하여 빼앗음

water for the first time she was always enchanted by the new and wonderful things she had seen. But now that, as grown girls, they were permitted to go up there whenever they liked, it no longer mattered to them. They longed again for home. And after a month they said it was most beautiful down there where they lived and that home was the best of all.

Many an evening the five sisters rose up arm in arm to the surface of the water. They had beautiful voices, sweeter than those of any mortals, and whenever a storm was nigh and they thought a ship might be wrecked, they swam ahead of the ship and sang so sweetly about how beautiful it was at the bottom of the sea and bade the sailors not to be afraid of coming down there. But the sailors couldn't understand the words. They thought it was the storm. Nor were they able to see the wonders down there either, for when the ship sank, the mortals drowned and came only as corpses to the castle of the king of the sea.

Now, in the evening, when the sisters rose up arm in arm through the sea, the little sister was left behind quite alone, looking after them and as if she were going to cry.

---

enchanted:~에 매료된, ~에 사로잡힌 drown:익사하다 long:갈망하다, 열망하다 arm in arm:서로 팔을 끼고, 나란히 nigh = near wonder:불가사의한 일(물건), 경이로운 일(물건) corpse:시체

말했다.

저녁에 자주 다섯 자매들은 나란히 수면 위로 올라갔다. 그들은 어떤 인간들보다 사랑스럽고 아름다운 목소리를 가지고 있었다. 폭풍우가 가까웠거나 배가 난파할지 모른다고 생각될 때면 언제나 배를 향해 헤엄을 쳐 바다 밑의 세상이 얼마나 아름다운지 노래하며 선원들에게 그곳으로 내려오는 것에 대해 두려워하지 말라고 말했다. 하지만 선원들은 그 말을 알아들을 수 없었다. 그들은 그것을 폭풍우라고 생각했다. 배가 가라앉고 사람이 물에 빠지면 시체가 되어 바다 왕궁에 오기 때문에 아무도 바다 밑 세상의 경이로움을 알 수 없었다.

밤이 되자, 자매들이 바닷물을 통해 나란히 수면 위로 올라가고 막내 공주는, 혼자 외로히 남아 눈만 그들을 좇을 뿐이었다. 그녀는 울음이 터질 것 같았다. 하지만 인어는 눈물을 흘릴 수가 없었기 때문에 그녀는 더욱 고통스러웠다.

"내가 열 다섯 살이라면" 그녀는 말했다. "위쪽 세상과 그곳에 집을 짓고 살고 있는 사람들을 틀림없이 사랑하게 될거야."

드디어 그녀도 열 다섯 살이 되었다.

"자, 이제 네 차례다!" 늙은 미망인 여왕인 그녀의 할머니는 말씀하셨다. "이리 오너라, 내가 너를 네 다른 누이들과 마찬가지로 예쁘게 꾸며 주마." 그리고 할머니는 흰 백합으로 된 화관을 막내의 머리에 얹어 주었다. 하지만 각 꽃잎들은 반이

화관: 칠보로 꾸민 부녀자의 예장용 관의 하나

But a mermaid has no tears, and so she suffers even more.

"Oh, if only I were fifteen," she said. "I know that I will truly come to love that world and the mortals who build and dwell up there."

At last she too was fifteen.

"See, now it is your turn!" said her grandmother, the old dowager queen. "Come now, let me adorn you just like your other sisters." And she put a wreath of white lilies on her hair. But each flower petal was half a pearl. And the old queen had eight oysters squeeze themselves tightly to the princess' tail to who her high rank.

"It hurts so much!" said the little mermaid.

"Yes, you must suffer a bit to look pretty!" said the old queen.

Oh, how happy she would have been to shake off all this magnificence, to take off the heavy wreath. Her red flowers in her garden were more becoming to her, but she dared not do otherwise now. "Farewell," she said and rose as easily and as lightly as a bubble up through the water.

The sun had just gone down as she raised her head out of the water, but all the clouds still shone like roses and gold, and in the middle of the pink sky the evening star shone clear and lovely. The air was mild and fresh, and

---

dwell:살다, 거주하다 dowager:미망인 adorn:치장하다, 예쁘게 꾸미다 wreath:화관 oyster:굴, 굴과 비슷한 조개류 squeeze:꽉 붙잡다 shake off:벗어버리다 magnificence:화려함 becoming to:~에게 어울리는 farewell:안녕(작별인사) bubble:거품

진주로 되어 있었다. 그리고 그 나이 많은 여왕은 여덟 개의 굴들을 공주의 꼬리에 꼭 붙쳐서 공주의 지위를 상징하게 했다.

"너무 아파요." 인어 공주는 말했다.

"그래, 예쁘게 보이려면 고통을 조금은 감수해야 한다!"라고 할머니는 말했다.

아, 그녀가 무거운 화관을 벗어버리고 이런 화려한 치장들을 떼어버리면 얼마나 행복하겠는가. 정원의 붉은 꽃들이 그녀에게 훨씬 더 잘 어울렸지만 그녀는 지금 감히 다른 것을 달 엄두를 못냈다. "안녕." 하고는 물거품처럼 물위로 올라갔다.

그녀가 머리를 물위로 내밀었을 때 해가 막 저물고 있었다. 하지만 구름은 아직도 장미빛과 금빛으로 빛나고 있었고, 분홍빛 하늘에서는 저녁 별들이 맑고 사랑스럽게 빛나고 있었다. 공기는 부드럽고 상쾌했으며, 바다는 유리처럼 매끈했다. 근처에 세 개의 돛대가 있는 커다란 배가 있었다. 미풍조차 불지 않아 한 개의 돛만 올리고, 줄과 돛 주위에 선원들이 앉아 있었다. 거기에는 음악과 노래가 있었고 날이 어두워지자 다양한 색깔의 호롱등 수백 개에 불이 켜졌다. 그것은 모든 나라의 국기들이 바람에 나부끼는 것처럼 보였다. 인어공주는 선실 유리창 바로 아래쪽으로 헤엄쳤고, 파도가 그녀를 공중으로 높이 들어올릴 때마다 그녀는 창유리를 통해서 안을 들여다볼 수

감수: 달게 받음

the sea was as smooth as glass. There lay a big ship with three masts. Only a single sail was up, for not a breeze was blowing, and around in the ropes and masts sailors were sitting. There was music and song, and as the evening grew darker hundreds of many-colored lanterns were lit. It looked as if the flags of all nations were waving in the air. The little mermaid swam right over to the cabin window, and every time the water lifted her high in the air she could see in through the glass panes to where many finely dressed mortals were standing. But the handsomest by far was the young prince with the big dark eyes, who was certainly not more than sixteen. It was his birthday, and this was why all the festivities were taking place. The sailors danced on deck, and when the young prince came out, more than a hundred rockets rose into the air. They shone as bright as day, so the little mermaid became quite frightened and ducked down under the water. But she soon stuck her head out again, and then it was as if all the stars in the sky were falling down to her. Never before had she seen such fireworks. Huge suns whirled around, magnificent flaming fish swung in the blue air, and everything was reflected in the clear, calm sea. The ship itself was so lit up that every little rope was

---

mast:돛대 breeze:미풍, 산들바람 lantern:랜턴, 제등(提燈) pane:창유리 by far:단연, 휠씬 festivity:잔치 duck:물 속에 몸을 집어넣다 firework:불꽃 놀이 whirl:빙빙돌다, 회전하다 visible:눈에 보이는, 뚜렷한

있었다. 그곳에는 여러 사람들이 좋은 옷을 입고 서 있었다. 하지만 단연 잘생긴 사람은 크고 검은 눈을 가진, 열여섯 살은 넘지 않아 보이는 젊은 왕자였다. 오늘은 그의 생일이었고 그래서 잔치가 열린 것이었다. 선원들은 갑판에서 춤을 췄고, 젊은 왕자가 밖으로 나가자 수백 개의 폭죽이 하늘에서 터졌다. 그것들은 대낮처럼 환했고, 어린 막내 인어는 무척 공포를 느끼며 물 속으로 들어갔다. 하지만 곧 그녀는 머리를 다시 물밖에 내밀었는데 마치 하늘의 모든 별들이 그녀에게로 떨어지는 듯했다. 그녀는 예전에 불꽃놀이를 본 적이 없었다. 거대한 태양이 빙빙 돌고, 장대하게 빛나는 물고기가 푸른 색 대기 중에서 헤엄쳐 갔다. 이 모든 것이 맑고 잔잔한 바다에 비춰졌다. 배가 매우 환하게 비춰졌기 때문에 사람은 말할 것도 없고 작은 로프까지도 모두 눈에 보였다. 아, 그 젊은 왕자는 얼마나 잘생겼던가. 음악으로 가득찬 그 멋진 밤 내내 왕자는 사람들과 악수하고 웃고 미소를 지었다. 밤이 깊어 가고 있었지만 작은 인어 공주는 그 배와 잘생긴 왕자님으로부터 눈을 뗄 수 없었다. 여러 색깔의 호롱불이 꺼졌다. 폭죽도 더 이상 터지지 않았고 더 이상의 예포도 발사되지 않았다. 하지만 바닷속 저 아래 깊은 곳에서는 우르르하는 낮은 울림이 있었다. 아까부터 쭉 인어공주는 물결을 타며 아래 위로 움직여서 선실 안쪽을 들여다 볼 수 있었다. 그러나 지금은 배가 더 빨리 가고 돛이

예포: 군대 또는 군함에서 경의,환영, 조의를 표하기 위하여 규정대로 쏘는 공포

visible, not to mention mortals. Oh, how handsome the young prince was, and he shook everybody by the hand and laughed and smiled while the wonderful night was filled with music.

It grew late, but the little mermaid couldn't tear her eyes away from the ship or the handsome prince. The many-colored lanterns were put out. The rockets no longer climbed into the air, nor were any more salutes fired from the cannons, either. But deep down in the sea it rumbled and grumbled. All the while she sat bobbing up and down on the water so she could see into the cabin. But now the ship went faster, and one sail after the other spread out. Now the waves were rougher, great clouds rolled up, and in the distance there was lightning. Oh, there was going to be a terrible storm, so the sailors took in the sails. The ship rocked at top speed over the raging sea. The water rose like huge black mountains that wanted to pour over the mast, but the ship dived down like a swan among the high billows and let itself be lifted high again on the towering water. The little mermaid thought this speed was pleasant, but the sailors didn't think so. The ship creaked and cracked and the thick planks buckled under the heavy blows. Waves poured in over the ship, the mast snapped in

---

not to mention:~은 말 할 것도 없고 cannon:대포 rumble:(천둥처럼)우르르 울리다 grumble:(천둥처럼)우르르 울리다 bob:갑자기 아래위로 움직이다 roll up:뭉게 뭉게 오르다 take in the sails:돛을 접다 rock:흔들리다 billow:큰 물결 plank:널빤지, 판자 buckle:휘저어지다

하나에 이어 또 하나가 펼쳐졌다. 이제 파도는 점차 높아졌고, 커다란 구름이 피어올랐으며, 좀 떨어진 곳에서 번개가 쳤다. 아, 무시무시한 폭풍우가 몰아치려 했으므로, 선원들은 돛을 내렸다. 배가 폭풍우가 몰아치는 바다에서 매우 심하게 흔들렸다. 파도는 돛대를 집어 삼킬 듯이 거대한 검은 산처럼 솟아올랐고, 배는 높고 큰 물결 사이로 뛰어드는 백조 같았으며, 솟아오르는 파도 위로 높이 치솟는 것을 반복했다. 작은 인어 공주는 이 광경을 재밌다고 생각했지만 선원들은 그렇지 않았다. 배는 점점 금이 가기 시작하더니 세찬 바람에 두꺼운 판자가 휘어져 버렸다. 파도가 배 안으로 넘어 들어갔고, 돛대는 마치 갈대처럼 중간 부분이 부러졌고, 배 선창에까지 물이 쏟아져 들어오게 되자 한쪽으로 기울게 되었다. 그제서야 인어 공주는 그들이 위험에 처한 것을 알았다. 그녀 자신은 물위를 떠돌아다니는 난파물의 잔해와 판자를 조심해야 했다. 한순간은 너무나 어두워서 그녀는 아무것도 볼 수 없었지만, 번개가 번쩍 하자 다시 밝아져서 그녀는 배 위에 있는 모든 사람들을 알아볼 수 있었다. 그들은 모두 허둥대며 살아 남으려고 발버둥치고 있었다. 인어 공주는 젊은 왕자를 주시하고 있었으며, 배가 부서져 조각이 나자 그가 깊은 물 속으로 빠지는 것을 보았다. 처음에는 그가 그녀에게로 가까이 온다는 사실에 매우 기뻐했다. 하지만 곧 그녀는 인간은 물 속에서 살 수 없으며, 결국 시

난파물: 파선한 배의 조각
잔해: 부서지거나 못 쓰게 되거나 하여 남은 물체

the middle just like a reed, and the ship rolled over on its side while the water poured into the hold. Now the little mermaid saw they were in danger. She herself had to beware of planks and bits of wreckage floating on the water. For a moment it was so pitch black that she could not see a thing, but when the lightning flashed, it was again so bright that she could make out everyone on the ship. They were all floundering and struggling for their lives. She looked especially for the young prince, and as the ship broke apart she saw him sink down into the depths. At first she was quite pleased, for now he would come down to her. But then she remembered that mortals could not live in the water and that only as a corpse could he come down to her father's castle. No, die he mustn't!

And so she swam among beams and planks that floated on the sea, quite forgetting that they could have crushed her. She dived deep down in the water and rose up high among the waves, and thus she came at last to the young prince, who could hardly swim any longer in the stormy sea. His arms and legs were growing weak; his beautiful eyes were closed. He would have died had the little mermaid not arrived. She held his head up above the water and thus let the waves carry them wherever they

---

reed: 갈대 hold: 선창, 화물창 wreckage: 난파물의 잔해 pitch black: 새까만 flounder: 허둥대다 into the depths: 깊이 corpse: 시체, 송장 beam: 버팀대 crush: 누르다, 눌러 으스러뜨리다

체가 되어 성으로 온다는 것을 기억했다. 안돼, 그가 죽어서는 안돼!

그래서 그녀는 자신이 다칠지도 모른다는 사실도 잊고 바다 위에 떠다니는 버팀대와 판자 사이를 헤엄쳤다. 그녀는 물 속 깊이 잠수를 했다가 높은 파도 위로 솟구쳐 올라갔다. 결국 젊은 왕자를 찾게 되었는데 그때 이미 왕자는 폭풍우 치는 바다에서 더이상 헤엄칠 수 없는 상태였다. 그의 팔과 다리에서 힘이 빠져 갔고, 그의 아름다운 눈은 감겨 있었다. 인어 공주가 그때 도착하지 않았다면 그는 죽었을지도 모른다. 그녀는 그의 머리를 물 위로 올렸고 파도가 실어가는 대로 맡겼다.

아침이 되자 폭풍우는 지나갔다. 배는 잔해조차 보이지 않았다. 붉게 빛나는 태양이 물 위로 떠올랐다. 마치 그것이 왕자의 뺨에 생명을 가져다 줄 것 같았지만, 그의 눈은 아직 감긴 채였다. 인어 공주는 그의 높고 잘생긴 이마에 입맞춤을 하고 그의 젖은 머리카락을 뒤로 쓰다듬었다. 그녀는 그가 자신의 작은 정원에 있는 대리석 동상과 비슷하게 생겼다고 생각했다. 그녀는 그에게 다시 한 번 입맞춤을 하고 그가 살아나기를 기도했다.

이제 그녀는 그녀의 눈앞에서 육지를 볼 수 있게 되었다. 마치 백조들이 누워 있는 것처럼 흰 눈으로 덮인 봉우리가 빛나는 높고 푸른 산을 보았다. 도착한 해변가에는 아름다운 푸른

liked.

In the morning the storm was over. Of the ship there wasn't a chip to be seen. The sun climbed, red and shining, out of the water; it was as if it brought life into the prince's cheeks, but his eyes remained closed. The mermaid kissed his high, handsome forehead and stroked back his wet hair. She thought he resembled the marble statue down in her little garden. She kissed him again and wished for him to live.

Now she saw the mainland ahead of her, high blue mountains on whose peaks the white snow shone as if swans were lying there. Down by the coast were lovely green forests, and ahead lay a church or a convent. Which, she didn't rightly know, but it was a building. Lemon and orange trees were growing there in the garden, and in front of the gate stood high palm trees. The sea had made a little bay here, which was calm but very deep all the way over to the rock where the fine white sand had been washed ashore. Here she swam with the handsome prince and put him on the sand, but especially she saw to it that his head was raised in the sunshine.

Now the bells rang in the big white building, and many young girls came out through the gate to the garden. Then

---

chip:잔해 stroke:쓰다듬다 mainland:본토,육지 convent:수녀원 palm:종려, 야자, 손바닥 ashore:해변으로

숲이 있었고, 바로 앞에는 교회 또는 수녀원이 있었다. 무엇인지 분명히 알지는 못했지만 그것은 건물이었다. 레몬과 오렌지 나무가 정원에서 자라고, 문의 앞쪽에는 커다란 야자나무가 서 있었다. 이곳은 곱고 흰 모래로 된 작은 만이었는데 바위 건너편은 물결은 잔잔하지만 매우 깊었다. 여기서 그녀는 잘 생긴 왕자를 데리고 헤엄을 쳐 그를 백사장에 올려 놓았고 특별히 주의해서 그의 머리를 햇빛이 비치는 쪽으로 놓았다.

이제 거대한 흰 건물에서 종이 울렸고, 많은 어린 소녀들이 문을 통해 정원으로 나왔다. 그때 인어 공주는 멀리 헤엄쳐서 물위에 불쑥 솟은 커다란 바위 뒤로 숨었다. 아무도 그녀의 작은 얼굴을 보지 못하도록 그녀의 머리와 가슴을 바닷물의 거품으로 덮고서는 누가 불쌍한 그 왕자를 발견하는지를 지켜보았다. 곧 한 어린 소녀가 그가 누워 있는 곳으로 왔다. 그녀는 잠깐 동안 놀라는 것 같았으나 곧 그 몇몇 사람들을 데려왔다. 인어 공주는 그가 깨어나서 주위 사람들에게 미소짓는 것을 보았다. 하지만 그는 그녀에게 미소를 보내지는 않았다. 왜냐하면 그는 그녀가 그를 구해 줬다는 사실을 전혀 모르고 있었기 때문이다. 그녀는 매우 우울했다. 그리고 그가 커다란 건물로 옮겨졌을 때, 그녀는 비애에 젖어 물 속으로 뛰어들어 아버

비애: 슬픔과 설움

the little mermaid swam farther out behind some big rocks that jutted up out of the water, covered her hair and breast with sea foam so no one could see her little face, and then kept watch to see who came out to the unfortunate prince.

It wasn't long before a young girl came over to where he lay. she seemed to be quite frightened, but only for a moment. Then she fetched several mortals, and the mermaid saw that the prince revived and that he smiled at everyone around him. But he didn't smile out to her, for he didn't know at all that she had saved him. she was so unhappy. And when he was carried into the big building, she dived down sorrowfully in the water and found her way home to her father's castle.

She had always been silent and pensive, but now she was more so than ever. Her sisters asked about what she had seen the first time she was up there, but she told them nothing.

Many an evening and morning she swam up to where she had left the prince. She saw that the fruits in the garden ripened and were picked. She saw that the snow melted on the high mountains, but she didn't see the prince, and so she returned home even sadder than before. Her only comfort was to sit in the little garden and throw

---

jut:불룩 튀어나오다 breast:가슴 foam:거품 unfortunate:운이 나쁜, 애처로운 fetch:옮기다 revive:소생하다, 되살아나다 sorrowfully:비애에 젖어, 비탄에 빠져 pensive:생각에 잠긴 ripen:익다 melt:녹다

지의 성으로 향했다.

그녀는 언제나 조용하고 생각에 잠겨 있었지만, 지금은 그 어느 때보다 한층 더했다. 그녀의 언니들은 물위로 올라가서 처음 본 것이 무엇인지를 물었지만 그녀는 아무런 이야기도 하지 않았다.

아침 저녁으로 여러 날을 그녀는 그 왕자와 헤어진 곳으로 헤엄을 쳐갔다. 그녀는 사람들이 정원에서 익은 과일을 따는 것을 보았다. 그녀는 높은 산의 눈이 녹은 것을 보았지만, 왕자를 볼 수 없었고, 전에 없이 우울해 하면서 집으로 돌아왔다. 그녀의 유일한 위안은 작은 정원에 앉아서 왕자와 닮은 아름다운 대리석 동상을 안는 일이었다. 그리고 그녀는 꽃들을 돌보지 않았다. 마치 정글처럼 꽃의 긴 줄기와 잎사귀가 나무가지와 서로 뒤엉켜 길을 덮어서 침침하게 됐다.

마침내 그녀는 더이상 감출 수 없어서 언니 중 한 명에게 얘기했다. 그러자 나머지 자매들도 모두 알게 되었지만, 그들 이외에 더 아는 사람은 없었고, 몇몇의 다른 인어들만 알게 되었는데, 그들도 자신의 매우 친한 친구 이외에는 그 말을 하지 않았다. 그들 중 한 사람은 왕자가 어떤 사람인지 알고 있었다. 그녀 역시 배 위에서의 축제를 보았고, 그가 어디서 왔고 그의 왕국이 어디 있는지를 알고 있었다.

"막내야, 이리 와라." 나머지 공주들은 말하고, 어깨 동무를

her arms around the pretty marble statue that resembled the prince. But she didn't take care of her flowers. As in a jungle, they grew out over the paths, with their long stalks and leaves intertwined with the branches of the trees, until it was quite dark.

At last she couldn't hold out any longer, but told one of her sisters. And then all the others found out at once, but no more than they, and a few other mermaids, who didn't tell anyone except their closest friends. One of them knew who the prince was. She had also seen the festivities on the ship and knew where he was from and where his kingdom lay.

"Come, little sister," said the other princesses, and with their arms around one another's shoulders they came up to the surface of the water in a long row in front of the spot where they knew the prince's castle stood.

It was made of a pale yellow, shiny kind of stone, with great stairways– one went right down to the water. Magnificent gilded domes soared above the roof, and among the pillars that went around the whole building stood marble statues that looked as if they were alive. Through the clear glass in the high windows one could see into the most magnificent halls, where costly silken

---

interwined with:~로 뒤엉킨 hold out:말하지 않고 감추다 in a row:일렬로 soar:솟다 pillar:받침, 기둥, 지주 costly:값비싼

하고 일렬로 길게 늘어서서 그들이 알고 있는 왕자의 성이 있는 곳 바로 앞의 수면 위까지 올라갔다.

궁전은 연노란색의 광석으로 되어 있었고 큰 계단이 여럿 있었다. 그 중 한 계단이 바다를 향해 있었다. 도금을 한 큰 돔이 지붕 위에 솟아 있었고, 전체 건물을 빙둘러 서있는 기둥 사이에는 꼭 살아 있는 것 같은 대리석 조각들이 있었다. 높은 창문의 맑은 유리를 통해 멋진 홀들을 볼 수 있었는데 값비싼 비단으로 된 커튼과 색실로 수 놓아진 장식들이 걸려 있고, 벽마다 보기 좋은 커다란 그림으로 장식되어 있었다. 가장 큰 홀의 중앙에는 커다란 분수가 있었다. 물줄기는 지붕의 유리로 된 돔을 향해 치솟고, 그 지붕을 통해 태양이 물위를 내리쬐고 있었다. 모든 사랑스러운 식물들이 큰 연못에서 자라고 있었다.

이제 그녀는 그가 어디 살고 있는지를 알았고, 많은 밤을 그곳으로 헤엄쳐 갔다. 그녀는 다른 인어들보다 훨씬 육지에 가깝게 헤엄쳐 갔다. 그녀는, 물가에 긴 그림자를 드리운 멋진 대리석 발코니 아래에 있는 작은 수로 위까지 올라갔다. 여기에 앉아서 그녀는 젊은 왕자를 쳐다보고 있었는데, 그는 밝은 달빛 아래서 혼자 생각하고 있었다.

여러 날 밤을 그녀는 그가 깃발이 나부끼는 화려한 보트 안에서 음악을 들으면서 항해하는 모습을 보았다. 그녀는 푸른

돔: 반구형으로 된 지붕이나 천장

curtains and tapestries were hanging, and all of the walls were adorned with large paintings that were a joy to behold. In the middle of the biggest hall splashed a great fountain. Streams of water shot up high toward the glass dome in the roof, through which the sun shone on the water and all the lovely plants growing in the big pool.

Now she knew where he lived, and many an evening and night she came there over the water. She swam much closer to land than any of the others had dared. Yes she went all the way up the little canal, under the magnificent marble balcony that cast a long shadow on the water. Here she sat and looked at the young prince, who thought he was quite alone in the clear moonlight.

Many an evening she saw him sail to the sound of music in the splendid boat on which the flags were waving. She peeped out from among the green rushes and caught the wind in her long silvery white veil, and if anyone saw it, he thought it was a swan spreading its wings.

Many a night, when the fishermen were fishing by torchlight in the sea, she heard them tell so many good things about the young prince that she was glad she had saved his life when he was drifting about half dead on the waves. And she thought of how fervently she had kissed

---

tapestry:색실로 수놓은 장식 adorn:꾸미다, 장식하다 behold:보다 dome:돔, 둥근 기둥 canal:수로 cast a shadow:그림자를 드리우다, 그림자를 비추다 rush:골풀 torchlight:횃불 drift:표류하다, 떠다니다 fervently:열렬히

골풀 사이에서 그를 엿보았으며 그녀의 길고 흰 은빛 베일이 바람에 날렸다. 만약 누군가가 이것을 봤다면, 백조가 날개를 펴고 있는 것이라 생각했을 것이다.

많은 밤을 어부들이 횃불을 피워 놓고 바다에서 고기잡이를 할 때, 인어공주는 그들에게서 왕자에 대한 좋은 이야기를 많이 들어서, 파도에 휩쓸려 거의 죽을 뻔했던 왕자를 자신이 구했다는 것에 대해 기뻤다. 그리고 그때 자신이 얼마나 그에게 열렬히 키스했는지를 회상했다. 그는 그 일에 대해 전혀 몰랐고, 그녀를 꿈에도 상상하지 못했다.

그녀는 인간을 점점 더 좋아하게 되었고, 그들 사이에서 함께 할 수 있기를 더욱 희망했다. 그녀는 인간의 세상은 그녀가 속한 세상보다 훨씬 크다고 생각했다. 아! 그들은 배로 바다를 건너고, 구름보다 높은 산을 오르고, 그들의 땅은 그녀가 볼 수 있는 것보다 더 멀리 숲과, 초원으로 펼쳐져 있지 않은가? 그녀가 알고자 하는 것은 많이 있었지만, 그녀의 언니들이 모든 것의 답을 다 알고 있지는 못했고, 따라서 그녀는 자신의 할머니에게 물어 봤다. 할머니는 그곳을 '바다 위쪽 땅'이라는 이름으로 불렀는데 상당히 일리가 있었다. 위쪽 세계에 대해 잘 알고 있었다.

"만약 인간이 익사하지 않는다면," 작은 인어 공주는 질문했다. "그들은 영원히 살까요? 우리가 여기 바닷속에서 죽는 것

him then. He knew nothing about it at all, couldn't even dream of her once.

She grew fonder and fonder of mortals, wished more and more that she could rise up among them. She thought their world was far bigger than hers. Why, they could fly over the sea in ships and climb the high mountains way above the clouds, and their lands with forests and fields stretched farther than she could see. There was so much she wanted to find out, but her sisters didn't know the answers to everything, and so she asked her old grandmother, and she knew the upper world well, which she quite rightly called The Lands Above the Sea.

"If mortals don't drown," the little mermaid asked, "do they live forever? Don't they die the way we do down here in the sea?"

"Why, yes," said the old queen, "they must also die, and their lifetime is much shorter than ours. We can live to be three hundred years old, but when we stop existing here, we only turn into foam upon the water. We don't even have a grave down here among our loved ones. We have no immortal soul;we never have life again. We are like the green rushes: once they are cut they can never be green again. Mortals, on the other hand have a soul, which lives

---

farther:더멀리(far의 비교급) upper world:물 위의 세계, 즉 지상의 인간 세계 lifetime:(생물의)수명 stop existing:더이상 존재하지 않다, 죽다 grave:무덤 soul:영혼

과 달리 그들은 죽지 않나요?"

"그렇지 않아," 늙은 여왕은 말했다. "그들도 죽어야만 한단다. 게다가 우리는 300년을 살 수 있지만, 그들의 수명은 우리보다 훨씬 짧아. 우리가 여기에 더 이상 존재하지 않을 때 우리는 단지 물 위의 거품으로 변하지. 심지어 우리가 사랑하는 사람이라 하더라도 무덤조차 가질 수 없어. 우리는 죽지 않는 영혼을 가지지 않았고 다시 태어날 수도 없단다. 우리는 푸른 골풀과 같아서 한번 잘라지면 다시는 푸르게 될 수 없는 거야. 다른 한편으로 인간은 영혼을 가졌고, 육체가 먼지로 변하게 된 후에도 영원히 살아 있어. 그것은 맑은 공기를 통해서 모든 반짝이는 별들에게로 오르는 것이야. 마치 우리가 수면 위로 올라가서 인간 세상을 보는 것처럼 그들 역시 우리가 한번도 보지 못한 사랑스러운 미지의 장소로 올라가게 되는 것이란다."

"우리는 왜 영원한 영혼을 가지고 있지 않나요?" 인어 공주는 슬프게 물었다. "나는 하루 동안만이라도 인간이 되어 결국 천상의 세계에서 함께 살 수 있다면 기꺼이 나의 수백 년을 드리겠어요."

"너는 절대 바다 위의 세상에 가서는 안 되고 그것에 대해 생각해서도 안 된다." 나이 많은 여왕은 말했다. "우리는 지상의 인간들보다 더 풍요로운 생활을 하고 있지 않니?"

forever after the body has turned to dust. It mounts up through the clear air to all the shining stars. Just as we come to the surface of the water and see the land of the mortals, so do they come up to lovely unknown places that we will never see."

"Why didn't we get an immortal soul?" asked the little mermaid sadly. "I'd gladly give all my hundreds of years just to be a mortal for one day and afterward to be able to share in the heavenly world."

"You mustn't go and think about that," said the old queen. "We are much better off than the mortals up there."

"I too shall die and float as foam upon the sea, not hear the music of the waves or see the lovely flowers and the red sun. Isn't there anything at all I can do to win an immortal soul?"

"No," said the old queen. "Only if a mortal fell so much in love with you that you were dearer to him than a father and mother; only if you remained in all his thoughts and he was so deeply attached to you that he let the priest place his right hand in yours with a vow of faithfulness now and forever; only then would his soul float over into your body, and you would also share in the happiness of

---

on the other hand:다른 한편으로는 mount:오르다 come up to:~쪽으로 오다, ~에 이르다 I' d:I would의 줄임 heavenly:천상의 be better off:더 잘살다, 유복하다 win:얻다 immortal:불멸의 be attached to:~에 애정을 가지다 vow:맹세

"저 역시 죽어서 거품으로 바다에 떠오르고 파도의 음악을 듣지 못하고 사랑스러운 꽃들과 붉은 태양을 보지 못할 것이 잖아요. 제가 불멸의 영혼을 얻을 수 있는 방법은 진정 없나요?"

"없단다." 나이 많은 여왕은 말했다. "단지 인간이 너를 매우 사랑하여, 자신의 아버지와 어머니보다 소중한 사람이 되었을 때, 네가 그 사람의 마음속의 전부로 남아 있을 때, 그리고 그가 너에 대해 매우 깊은 애정을 가지고 있어서 그가 성직자로 하여금 그의 오른손을 네 손에 얹고 영원히 신의의 맹세를 하게 할 때, 단지 그때만이 그의 영혼이 네 몸으로 들어오게 되는 것이고, 너는 인간의 행복을 공유할 수 있게 되는 것이란다. 그는 네게 영혼을 주고 그 자신도 계속 소유할 것이다. 하지만 그런 일은 일어날 수 없단다. 이 바다에서는 매우 아름다운 바로 네 물고기 꼬리는 육지의 사람들이 매우 싫어하는 것이란다. 그들은 보다 나은 것을 모른단다. 위쪽에서는 인간은 두 개의 세련되지 않은 것, - 그들이 다리라고 부르는 그것을 가져야 하고 인간은 그것을 아름답다고 여긴단다!"

그때 인어 공주는 한숨을 쉬며 그녀의 꼬리를 슬프게 바라보았다.

"우리 스스로에게 만족하자꾸나." 늙은 여왕은 말했다. "우리는 우리가 살아야 할 300년 동안 뛰놀고 수다 떨며 놀게 될 거

신의: 믿음과 의리

mortals. He would give you a soul and still keep his own. But that never can happen. The very thing that is so lovely here in the sea, your fishtail, they find so disgusting up there on the earth. They don't know any better. Up there one has to have two clumsy stumps, which they call legs, to be beautiful!"

Then the little mermaid sighed and looked sadly at her fishtail.

"Let us be satisfied," said the old queen. "We will frisk and frolic in the three hundred years we have to live in. That's plenty of time indeed. Afterward one can rest in one's grave all the more happily. This evening we are going to have a court ball!"

Now, this was a splendor not to be seen on earth. Walls and ceiling in the great ballroom were of thick but clear glass. Several hundred gigantic mussel shells, rosy-red and green as grass, stood in rows on each side with a blue flame, which lit up the whole ballroom and shone out through the walls so the sea too was brightly illuminated. One could see the countless fish that swam over to the glass wall. On some the scales shone purple; on others they seemed to be silver and gold. Through the middle of the ballroom flowed a broad stream, and in this the

---

disgusting:정말 싫은, 정 떨어지는 clumsy:세련되지 않은 stumps:다리 frisk: 뛰놀다 frolic:떠들며 놀다 court ball:궁중 무도회 ballroom:무도회장 gigantic:거대한 in rows:줄지어, 여러 줄로 늘어서서 illuminate:밝게 비추다

야. 그것은 정말로 긴 시간이지. 그 이후 자신의 무덤에서 정말로 기쁘게 쉴 수 있단다. 오늘밤 우리는 궁중 무도회를 연단다."

지금 이것은 육지에서는 볼 수 없는 빛나는 광채이다. 커다란 무도회장의 천장과 벽은 두껍고 투명한 유리이다. 붉은 장미빛과 수풀처럼 녹색인, 몇백 개의 거대한 조개는 푸른 광채를 띠며 사방으로 줄지어 늘어서 있는데, 이 광채는 전체 무도회장을 밝혀주고 벽을 통과해서 바다를 밝게 비추었다. 유리벽으로 무수한 물고기들이 헤엄쳐 가는 것을 볼 수 있었다. 어떤 물고기는 비늘이 보랏빛으로 빛나고, 어떤 것은 금빛 혹은 은빛으로 보였다. 무도회장 중앙에는 넓은 시내가 흐르고 있었고 그 시내에서 암인어와 숫인어들이 자신들의 사랑스런 음악에 맞춰 춤을 췄다. 지상의 어떤 인간도 그들처럼 아름다운 목소리를 가지고 있지 않았다. 작은 인어 공주는 가장 아름다운 목소리를 가지고 있었고 그들은 그녀에게 박수를 보냈다. 그리고 그 순간 그녀의 마음은 기쁨으로 가득찼다. 자신이 육지와 바다를 통틀어 가장 아름다운 목소리를 가지고 있음을 알고 있기 때문이다. 그렇지만 곧 그녀는 바다 위 세계를 다시 생각하기 시작했다. 그녀는 잘 생긴 왕자를 잊을 수가 없었고 그처럼 불멸의 영혼을 가지지 못한 것을 슬퍼했다. 모두가 즐겁게 노래 부르고 즐기는 동안 그녀는 아무도 모르게 성을 빠져나와

불멸: 없어지지 아니하거나 멸망하지 아니함

mermen and mermaids danced to the music of their own lovely songs. No mortals on earth have such beautiful voices The little mermaid had the loveliest voice of all, and they clapped their hands for her. And for a moment her heart was filled with joy, for she knew that she had the most beautiful voice of all on this earth and in the sea. But soon she started thinking again of the world above her. she couldn't forget the handsome prince and her sorrow at not possessing, like him, an immortal soul. And so she slipped out of her father's castle unnoticed, and while everything inside was merriment and song she sat sadly in her little garden. Then she heard a horn ring down through the water, and she thought: "Now he is sailing up there, the one I love more than a father or a mother, the one who remains in all my thoughts and in whose hand I would place all my life's happiness. I would risk everything to win him and an immortal soul. I will go to the sea witch. I have always been so afraid of her, but maybe she can advise and help me."

Now the little mermaid went out of her garden toward the roaring maelstroms behind which the sea witch lived. She had never gone that way before. Here grew no flowers, no sea grass. Only the bare, gray, sandy bottom

---

mermen:남자 인어 slip out of:~에서 살짝 빠져나오다 unnoticed:들키지 않고, 눈에 띄지 않고 merriment:즐기는 동안 crush:파괴적인 risk everything:어떤 위험도 감수하다

그녀의 작은 정원에 슬프게 앉아 있었다. 그때 그녀는 뿔피리 소리가 물 속으로 울려 퍼지는 것을 듣고 생각했다. "그래, 왕자님이 저 위에서 항해를 하고 있어. 내가 아버지와 어머니보다 더 사랑하고, 나의 머릿속을 가득 채우며, 내 인생의 모든 행복을 손안에 쥐고 있는 왕자님이 말야. 나는 그와 영원한 영혼을 얻을 수 있다면 어떠한 위험도 감수하겠어. 바다 마녀에게 가겠어. 나는 언제나 그녀를 무척 두려워했지만, 그녀는 나에게 조언을 해 주고 도와 줄지도 몰라."

인어 공주는 정원을 빠져나와 굽이치는 소용돌이를 지나 바다 마녀가 살고 있는 곳으로 향했다. 그녀는 그 길을 전에는 가 본 적이 없었다. 여기는 꽃도 바다 풀도 자라지 않았다. 단지 황량하고, 어둡고, 모래투성이인 바닥이 큰 소용돌이를 향해 뻗어 있는데, 소용돌이는 마치 으르렁거리는 커다란 물레방아 바퀴 같이 회전하고 소용돌이 쳐서 근처의 모든 것을 끌어들이고 있었다. 이러한 파괴적인 소용돌이 사이를 지나 그녀는 바다 마녀 왕국으로 들어가야만 했고, 바다 마녀가 그녀의 토탄 늪이라고 부르는 뜨거운 거품이 이는 늪을 지나가는 길 외에는 다른 길이 없었다. 그 뒤편에, 그리고 무시무시한 숲 바로 그 안에 그녀의 집이 있었다. 모든 나무와 수풀은 폴립을 이루고 있었는데 반은 동물이고 반은 식물이었다. 그것은 세상 밖에 살고 있는 수백 개의 머리가 달린 독사처럼 보였다. 모든

토탄: 완전히 탄화하지 못한 석탄의 한 종류

stretched on toward the maelstroms, which, like roaring mill wheels, whirled around and dragged everything that came their way down with them into the depths. In between these crushing whirlpools she had to go to enter the realm of the sea witch, and for a long way there was no other road than over hot bubbling mire that the sea witch called her peat bog. In back of it lay her house, right in the midst of an eerie forest. All the trees and bushes were polyps-half animal, half plant. They looked like hundredheaded serpents growing out of the earth. All the branches were long slimy arms with fingers like sinuous worms, and joint by joint they moved from the roots to the outermost tips. Whatever they could grab in the sea they wound their arms around it and never let it go. Terrified, the little mermaid remained standing outside the forest. Her heart was pounding with fright. She almost turned back, but then she thought of the prince and of an immortal soul, and it gave her courage. She bound her long, flowing hair around her head so the polyps could not grab her by it. She crossed both hands upon her breast and then off she flew, the way the fish can fly through the water, in among the loathsome polyps that reached out their arms and fingers after her. She saw where each of

---

whirl:소용돌이치다 crushing:파괴적인, 궤멸적인 merriment:즐기는 동안 whirloop:소용돌이 realm:구역 bubbling:거품이 이는 mire:늪, 진창 peat bog: 토탄(土炭)늪 eerie:으시시한, 무시무시한 polyp:폴립, 군체를 이루는 개체 (산호따위의) serpent: (크고 독이 있는)뱀 sinuous:구불구불한

가지들은 구불구불한 벌레 같은 손가락을 가진 길고 더러운 팔과 같았고, 각 마디마디가 뿌리에서부터 줄기 끝까지 움직였다. 바다에서 그들이 잡을 수 있는 것은 무엇이건 팔로 감싸고 절대로 놓아주지 않았다. 두려움에 떨며 인어 공주는 수풀의 바깥쪽에 서 있었다. 그녀의 심장은 공포로 쿵쿵 뛰었다. 그녀는 돌아가려 했으나, 그때 왕자와 영원한 영혼을 떠올렸고, 그것이 그녀에게 용기를 주었다. 그녀는 폴립들이 잡지 못하도록 그녀의 긴, 물결치는 머리카락을 묶었다. 그녀는 양손을 교차하여 그녀의 가슴에 대고, 마치 물고기들이 물 속을 날듯이, 그녀를 쫓아 팔과 손가락을 뻗쳐 오는 혐오스러운 폴립들 사이로 날아올랐다. 그녀는 그 팔들이 모두 무언가를 움켜쥐고 있는 것을 보았는데, 수백 개의 작은 팔들은 마치 강철로 만든 띠처럼 무언가를 움켜쥐고 있었다. 바다에 빠져서 익사해 여기까지 가라앉아 온 사람들의 흰 뼈의 무더기가 폴립의 팔에 잡힌 채로 전방을 응시하고 있었다. 사람들이 꼭 움켜쥐고 있었던 배의 타륜과 상자들, 육지 동물의 해골이 늘려 있었다. 그리고 인어 공주에게 있어서 가장 무시무시했던 것은, 폴립들이 그들을 잡아서 목 졸라 죽였다는 것이다.

이제 그녀는 숲의 한가운데에 있는 커다랗고 질퍽질퍽한 광장에 왔는데, 그곳에는 크고 살찐 물뱀이 뛰놀았고, 그들의 혐오스러운 노란빛이 감도는 흰색 복부를 드러내고 있었다. 광장

타륜: 배의 키를 조정하는 손잡이가 달린 바퀴

them had something it had seized; hundreds of small arms held onto it like strong iron bands. Rows of white bones of mortals who had drowned at sea and sunk all the way down there peered forth from the polyps' arms. Ships' wheels and chests they held tightly, skeletons of land animals, and most terrifying of all a little mermaid that they had captured and strangled.

Now she came to a large slimy opening in the forest where big fat water snakes gamboled, revealing their ugly yellowish-white bellies. In the middle of the opening had been erected a house made of the bones of shipwrecked mortals. There sat the sea witch letting a toad eat from her mouth, just the way mortals permit a little canary bird to eat sugar. She called the fat, hideous water snakes her little chickens and let them tumble on her big spongy breasts.

"I know what you want, all right," said the sea witch. "It's stupid of you to do it. Nonetheless, you shall have your way, for it will bring you misfortune, my lovely princess! You want to get rid of your fishtail and have two stumps to walk on instead, just like mortals, so the young prince can fall in love with you, and you can win him and an immortal soul." Just then the sea witch let out such a

---

seize:붙잡다, 움켜쥐다 skeleton:해골 strangle:졸라죽이다 gambol:뛰놀다 reveal:드러내다 belly:배, 복부 canary:카나리아 spongy:푹신 푹신한 tumble:뒹굴다 misfortune:불행, 재난 fall in love with:~와 사랑에 빠지다 hideous:소름끼치는, 섬뜩한

의 중앙에는 난파된 사람들의 뼈로 만든 집이 서 있었다. 거기에는 바다 마녀가 앉아 있었다. 그녀는 마치 인간들이 자신의 입속에 있는 설탕을 카나리아가 먹게 하는 것과 마찬가지로 마녀의 입속에 있는 것을 두꺼비가 먹도록 했다. 그녀는 크고 소름끼치는 물뱀들을 작은 병아리라고 부르며 그들이 그녀의 커다랗고 푹신푹신한 가슴위에서 뒹글게 했다.

"나는 네가 무엇을 원하는지 모두 알고 있지." 바다 마녀는 말했다. "네가 하려고 하는 일은 어리석은 일이야. 그럼에도 불구하고, 네가 원하는 대로 하고자 한다면, 그것은 네게 불행을 가져다 줄 것이란다. 사랑스런 공주야! 너는 너의 물고기 꼬리를 없애고, 그 대신 인간과 마찬가지로, 걸을 수 있는 두 다리를 가지기를 원하지. 젊은 왕자가 너와 사랑에 빠지고, 그와 영원한 영혼을 가질 수 있게 말이지." 바로 그때 바다 마녀는 매우 큰 소리로 소름끼치게 웃었기 때문에 두꺼비와 물뱀은 땅으로 떨어져 꿈틀대었다. "너는 때마침 잘 왔구나." 마녀는 말했다. "내일 해가 뜬 후에는, 나는 다시 1년이 지나가기 전에는 너를 도울 수 없었단다. 나는 너를 위해 묘약을 만들어 주겠어. 해가 뜨기 전에 그것을 가지고 육지로 헤엄쳐 가서 해변에 앉아서, 그것을 마시렴. 그러면 너의 꼬리는 찢어지고 오그라들어서 인간이 사랑스러운 다리라고 부르는 것으로 바뀌게 될 거란다. 하지만 무지 아플 거야. 그것은 날카로운 단검

묘약: 신통하게 잘 듣는 약

loud and hideous laugh that the toad and the water snakes fell down to the ground and writhed there. "You've come just in the nick of timed said the witch. "Tomorrow, after the sun rises, I couldn't help you until another year was over. I shall make you a potion, and before the sun rises you shall take it and swim to land, seat yourself on the shore there, and drink it. Then your tail will split and shrink into what mortals call lovely legs. But it hurts. It is like being pierced through by a sharp sword. Everyone who sees you will say you are the loveliest mortal child he has ever seen. You will keep your grace of movement. No dancer will ever float the way you do, but each step you take will be like treading on a sharp knife so your blood will flow! If you want to suffer all this, then I will help you."

"Yes," said the little mermaid in a trembling voice, thinking of the prince and of winning an immortal soul.

"But remember," said the witch, "once you have been given a mortal shape, you can never become a mermaid again. You can never sink down through the water to your sisters and to your father's castle. And if you do not win the love of the prince so that for your sake he forgets his father and mother and never puts you out of his thoughts

---

writhe:꿈틀거리다 in the nick of time:때마침 potion:묘약 split:(세로로)갈라지다, 찢어지다 pierce:찌르다 grace of movement:우아한 몸짓, 우아한 걸음걸이 tread on the sharp knife:날카로운 칼날 위로 걷다

에 찔리는 것과 같은 것이란다. 너를 보는 사람은 누구든지 너를 가리켜 자기 자신이 여태껏 본 아이 중에서 가장 사랑스러운 아이라고 말할 거야. 너는 네 우아한 몸짓을 유지할 거야. 어떤 댄서도 네가 하는 것처럼 그렇게 유유히 움직이지는 못할 것이지만, 네가 걷는 걸음 하나하나는 날카로운 칼날 위로 걷는 것과 같아서 너는 피를 흘릴 것이다! 네가 이 모든 것을 감수한다면, 나는 너를 도와 주마."

"알았어요." 인어 공주는 왕자와 영원한 영혼을 얻는 생각을 하며 떨리는 목소리로 말했다.

"하지만 기억할 것이 있지." 마녀는 말했다. "일단 네가 인간의 형상을 하게 되면, 너는 다시는 인어로 돌아올 수 없단다. 너는 다시는 물을 통해 잠수해서 네 언니들과 아버지의 성으로 돌아올 수 없단다. 그리고 만약 그가 너를 위해서 그의 아버지와 어머니를 잊어버리고, 언제나 네 생각을 하고, 성스러운 곳에서 자신의 손과 너의 손을 모으고 부부의 맹세를 할 정도로 왕자의 사랑을 얻지 못하면, 너는 불멸의 영혼을 얻을 수 없단다. 그가 다른 여성과 결혼한 다음날 아침에 네 심장은 조각나고 너는 물 위의 거품으로 변하게 될 거야."

"이것은 제가 바란 것이예요!" 인어 공주는 말하고 안색이 죽은 듯이 창백해졌다.

"하지만 너도 나에게 답례를 해야지." 마녀는 말했다. "그리

형상: 물건의 생김새나 상태

and lets the priest place your hand in his so you become man and wife you will not win an immortal soul. The first morning after he is married to another, your heart will break and you will turn into foam upon the water."

"This I want!" said the little mermaid and turned deathly pale.

"But you must also pay me," said the witch, "and what I demand is no small thing. You have the loveliest voice of all down here at the bottom of the sea, and you probably think you're going to enchant him with it. But that voice you shall give to me. I want the best thing you have for my precious drink. Why, I must put my very own blood in it so it will be as sharp as a two-edged sword."

"But if you take my voice," said the little mermaid, "what will I have left?"

"Your lovely figure," said the witch, "your grace of movement, and your sparkling eyes. With them you can enchant a mortal heart, all right! Stick out your little tongue so I can cut it off in payment, and you shall have the potent drink!"

"So be it!" said the little mermaid, and the witch put her kettle on to brew the magic potion. "Cleanliness is a good thing," she said, and scoured her kettle with her water

---

man and wife:부부 turn into:~으로 변하다 enchant:매료시키다 two-edged sword:양쪽에 날이 있는 칼 stick out:내밀다 so be it:그렇게 하세요

고 내가 원하는 건 대단한 것이란다. 너는 이곳 바다 밑에서 가장 아름다운 목소리를 가지고 있고, 너는 아마도 그것으로 그를 사로잡으려고 생각하고 있을 게야. 하지만 그 목소리는 내게 바쳐야 해. 나는 귀중한 묘약의 대가로 네가 가지고 있는 가장 중요한 것을 원한단다. 왜냐하면, 나는 바로 내 자신의 피를 그 안에 넣어야만 하고 그것은 양날 칼에 베인 것처럼 쓰라리기 때문이지."

"하지만 당신이 내 목소리를 가져 가면," 인어 공주는 말했다. "나에게 무엇이 남나요?"

"네 사랑스러운 모습이지." 마녀는 말했다. "네 우아한 행동과 너의 반짝이는 눈이지. 그것을 가지고도 너는 인간의 마음을 충분히 사로잡을 수 있단다! 내가 그 대가로 자를 수 있도록 너의 작은 혀를 내밀어라, 그러면 내가 묘약을 주마!"

"그렇게 하세요!" 인어 공주는 말했고, 마녀는 마법의 묘약을 끓이기 위해 솥을 준비했다. "청결한 건 좋은 거지." 그녀는 말하고, 그녀의 매듭을 지어 서로 묶은 물뱀으로 솥을 문질러 닦았다. 이제 그녀는 그녀의 가슴을 그어 피를 솥에 떨어뜨렸다. 증기는 이상한 모양을 했고 보기에 무시무시하고 두려웠다. 매 순간마다 마녀는 솥에다 새로운 어떤 것을 계속 집어넣었고, 그것들이 적당히 익었을 때, 그것은 마치 악어의 눈물

---

snakes, which she knotted together. Now she cut her breast and let the black blood drip into the kettle. The steam made strange shapes that were terrifying and dreadful to see. Every moment the witch put something new into the kettle, and when it had cooked properly, it was like crocodile tears. At last the drink was ready, and it was as clear as water.

"There it is," said the witch, and cut out the little mermaid's tongue. Now she was mute and could neither speak nor sing.

"If any of the polyps should grab you when you go back through my forest," said the witch, "just throw one drop of this drink on them and their arms and fingers will burst into a thousand pieces." But the little mermaid didn't have to do that. The polyps drew back in terror when they saw the shining drink that glowed in her hand like a glittering star. And she soon came through the forest, the bog, and the roaring maelstroms.

She could see her father's castle. The torches had been extinguished in the great ballroom. They were probably all asleep inside there, but she dared not look for them now that she was mute and was going to leave them forever. It was as though her heart would break with grief.

---

brew:끓이다 scour:문질러 닦다 kettle:주전자 knot:매듭을 지어 묶다 crocodile:악어 neitrer A nor B:A도 아니고 B도 아닌 draw back in terror:겁에 질려 물러서다 maelstoms:소용돌이 mute:벙어리의 bog:소택지, 늪지 extinguish:끄다

같았다. 마침내 묘약은 완성이 되었고, 그것은 물처럼 맑았다.

"여기 있다." 마녀는 말하고 작은 인어 공주의 혀를 잘라 냈다. 이제 그녀는 벙어리고 말을 할 수도, 노래를 부를 수도 없었다.

"내 숲을 통해 네가 나가는 길에 만약 폴립이 너를 잡으려 하면," 마녀는 말했다. "이 약을 그들에게 한 방울만 던져 주면 그들의 팔과 손가락은 수천 조각으로 찢어질 것이다." 하지만 인어 공주는 그렇게 할 필요가 없었다. 폴립들은 그녀의 손에서 마치 별처럼 빛나는 눈부신 액체를 보았을 때 겁에 질려 물러섰기 때문이다. 그리고 그녀는 곧 숲을 통과했으며, 늪지를 지났고, 용솟음 치는 소용돌이를 빠져나왔다.

그녀는 아버지의 성을 볼 수 있었다. 커다란 무도회장의 불은 이미 꺼져 있었다. 그들은 아마 안에서 자고 있을 것이지만 그녀는 말을 못하게 되고 영원히 그들을 떠나려 하게 된 지금 감히 그들을 들여다볼 수 없었다. 그녀는 슬픔으로 가슴이 미어지는 듯했다. 그녀는 몰래 정원으로 들어가서, 그녀의 언니들의 꽃침대에서 꽃을 하나씩 빼내고, 성을 향해 무수히 키스를 보내고 나서, 어두운 푸른색의 바다를 통해 위로 올라갔다

그녀가 왕자의 성을 보고 멋진 대리석 계단을 올라갔을 때에도 해는 아직 뜨지 않았다. 달빛은 밝고 투명했다. 인어 공주는 강하고 지독한 약을 마셨고 두 개의 날을 가진 칼이 그

She stole into the garden, took a flower from each of her sisters' flower beds, threw hundreds of kisses toward the castle, and rose up through the dark blue sea.

The sun had not yet risen when she saw the prince's castle and went up the magnificent marble stairway. The moon shone bright and clear. The little mermaid drank the strong, burning drink, and it was as if a two-edged sword were going through her delicate body. At that she fainted and lay as if dead. When the sun was shining high on the sea, she awoke and felt a piercing pain, but right in front of her stood the handsome prince. He fixed his coal-black eyes upon her so that she had to cast down her own, and then she saw that her fishtail was gone, and she had the prettiest little white legs that any young girl could have, but she was quite naked. And so she enveloped herself in her thick long hair. The prince asked who she was and how she had come there, and she looked at him softly yet sadly with her dark blue eyes, for of course she could not speak. Each step she took was, as the witch had said, like stepping on pointed awls and sharp knives. But she endured this willingly. At the prince's side she rose as easily as a bubble, and he and everyone else marveled at

---

steal into:몰래 들어가다 stairway:계단의 한 단 burning:지독한 delicate:가냘픈, 섬세한 faint:실신하다, 기절하다 envelop oneself in:~으로 몸을 두르다 step on:~으로 밟고 가다 awl:송곳

녀의 섬세한 몸을 뚫고 지나가듯 했다. 그 순간 그녀는 기절했고 마치 죽은 듯이 누워 있었다. 태양이 바다 위 높이 빛나고 있을 때 그녀는 깨어났고 심한 고통을 느꼈지만, 그녀의 바로 앞에 잘 생긴 왕자가 서 있었다. 그의 검은 눈동자가 그녀에게 고정되었기에 그녀는 눈길을 떨어뜨렸다. 그러자 그녀는 자신의 물고기 꼬리가 사라지고, 보통의 어린 소녀에게 있는 매우 아름다운 흰 다리가 있는 것을 보게 되었다. 하지만, 그녀는 완전히 벌거벗고 있었다. 그래서 그녀는 자신의 길고 풍부한 머리카락으로 몸을 가렸다. 왕자는 그녀가 누구인지, 어떻게 여기 오게 되었는지를 물었고, 그녀는 물론 아무 말을 할 수 없었기 때문에, 자신의 짙은 푸른 색 눈으로 그를 부드럽고 한편으로는 슬프게 쳐다보기만 했다. 그녀가 걸음을 내디딜 때마다 마녀가 말했듯이 마치 찌르는 송곳과 날카로운 칼날 위를 걷는 것 같았다. 하지만 그녀는 이러한 것들을 기꺼이 참아 냈다. 왕자가 보기에는 그녀는 거품처럼 가볍게 일어났고 그와 다른 사람들은 그녀의 우아하고도 아름다운 움직임에 놀랐다.

그녀는 의복으로 비단과 모슬린으로 만든 비싼 가운을 받았다. 성안에서 그녀는 가장 아름다웠다. 하지만 그녀는 소리를 낼 수 없었다. 그녀는 말을 할 수도, 노래를 할 수도 없었다. 사랑스러운 노예 소녀가 비단과 금빛의 옷을 입고, 앞으로 나와서 왕자와 그의 왕실 부모에게 노래를 불렀다. 그 중의 하나

her graceful, flowing movements.

She was given costly gowns of silk and muslin to wear. In the castle she was the fairest of all. But she was mute; she could neither sing nor speak. Lovely slave girls, dressed in silk and gold, came forth and sang for the prince and his royal parents. One of them sang more sweetly than all the others, and the prince clapped his hands and smiled at her. Then the little mermaid was sad. She knew that she herself had sung far more beautifully, and she thought, "Oh, if only he knew that to be with him I have given away my voice for all eternity."

Now the slave girls danced in graceful, floating movements to the accompaniment of the loveliest music. Then the little mermaid raised her beautiful white arms, stood up on her toes, and glided across the floor. She danced as no one had ever danced before. With each movement, her beauty became even more apparent, and her eyes spoke more deeply to the heart than the slave girl's song.

Everyone was enchanted by her, especially the prince, who called her his little foundling, and she danced on and on despite the fact that each time her feet touched the ground it was like treading on sharp knives. The prince

---

willingly:기꺼이, 흔쾌히 marvel at:~에 놀라다 muslin: 모슬린(천의 한 종류) clap:손뼉을 치다 eternity:영원 to the accopaniment of:~에 맞추어서 apparent: 선명한

는 다른 누구보다 노래를 매우 아름답게 불러서, 왕자는 박수를 쳐주고 그녀에게 미소를 보냈다. 그것을 본 인어 공주는 슬펐다. 그녀는 그녀 자신이 훨씬 아름답게 노래할 수 있었던 것을 알고 있었고, “아, 내가 영원히 그와 함께 있기 위해 내 목소리를 버린 것을 그가 알아준다면 얼마나 좋을까” 하고 생각했다.

이제 그 노예 소녀는 아름다운 음악에 맞춰 우아하게, 떠다니듯이 춤을 추었다. 그러자 인어 공주는 그녀의 아름다운 두 팔을 펴고 발끝으로 디디고서 바닥을 돌며 춤을 췄다. 그녀는 이전에는 아무도 추지 못했던 춤을 췄다. 그러한 순간에 그녀의 아름다움은 훨씬 더 선명하게 드러났고, 그녀의 눈은 노예 소녀의 노래보다도 훨씬 깊게 마음을 호소했다.

모든 사람은 그녀에게 매혹되었는데, 특히 그녀를 ‘내가 발견한 아이’라고 부르는 왕자가 더욱 매료되었다. 그녀는 비록 매 순간마다 발이 날카로운 칼날로 된 바늘과 같은 땅을 디디는 것 같았지만, 계속해서 춤을 췄다. 왕자는 그녀가 영원히 그와 함께 할 것이라고 말했고, 그녀는 왕자의 방문 밖의 벨벳 쿠션에서 자도 좋다는 허락을 받았다.

그는 그녀가 자신과 함께 말을 타고 다닐 수 있도록 그녀를 위해 남자 옷을 만들게 했다. 그들은 녹색 나뭇가지가 그녀의 어깨에 스치고 작은 새가 싱그러운 나뭇잎에서 노래하는 향기

said she was to stay with him forever, and she was allowed to sleep outside his door on a velvet cushion.

He had boys' clothes made for her so she could accompany him on horseback. They rode through the fragrant forests, where the green branches brushed her shoulders and the little birds sang within the fresh leaves. With the prince she climbed up the high mountains, and despite the fact that her delicate feet bled so the others could see it, she laughed at this and followed him until they could see the clouds sailing far below them like a flock of birds on their way to distant lands.

Back at the prince's castle, at night while the others slept, she went down the marble stairway and cooled her burning feet by standing in the cold sea water. And then she thought of those down there in the depths.

One night her sisters came arm in arm. They sang so mournfully as they swam over the water, and she waved to them. They recognized her and told her how unhappy she had made them all. After this they visited her every night, and one night far out she saw her old grandmother, who had not been to the surface of the water for many years, and the king of the sea with his crown upon his head. They stretched out their arms to her but dared not

---

foundling:주운 아이 on and on:계속해서 on horseback:말을 타고 bleed:피를 흘리다 mournfully:구슬프게 recognize:알아보다, 보고 곧 알다

좋은 수풀로 달렸다. 왕자와 함께 그녀는 높은 산을 올랐고 비록 그녀의 가냘픈 발에 피가 흘러 다른 사람들이 그것을 본다 하더라도 그녀는 웃음을 잃지 않고 그들 아래에 있는 구름이 마치 한때의 새들처럼 먼 땅을 향해 날아가는 것처럼 보이는 곳까지 그를 따라다녔다.

왕자의 성으로 돌아와서, 밤이 되어 사람들이 모두 잠든 시간에 그녀는 대리석으로 만든 계단으로 내려가 차가운 바닷물에 서서 그녀의 뜨거운 발을 식혔다. 그리고 그때 그녀는 그 아래 깊은 곳에 있는 그들을 생각했다.

어느 날 밤 그녀의 언니들이 몰려왔다. 그들은 물위를 헤엄치면서 구슬프게 노래를 불렀고, 그녀는 그들에게 손을 흔들어 줬다. 그들은 그녀를 알아보았고, 그녀가 그들 모두를 얼마나 슬프게 했는지를 이야기했다. 그날 이후 그들은 매일 밤 그녀를 찾아왔고, 어느 날 밤 그녀는 수년 동안 물 위로 올라오지 않았던 그녀의 할머니와 머리에 왕관을 쓴 바다의 왕을 멀리서 보았다. 그들은 그녀에게 팔을 뻗었지만 그녀의 언니들만큼 육지로 가까이 다가오지는 못했다.

날이 갈수록 왕자는 그녀를 좋아하게 되었다. 그는 그녀를 착한 아이를 사랑하는 것처럼 사랑했지만, 자신의 아내로 삼으려는 생각은 전혀 하지 않았다. 그녀는 만약 살아 남으려면 그의 아내가 되어야 했다. 그렇지 않으면 그녀는 불멸의 영혼을

come as close to land as her sisters.

Day by day the prince grew fonder of her. He loved her the way one loves a dear, good child, but to make her his queen did not occur to him at all. And she would have to become his wife if she were to live, or else she would have no immortal soul and would turn into foam upon the sea on the morning after his wedding.

"Don't you love me most of all?" the eyes of the little mermaid seemed to say when he took her in his arms and kissed her beautiful forehead.

"Of course I love you best," said the prince, "for you have the kindest heart of all. You are devoted to me, and you resemble a young girl I once saw but will certainly never find again. I was on a ship that was wrecked. The waves carried me ashore near a holy temple to which several young maidens had been consecrated. The youngest of them found me on the shore and saved my life. I only saw her twice. She was the only one I could love in this world. But you look like her and you have almost replaced her image in my soul. she belongs to the holy temple, and so good fortune has sent you to me. We shall never be parted!"

"Alas! He doesn't know that I saved his life!" thought

---

stretch:뻗다 day by day:날이 갈수록 devoted to:~에게 헌신적인 temple:성당, 사원 consecrate:신에게 바치다, 신성하게 하다 replace:대신 들어서다, 바꾸어 놓다

얻을 수 없고, 그가 결혼한 다음날 아침이면 바다 위의 거품으로 변하고 말 것이다.

"당신은 저를 가장 사랑하지 않나요?" 인어 공주의 눈빛은 왕자가 그녀를 안고 그녀의 아름다운 이마에 입맞춤을 할 때, 이렇게 말하는 것 같았다.

"물론 나는 당신을 가장 좋아해." 왕자는 말한다. "왜냐하면 당신은 가장 착한 마음을 가지고 있으니까. 당신은 나에게 가장 헌신적이고, 또 당신은 내가 전에 한 번 보고 다시는 못 만난 소녀와 닮았어. 나는 난파한 배에 탔었지. 파도는 나를 성스러운 몇몇의 어린 소녀들이 신에게 바쳐진 신성한 사원이 있는 바닷가에 데려다 주었어. 그들 중 가장 어린 사람이 나를 해변에서 발견하고 내 생명을 구해 주었단다. 나는 그녀를 두 번밖에 못 봤어. 하지만 그녀는 내가 이 세상에서 사랑할 수 있는 유일한 사람이지. 너는 그녀와 닮았으며 널 보면 그녀의 이미지가 떠오른단다. 그녀는 성스러운 전당에 속해 있고, 다행스럽게도 행운은 내게 당신을 보냈어. 우리는 영원히 함께 있을 거야!"

'아아! 그는 내가 자신의 생명을 구해 준 것을 모르고 있구나!' 인어 공주는 생각했다. '내가 바다를 건너 사원이 있는 숲까지 그를 데리고 갔었지. 나는 거품 속에 숨어서 누군가가 오기를 기다렸지. 나는 그 아름다운 소녀를 보았는데 그는 그

전당:크고 화려한 집

the little mermaid. "I carried him over the sea to the forest where the temple stands. I hid under the foam and waited to see if any mortals would come. I saw that beautiful girl, whom he loves more than me." And the mermaid sighed deeply, for she couldn't cry. "The girl is consecrated to the holy temple, he said. She will never come out into the world. They will never meet again, but I am with him and see him every day. I will take care of him, love him, lay down my life for him!"

But now people were saying that the prince was going to be married to the lovely daughter of the neighboring king. That was why he was equipping so magnificent a ship. It was given out that the prince is to travel to see the country of the neighboring king, but actually it is to see his daughter. He is to have a great retinue with him.

But the little mermaid shook her head and laughed. She knew the prince's thoughts far better than all the rest. "I have to go," he had told her. "I have to look at the lovely princess. My parents insist upon it. But they won't be able to force me to bring her home as my bride. I cannot love her. she doesn't look like the beautiful girl in the temple, whom you resemble. If I should ever choose a bride, you would be the more likely one, my mute little foundling

---

part:헤어지다 consecrate:전념하다 lay down one' s life:목숨을 내걸다 equip:장비나 설치를 갖추다 give out:발표하다 actually:사실은, 솔직히 말하면 retinue:수행원 bride:신부

녀를 나보다 더 사랑하는구나.' 인어 공주는 울 수 없었기 때문에 깊은 한숨을 쉬었다. '그는 그 소녀가 신성한 사원에 바쳐졌다고 말했다. 그녀는 절대로 속세로 내려오지 않을 것이다. 그들은 절대로 다시 만나지 않을 것이지만, 나는 그와 함께 있고 매일 그를 본다. 나는 그를 돌볼 것이며, 그를 사랑할 것이며, 그를 위해 목숨을 내걸 것이다!'

하지만 지금 사람들은 왕자가 근처 국왕의 사랑스러운 딸과 결혼하려 한다고 말하였다. 그게 그가 요즘 멋진 배를 준비하는 이유였다. 발표상으로는 왕자가 근처의 왕을 보러 떠나는 걸로 되어 있지만 실제로는 그의 딸을 보러 가는 것이라고 알려졌다. 그는 많은 수행원과 동행할 것이라고 한다.

하지만 인어 공주는 그녀의 머리를 흔들며 웃었다. 그녀는 왕자의 생각을 나머지 사람보다 훨씬 많이 알고 있었기 때문이다. "나는 가야만 해."라고 그는 그녀에게 말했었다. "나는 사랑스럽다는 공주를 만나야만 해. 나의 부모님이 그걸 요구하시지. 하지만 그들도 나를 강제로 그녀와 결혼을 시킬 수는 없어. 나는 그녀를 사랑할 수 없어. 그녀는 당신과 닮은 사원의 그 아름다운 소녀와 조금도 닮지 않았을 거야. 만약 내가 신부를 골라야만 한다면, 당신이 제일 적격이지. 말하는 눈을 가진 조용하고 작은 아이야!" 그리고 그는 그녀의 긴 머리를 만지작거리며 그녀의 장미빛 입술에 키스했고, 인간의 행복과 불멸

with the speaking eyes!" And he kissed her rosy mouth, played with her long hair, and rested his head upon her heart, which dreamed of mortal happiness and an immortal soul.

"You're not afraid of the sea, are you, my mute little child!" he said as they stood on the deck of the magnificent ship that was taking him to the country of the neighboring king. And he told her of storms and calms and of strange fish in the depths and of what the divers had seen down there. And she smiled at his story, for of course she knew about the bottom of the sea far better than anyone else.

In the moonlit night, when everyone was asleep– even the sailor at the wheel–she sat by the railing of the ship and stared down through the clear water, and it seemed to her that she could see her father's castle. At the very top stood her old grandmother with her silver crown on her head, staring up through the strong currents at the keel of the ship. Then her sisters came up to the surface of the water. They gazed at her sadly and wrung their white hands. She waved to them and smiled and was going to tell them that all was well with her and that she was happy, but the ship's boy approached and her sisters dived

---

mute:벙어리의 rest his head upon her heart:그녀의 가슴에 머리를 기대다 wheel:배의 타륜 railing:난간 keel:배의 용골 wring one' s hands:손을 쥐어 짜다.

의 영혼을 꿈꾸는 그녀의 가슴에 머리를 기댔다.

"너는 바다가 두렵지 않지, 그렇지? 나의 조용한 작은 사람아." 라고 왕자는 화려하게 장식된 배의 갑판 위에서 그녀에게 말했다. 그 배는 그를 이웃나라로 모셔갈 것이다. 왕자는 그녀에게 폭풍우와, 정적, 깊은 곳에 사는 이상한 물고기와 잠수부들이 바다 아래쪽에서 보고 온 것 등을 말해 주었다. 그리고 그녀는 그의 이야기를 듣고 미소를 띠었는데, 왜냐하면 당연히 그녀는 바다 밑에 대해서 다른 누구보다도 잘 알고 있었기 때문이다.

모든 사람이 잠들고, 심지어는 배의 타수도 잠든, 달빛 밝은 밤에 그녀는 배의 난간에 앉아 맑은 물을 들여다보고 있었는데, 마치 그녀 아버지의 성을 들여다볼 수 있을 것 같았다. 그 꼭대기에는 그녀의 나이 많은 할머니가 머리에 은으로 된 왕관을 쓰고, 강한 물살을 통해 배의 용골을 응시하고 있었다. 그때 그녀의 언니들이 수면 위로 나타났다. 그들은 슬픈 눈으로 그녀를 바라보며 손을 흔들었다. 인어 공주는 그들에게 손을 흔들며 미소를 보냈고 그들에게 모든 것은 잘 되어 가고 있고, 그녀는 행복하다고 말하려 했다. 그런데 배의 선원이 다가와 그녀의 언니들은 바닷속으로 뛰어들었다. 그래서 그는 그가 방금 본 것이 바다 물의 거품이라고 생각했다.

다음날 아침 배는 근처 왕국의 수도에 있는 항구로 들어왔

타수:키잡이
용골:큰 배의 밑바닥을 받치는 길고 큰 재목

down, so he thought the white he had seen was foam upon the sea.

The next morning the ship sailed into the harbor of the neighboring king's capital. All the church bells were ringing, and from the high towers trumpets were blowing, while the soldiers stood with waving banners and glittering bayonets. Every day there was a feast. Balls and parties followed one after the other, but the princess had not yet come. she was being educated far away in a holy temple, they said; there she was learning all the royal virtues. At last she arrived.

The little mermaid was waiting eagerly to see how beautiful she was, and she had to confess that she had never seen a lovelier creature. Her skin was delicate and soft, and from under her long dark eyelashes smiled a pair of dark blue faithful eyes.

"It is you!" said the prince. "You, who saved me when I lay as if dead on the shore!" And he took his blushing bride into his arms. "Oh, I am far too happy," he said to the little mermaid. "The best I could ever dare hope for has at last come true! You will be overjoyed at my good fortune, for you love me best of all." And the little mermaid kissed his hand, but already she seemed to feel

---

harbor:항구 banner:깃발 bayonet:총검 holy temple:성스러운 사원 royal virtue:왕실의 덕목 confess:고백하다, 털어놓다 eyelash:속눈썹 blushing:수줍어하는

다. 모든 교회의 종은 울렸고 높은 건물에서 트럼펫 소리가 울렸고, 병사들은 깃발을 펄럭이며 빛나는 총검을 들고 서 있었다. 매일같이 축제가 있었다. 무도회와 파티가 차례로 있었지만, 공주는 아직 오지 않았다. 그쪽 사람들이 말하기를 그녀는 멀리 있는 성스러운 사원에서 가르침을 받고 있는 중이었고, 그곳에서 그녀는 왕실의 모든 덕목을 배우고 있다고 했다. 마침내 그녀가 돌아왔다.

인어 공주는 그녀가 얼마나 예쁜지 보기 위해 열성적으로 기다렸고, 인어공주는 그 공주처럼 사랑스러운 여자를 본 적이 없다고 시인할 수밖에 없었다. 그녀의 피부는 섬세하고 부드러웠으며, 그녀의 길고 검은 속눈썹 아래로 한 쌍의 검고 푸른 순수한 두 눈이 미소지었다.

"바로 당신이오." 왕자는 말했다. "당신이 내가 해변에서 죽은 듯이 누워 있을 때 나를 구해 주었소!" 그리고 그는 수줍어하는 신부를 팔로 안았다. "아, 나는 정말 행복해." 그는 인어 공주에게 말했다. "내가 감히 바랄 수 있는 최고의 희망이 마침내 실현되었어! 당신은 나의 행운에 매우 기뻐해 줄 것이라 믿어, 왜냐하면 당신은 나를 가장 사랑하는 사람이니까." 인어 공주는 그의 손에 입맞췄지만, 그녀는 벌써 가슴이 찢어지는 것 같았다. 그가 결혼한 아침에는 정말로 그녀는 죽어서

덕목: 충, 효, 인, 따위의 덕을 가르치는 명목
시인: 옳다고 또는 그렇다고 인정함

her heart breaking. His wedding morning would indeed bring her death and change her into foam upon the sea.

All the church bells were ringing. The heralds rode through the streets and proclaimed the betrothal. On all the altars fragrant oils burned in costly silver lamps. The priests swung censers, and the She thought of the morning of her death, of everything she had lost in this world.

The very same evening the bride and bridegroom went on board the ship. Cannons fired salutes, all the flags were waving, and in the middle of the deck a majestic purple and gold pavilion with the softest cushions had been erected. Here the bridal pair was to sleep in the still, cool night. The breeze filled the sails, and the ship glided easily and gently over the clear sea.

When it started to get dark, many-colored lanterns were lighted and the sailors danced merrily on deck. It made the little mermaid think of the first time she had come to the surface of the water and seen the same splendor and festivity. And she whirled along in the dance, floating as the swallow soars' when it is being pursued, and everyone applauded her and cried out in admiration. Never had she danced so magnificently. It was as though sharp knives were cutting her delicate feet, but she didn't feel it. The pain in her heart was even greater. She knew this was the

---

be overjoyed at:매우 기뻐하다 herald:사자(使者) the betrothal:약혼자들 censer:향로 bishop:주교 train:행렬 cannon:대포 salute:예포 majestic:장엄한, 위엄 있는 pavilion:휘장

바다의 거품으로 변하게 될 것이다.

모든 교회의 종이 울리고 있었다. 사자들이 거리를 달리며 약혼식을 알렸다. 모든 제단에서는 은으로 만든 값비싼 등에 향기로운 기름이 타고 있었다. 성직자들은 향로를 흔들었고 신랑과 신부는 서로 손을 잡고 주교의 축복을 받았다. 인어 공주는 비단과 금빛의 옷을 입고 신부의 행렬에 서 있었지만, 그녀의 귀에는 축제 음악이 들리지 않았고 그녀의 눈은 신성한 예식이 보이지 않았다. 그녀는 아침에 있을 그녀의 죽음과 그녀가 이 세상에서 잃을 모든 것에 대해 생각했다.

바로 같은 날 저녁에 신랑과 신부는 배의 갑판으로 올라갔다. 예포가 발사되고, 모든 깃발이 펄럭이고, 갑판의 중앙에는 가장 부드러운 쿠션과 함께 장엄한 금색의 휘장들이 서 있었다. 여기에서 신혼 부부는 조용하고 서늘한 밤에 잠들 것이었다. 미풍이 돛을 가득 부풀리고 배는 편안하고 부드럽게 잔잔한 바다로 미끄러져 갔다.

어두워지기 시작할 때, 많은 색깔의 등잔의 불이 밝혀졌고, 선원들은 갑판에서 즐겁게 춤을 췄다. 그것은 인어 공주에게 그녀가 처음으로 수면 위로 올라와서 본 화려한 축제를 떠올리게 했다. 그녀는 혼자 빙글빙글 춤을 추었고, 제비가 쫓길 때 비상하는 것과 같이 떠올랐고, 모든 사람들은 그녀에게 박수갈채를 보냈으며 감탄하며 환호했다. 그녀가 전에 그렇게 멋

향로: 향을 피우는 데 쓰는 자그마한 화로

last evening she would see the one for whom she had left her family and her home, sacrificed her beautiful voice, and daily suffered endless agony without his ever realizing it. It was the last night she would breathe the same air as he, see the deep sea and the starry sky. An endless night-without thoughts or dreams awaited her she who neither had a soul nor could ever win one. And there was gaiety and merriment on the ship until long past midnight. She laughed and danced, with the thought of death in her heart. The prince kissed his lovely bride and she played with his dark hair, and arm in arm they went to bed in the magnificent pavilion.

It grew silent and still on the ship. Only the helmsman stood at the wheel. The little mermaid leaned her white arms on the railing and looked toward the east for the dawn, for the first rays of the sun, which she knew would kill her. Then she saw her sisters come to the surface of the water. They were as pale as she was. Their long beautiful hair no longer floated in the breeze. It had been cut off.

"We have given it to the witch so she could help you, so you needn' t die tonight. She has given us a knife; here it is. See how sharp it is? Before the sun rises, you must

지게 춤을 춘 적은 없었다. 그것은 마치 예리한 칼날이 그녀의 섬세한 발을 자르는 것과 같았지만 그녀는 그것을 느낄 수 없었다. 그녀 가슴속의 아픔이 훨씬 더 컸다. 그녀는 이 밤이 그녀가 가족과 집을 버리고 그녀의 아름다운 목소리를 희생하고, 매일같이 그가 알지 못하는 끝없는 번민에 빠지게 만든 그를 보는 마지막 밤이라는 것을 알았다. 오늘밤은 그녀가 그와 같은 공기를 마시고, 깊은 바다와 별이 빛나는 하늘을 보는 마지막 밤이었다. 생각도 꿈도 없는 끝없는 밤들이 영혼을 갖지도 얻지도 못한 그녀를 기다리고 있었다. 밤이 깊도록 배에는 기쁨과 즐거움으로 충만했다. 그녀는 마음속으로는 죽음을 생각하며 웃고 춤을 췄다. 왕자는 그의 사랑스런 신부에게 입맞추고 그녀는 그의 검은 머리카락을 매만지고, 팔짱을 끼고는 그들은 화려한 장막 아래의 침실로 갔다.

배는 고요하고 적막해져 갔다. 키잡이만이 조타륜 앞에 서 있었다. 인어 공주는 자신의 흰 팔을 난간에 기울이고, 자신을 죽일 태양의 첫 햇살을 기다리며, 새벽이 밝아 오는 동쪽을 바라보았다. 그때 그녀는 언니들이 물위로 올라오는 것을 보았다. 그들은 그녀와 마찬가지로 창백했다. 그들의 길고 아름다운 머리는 더이상 미풍에 날리지 않았다. 그것은 잘려 있었다.

"우리는 그 마녀가 너를 돕도록 우리의 머리를 주었고, 따라서 너는 오늘 밤 죽지 않아도 된단다. 그녀는 우리에게 칼을

plunge it into the prince's heart! And when his warm blood spatters your feet, they will grow together into a fishtail, and you will become a mermaid again and can sink down into the water to us, and live your three hundred years before you turn into the lifeless, salty sea foam. Hurry! Either you or he must die before the sun rises. Our old grandmother has grieved so much that her hair has fallen out, as ours has fallen under the witch's scissors. Kill the prince and return to us! Hurry! Do you see that red streak on the horizon? In a few moments the sun will rise, and then you must die!" And they uttered a strange, deep sigh and sank beneath the waves.

The little mermaid drew the purple curtain back from the pavilion and looked at the lovely bride asleep with her head on the prince's chest. She bent down and kissed his handsome forehead; looked at the sky, which grew rosier and rosier; looked at the sharp knife; and again fastened her eyes on the prince, who murmured the name of his bride in his dreams. She alone was in his thoughts, and the knife glittered in the mermaid's hand. But then she threw it far out into the waves. They shone red where it fell, as if drops of blood were bubbling up through the water. Once more she gazed at the prince with dimming eyes, then

---

helmsman:키잡이 silent and still:고요하고 적막한 plunge:뛰어들다. spatter: 튀다 grieve:근심하다 in a few moment:잠시 후면 utter a sigh:한숨을 쉬다

한 자루 주었는데, 여기 있다. 얼마나 날카로운지 보렴. 해가 뜨기 전에 너는 반드시 이 칼을 왕자의 심장에 꽂아야 한다! 그리고 그의 따뜻한 피가 네 발에 튈 때, 네 발은 하나로 돼 물고기의 꼬리가 되고, 너는 다시 인어가 되어서 우리와 함께 물 속으로 들어가 살 수 있게 된다. 생명이 없는 바다 거품으로 변하기 전의 300년 동안 살 수 있게 된단다. 서둘러라! 해가 뜨기 전에 너 아니면 그가 죽어야 한다. 우리의 나이 많은 할머니는 그녀 자신의 머리카락과 우리의 머리카락이 마녀의 가위질에 잘린 것에 대해 매우 슬퍼하고 계시단다. 왕자를 죽이고 우리와 함께 가자! 서둘러라! 너는 저 수평선의 붉은 광선이 보이느냐? 잠시 후면 태양이 떠오르고, 그때면 너는 죽는다!" 그리고 나서 그들은 야릇한 한숨을 쉬고 파도 속으로 들어가 버렸다.

인어 공주는 장막의 보라색 커튼을 젖히고 사랑스러운 신부가 그녀의 머리를 왕자의 가슴에 묻고 잠든 모습을 보았다. 그녀는 허리를 굽혀서 그의 잘 생긴 이마에 입을 맞추고 하늘을 보았는데 하늘은 점점 장미빛으로 변해 가고 있었다. 그리고 날카로운 칼을 쳐다보고, 다시 시선을 꿈속에서 그의 신부 이름을 중얼거리는 왕자에게로 고정시켰다. 왕자의 머릿속에는 오직 그의 신부가 전부였고 칼은 인어 공주의 손에서 번쩍거렸다. 하지만 그녀는 그것을 멀리 파도에 집어던졌다. 마치 핏

plunged from the ship down into the sea. And she felt her body dissolving into foam.

Now the sun rose out of the sea. The mild, warm rays fell on the deathly cold sea foam, and the little mermaid did not feel death. She saw the clear sun, and up above her floated hundreds of lovely transparent creatures. Through them she could see the white sails of the ship and the rosy clouds in the sky. Their voices were melodious but so ethereal that no mortal ear could hear them, just as no mortal eye could perceive them. Without wings, they floated through the air by their own lightness. The little mermaid saw that she had a body like theirs. It rose higher and higher out of the foam.

"To whom do I come?" she said, and her voice, like that of the others, rang so ethereally that no earthly music can reproduce it.

"To the daughters of the air," replied the others. "A mermaid has no immortal soul and can never have one unless she wins the love of a mortal. Her immortality depends on an unknown power. The daughters of the air have no immortal souls, either, but by good deeds they can create one for themselves. We fly to the hot countries, where the humid, pestilential air kills mortals. There we

---

bend down:~로 몸을 굽히다 murmur:중얼거리다 dimming:(눈물이 어려서)흐릿한 dissolve:분해되다 transparent:투명한 etheral:영묘한 perceive:감지하다, 인지하다

방울이 물속에서 끓어 오르는 것처럼, 칼이 떨어진 자리의 물결이 붉게 빛났다. 그녀는 눈물로 흐릿해진 눈으로 다시 한번 왕자를 쳐다본 후, 바닷속으로 뛰어들었다. 그리고 그녀는 자신의 몸이 거품으로 분해되는 것을 느꼈다.

이제 태양이 물 위로 솟았다. 부드럽고 따뜻한 햇살이 죽은 듯 차가운 바다 거품 위를 내리쬐었다. 인어 공주는 죽음을 느끼지 않았다. 그녀는 밝은 태양을 보았고, 그녀 위로 수백 개의 사랑스럽고 투명한 생명체들이 올라가는 것을 보았다. 그것들을 통해서 그녀는 하늘에 떠있는 흰 돛과 장미빛 구름을 볼 수 있었다. 그들의 목소리는 음악적이었지만 너무나도 영묘해서 어떤 인간의 귀로도 그것을 들을 수 없었고, 마찬가지로 어떤 인간의 눈으로도 그것을 인지할 수 없었다. 그것은 날개도 없었지만 그 자신이 가벼워서 대기를 떠다녔다. 인어 공주는 자신의 몸이 그들과 같아진 것을 알았다. 그것은 거품 위로 높게 높게 올라갔다.

"나는 누구에게 가는거죠?" 그녀는 물었다. 그리고 그녀의 목소리는 다른 이들과 마찬가지로, 너무나 영묘하게 울렸기 때문에 지상의 어떤 음악으로도 표현할 수 없었다.

"공기의 딸들에게" 그들이 대답했다. "인어 공주는 영원한 영혼을 가지고 있지 않아서 인간의 사랑을 얻지 않는다면 영혼을 가질 수도 없어요. 인어의 영원함은 미지의 힘에서 비롯

영묘:신령스럽고 기묘함
인지:사실을 인정하여 앎

waft cooling breezes. We spread the fragrance of flowers through the air and send refreshment and healing. After striving for three hundred years to do what good we can, we then receive an immortal soul and share in the eternal happiness of mortals. Poor little mermaid, with all your heart you have striven for the same goal. you have suffered and endured and have risen to the world of the spirits of the air. Now by good deeds you can create an immortal soul for yourself after three hundred years."

And the little mermaid raised her transparent arms up toward God's sun, and for the first time she felt tears. On the ship there was again life and movement. She saw the prince with his lovely bride searching for her. Sorrowfully they stared at the bubbling foam, as if they knew she had thrown herself into the sea. Invisible, she kissed the bride's forehead, smiled at the prince, and with the other children of the air rose up onto the pink cloud that sailed through the air.

"In three hundred years we will float like this into the kingdom of God!"

"We can come there earlier," whispered one. "Unseen we float into the houses of mortals where there are children, and for every day that we find a good child who

---

good deed:선행 pestilential:전염병을 일으키는, 해로운 waft:가볍게 나르다
healing:치유, 회복 strive for:~을 얻으려고 노력하다 transparent:투명한

됩니다. 공기의 딸들도 역시 영원한 영혼을 가지고 있지 않지만, 선행으로 영혼을 만들 수 있습니다. 우리는 습기 차고, 인간을 죽이는 전염병을 일으키는 뜨거운 공기가 있는 지역으로 날아갑니다. 우리는 그곳으로 시원한 바람을 실어 가볍게 날아갑니다. 우리는 꽃의 향기를 퍼뜨리고, 정화와 치유를 하죠. 300년 동안 우리가 할 수 있는 선행을 하기 위해 노력한 후에, 우리는 불멸의 영혼이 되고, 인간의 영원한 행복을 공유하게 됩니다. 가엾은 인어 공주여, 당신은 똑같은 목적을 위해 진심으로 노력했어요. 당신은 고통받았고, 인내했습니다. 이제 공기의 정신 세계로 올라왔습니다. 지금부터 선행을 함으로써, 당신은 300년 후에 불멸의 영혼이 될 수 있을 것입니다."

그리고 인어 공주는 그녀의 투명한 팔을 들어 하느님의 태양을 경배했다. 난생 처음으로 그녀는 눈물을 흘렸다. 배에서는 또다시 삶과 움직임이 있었다. 그녀는 왕자가 그의 사랑스러운 신부와 함께 자신을 찾는 것을 것을 보았다. 마치, 그들은 그녀가 바다로 몸을 던진 것을 알기라도 하듯, 거품이 일어나는 것을 슬프게 쳐다보았다. 눈에 보이지는 않지만 그녀는 신부의 이마에 입을 맞추고, 왕자에게 미소를 보내고, 다른 공기의 아이들과 함께 공기를 항해하는 분홍색 구름으로 날아올랐다.

"300년 후면, 우리는 지금처럼 날아올라 신의 왕국으로 떠

경배: 공경하는 뜻으로 하는 인사

makes his parents happy and deserves their love, God shortens our period of trial. The child does not know when we fly through the room, and when we smile over it with joy a year is taken from the three hundred. But if we see a naughty and wicked child, we must weep tears of sorrow, and each tear adds a day to our period of trial!"

---

period of trial:시련기, 고난의 시기 naughty:말을 잘 듣지 않는, 버릇없는

갈 것입니다!"

"우리는 그곳에 더 빨리 갈 수 있어요." 누군가가 속삭였다.

"눈에 보이지 않는 우리들이 어린 아이가 살고 있는 인간의 집으로 날아가서, 매일 자신의 부모님을 기쁘게 해 주고 그들의 사랑을 받을 만한 아이를 찾는다면, 신은 우리의 시련기를 짧게 해 주실 것이다. 그 아이는 언제 우리들이 방안으로 날아들어가 기쁨으로 미소지을 때마다 300년에서 한 해씩 줄어든다는 걸 몰라요. 하지만 만약 우리가 버릇없고 심술궂은 아이를 보게 된다면, 우리는 슬픔의 눈물을 흘릴 것이고, 흘린 각각의 눈물 한 방울은 우리의 시련의 나날에 하루씩 더해진답니다.!"

The Flying Trunk

THERE was once a merchant; he was so rich that he could pave the whole street, and most of a little alleyway too, with silver money. But he didn't do it; he knew of other ways to use his money. If he spent a shilling, he got back a daler. That's the sort of merchant he was and then he died.

Now the son got all this money, and he lived merrily going to masquerade balls every night, making paper kites out of rixdaler bills, and playing ducks and drakes on the lake with golden coins instead of stones. So I daresay the money could go, and go it did. At last he had no more than four shillings left, and he had no other clothes than a

---

pave:(도로를)포장하다 alleyway:골목길 merrily:흥겹게 masquerade:가면무도회 play ducks and drakes:~을 물 쓰듯 하다

날아다니는 가방

옛날에 한 상인이 있었다. 그는 모든 거리와 골목길을 은화로 깔 수 있을 만큼 부자였다. 그러나 그는 그런 짓은 하지 않았다. 왜냐하면 그는 돈을 쓰는 다른 방법들을 알고 있었기 때문이다. 그는 만일 1실링을 쓴다면, 1데일을 벌어들였다. 그는 그런 식의 상인이었으나 결국 죽었다.

곧, 그의 아들이 모든 돈을 상속받아 방탕한 생활을 하였다. 매일 밤 가면무도회장에 갔으며, 종이 연을 만드느라 돈을 낭비하였고, 호수에서 돌멩이 대신 금화를 갖고 놀면서 돈을 물 쓰듯 하였다. 아마도 그 재산은 얼마 버티지 못할 것 같더니, 결국은 그렇게 되고 말았다. 결국 그의 수중에는 4실링밖에는 안 남았으며, 한 짝의 슬리퍼와 낡은 목욕 가운 외에는 다른 옷들은 남아 있질 않았다. 그의 친구들은 이젠 더이상 그에게 관심을 가져 주지 않았으며, 실제, 그들은 함께 거리를 걸어다

방탕: 주색잡기 따위에 빠져 행실이 좋지 못함

pair of slippers and an old bathrobe. His friends no longer bothered about him now, as, indeed, they couldn't walk down the street together. But one of them, who was kind, sent him an old trunk and said, "Pack it!" Now, that was all very well, but he had nothing to pack, and so he seated himself in the trunk.

It was a funny trunk. As soon as you pressed the lock, the trunk could fly and fly it did! Whoops! It flew up through the chimney with him, high above the clouds, farther and farther away. The bottom creaked, and he was afraid it would go to pieces, for then he would have made quite a big jolt ! Heaven help us! And then he came to the land of the Turks. He hid the trunk in the woods under the dried leaves and then went into the town. He could do this easily, for among the Turks everyone, of course, walked around like he did, in a bathrobe and slippers. Then he met a nurse with a baby.

"Listen, you Turkish nurse," he said, "what big castle is this close to the city? The windows are so high!"

"The king's daughter lives there!" she said. "It has been prophesied that a sweetheart is going to make her very unhappy, so no one can come in to see her unless the king and the queen are there!"

---

bathrobe:목욕 가운 bother:성가시게 하다 whoops:으악, 이크 creak:삐걱거리다 jolt:충격 prophesy:예언하다 sweetheart:연인

니지도 않았다. 그러나 그들 중 친절한 한 명이 그에게 오래된 가방을 보내며 말했다. "거기다 짐을 싸!" 그건 정말 잘된 일이지만 아무것도 쌀 것이 없었다. 그래서 그는 그 자신이 가방 안에 들어가 앉았다.

그것은 자물쇠를 누르기만 하면 날아오를 수 있는 재미있는 가방이었다. 야호! 가방은 그를 데리고 굴뚝을 통해 날아올라서, 구름 위까지 높이 올라가 멀리 멀리 날아갔다. 그때 그가 크게 움직이며 충격을 주었기 때문에 가방 밑바닥이 삐걱거렸다. 행여 그는 가방이 찢어지지나 않을까 두려웠다. 하느님 아버지 도와주세요! 그러자 곧 가방이 터키 땅에 내려앉았다. 그는 가방을 숲속의 낙엽 아래 숨긴 뒤 마을로 내려갔다. 그가 쉽게 마을로 내려올 수 있는 것은 터키에서는 모든 사람들이, 그의 차림새처럼 목욕 가운에 슬리퍼를 신고 다녔기 때문이다. 그때 그는 아기를 안고 있는 한 간호사를 만났다.

"여보세요, 터키 간호사 님," 그는 말했다. "도시 가까이 있는 이 큰 성은 도대체 뭐지요? 창문이 굉장히 높군요!"

"왕의 딸이 거기에 살고 있어요!" 그 간호사는 말했다. "누군가가 예언을 했지요. 그녀의 연인이 그녀를 매우 불행하게 만들 거라고. 그래서 왕과 왕비가 거기 있질 않으면, 아무도 그녀를 보러 올 수 없어요!"

"고마워요!" 상인의 아들은 말했다. 그리고는 숲으로 가서, 가방 안으로 들어가 앉아, 그 지붕으로 날아 오른 뒤 창문으로 기어 들어가 공주에게로 갔다.

"Thanks!" said the merchant's son. And then he went out in the woods, seated himself in his trunk, flew up on the roof, and crawled in through the window to the princess.

She was lying on the sofa asleep. She was so lovely that the merchant's son had to kiss her. she woke up and was quite terrified, but he said that he was the God of the Turks, who had come down to her through the air, and she liked that very much.

Then they sat next to each other, and he told her tales about her eyes: they were the loveliest dark pools, and her thoughts swam about there like mermaids. And he told her about her forehead: it was a snow-capped mountain with the most magnificent halls and pictures. And he told her about the stork that brings the sweet little babies.

Yes, those were some lovely tales! Then he proposed to the princess, and she said yes right away.

"But you must come here on Saturday," she said. "Then the king and the queen will be here with me for tea! They will be very proud that I am getting the God of the Turks. But see to it that you know a really lovely story, for my parents are especially fond of them. My mother likes it to be moral and decorous, while my father likes it jolly, so

---

crawl:기어가다 terrify:겁나게 하다 next to:바로 옆에 magnificent:장엄한 stork:황새 propose:청혼하다 see to it that:반드시~하다 moral: 품행이 바른 decorous:예의바른

공주는 소파에 누워 잠들어 있었다. 그녀가 너무나 아름다워서 상인의 아들은 그녀에게 입을 맞추지 않을 수 없었다. 그녀가 잠에서 깨어나 무척 놀라며 두려워했다. 그러나 그가 자기는 하늘을 날아 내려온 터키의 신이라고 말을 해주자 그녀는 무척 좋아했다.

그리고는 곧 그들은 서로 가까이 앉았으며, 그는 그녀의 눈에 대해 이야기를 해주었다. 당신의 눈은 가장 아름답고 깊은 호수와 같으며, 당신의 생각들이 그 안에서 인어와도 같이 헤엄쳐 다닌다고. 그리고 그는 그녀의 이마에 대해 이야기를 해주었다. 당신의 이마는 가장 웅장한 홀 안에 있는 그림들에서나 볼 수 있는 눈 덮인 산과 같다고. 그리고 그는 그녀에게 사랑스럽고 작은 아기들을 물어다 주는 황새에 대한 이야기를 해주었다.

정말로 그것들은 매우 아름다운 이야기들이었다! 그리고는 그가 공주에게 청혼을 하자 그녀는 곧 승낙을 하였다.

"하지만 당신은 반드시 토요일에 여기 오셔야 해요." 그녀는 말했다. "그때는 왕과 왕비가 저와 차를 마시기 위해 이곳에 오실 겁니다! 그들은 내가 터키의 신의 마음을 사로잡은 것을 아시면 무척 자랑스러워하실 겁니다. 하지만 당신은 반드시 정말로 재미있는 이야기를 해야만 합니다. 저희 부모님들께서는 그런 이야기들을 무척 좋아하시거든요. 저희 어머님께서는 교훈적이며 예의바른 이야기를 좋아하시고, 반면 저희 아버님께서는 재미있는 이야기를 좋아하시죠. 그렇기에 당신은 그들을

you can laugh!"

"Well, I'm bringing no other wedding present than a story!" he said, and then they parted. But the princess gave him a saber that was encrusted with golden coins and he could particularly use those.

Now he flew away, bought himself a new bathrobe, and then sat out in the woods and started making up a story. It had to be ready by Saturday, and that's not at all easy.

Then he was ready, and then it was Saturday.

The king and the queen and the whole court were waiting with tea at the princess'. He was given such a nice reception!

"Now, will you tell a story!" said the queen. "One that is profound and imparts a moral."

"But one that can still make me laugh!" said the king.

"Yes, of course!" he said, and started his tale. "And now you must listen very carefully. There was once a bunch of matches that were so exceedingly proud of their high descent. Their family tree that is to say, the big fir tree of which each one was a tiny stick had been a huge old tree in the forest. The matches were now lying on the shelf between a tinderbox and an old iron pot, and they were telling them about their youth."

---

part:헤어지다 saber:칼 encrusted with:~이 아로새겨진 reception:환영회 profound:심오한 impart:전달하다, 나누어 주다 bunch:다발, 묶음 high descent:가문 huge:거대한 tinderbox:성냥통

웃길 수 있어야 해요!"

"그렇다면, 이야기보다 더 좋은 결혼 선물은 없겠군!" 그는 그렇게 말하고는 그녀와 헤어졌다. 그녀는 금화가 아로새겨진 칼을 그에게 주면서, 만일의 경우 그것을 사용할 수 있게 했다.

곧 그는 날아가서 새로운 목욕 가운을 사 입었다. 그리고는 숲속에 도착해서 이야기를 만들기 시작했다. 그 이야기는 토요일까지 만들어야 했는데, 결코 쉬운 일이 아니었다.

그는 준비를 하였고 드디어 토요일이 되었다.

왕과 왕비, 그리고 모든 대신들은 차를 들며 공주의 연인을 기다렸다. 그는 굉장히 멋진 환영을 받았다!

"자, 이제 이야기를 해봐!" 왕비는 말했다. "그 중 하나는 심오하며 도덕적 교훈을 줄 수 있어야 해."

"그래도, 그 중 하나는 역시 나를 웃길 수 있게 해야 돼!" 왕은 말했다.

"좋아요, 물론입니다!" 그는 말했다. 그리고는 이야기를 시작했다.

"자, 이제부터 여러분들은 매우 주의해서 들어야만 합니다. 한때 그들의 가문에 대해 무척이나 자부심을 가지고 있었던 한 다발의 성냥이 있었지요. 그들의 가족은 숲속에 있는 거대하고 오래된 전나무의 작은 가지들이었지요. 그 성냥들은 선반 위에 있는 성냥통과 오래된 철제 냄비 사이에 놓여 있었서 젊었던 시절에 대해 그들에게 이야기하고 있었어요.

'그래, 우리가 푸른 가지의 높은 곳에 살고 있었을 때는,' 그

심오: 깊고 오묘함

'Yes, when we lived high on the green branch,' they said, 'we were really living high! Every morning and evening, diamond tea that was the dew. All day we had sunshine when the sun was shining and all the little birds had to tell us stories. We were very well aware that we were rich too, for the leafy trees were clad only in the summer, but our family could afford green clothes both summer and winter. But then came the woodcutters that was the Great Revolutions and our family was split up. The head of the family was given a post as the mainmast on a splendid ship that could sail around the world if it wanted to. The other branches ended up in other places, and it is now our task to provide light for the rank and file. That's why people of rank like ourselves happen to be in the kitchen.'

"Well, it's been different with me!' said the iron pot, which was lying beside the matches. 'Ever since I came out into the world, I've been scoured and boiled many times! I attend to the substantial things, and as a matter of fact, I really come first in this house. My only joy next to the table is to lie nice and clean on the shelf and carry on a sensible chat with my companions. But with the exception of the water pail, which occasionally goes down in the

---

dew:이슬 leafy:(잎이)무성한 clad:덮인 can afford:할 수 있다 woodcutter:나무꾼 Great Revolution:대혁명 be split up:뿔뿔이 흩어지다 mainmast:큰 돛대 end up:결국~이 되다 rank and file:일반 서민 chat:잡담 companion:동료 water pail:양동이

들은 말했습니다. '정말이지 품위 있는 생활을 했었는데 말이야! 매일 아침과 저녁마다 다이아몬드 차를 마셨지. 그것은 이슬이었어. 우린 하루 종일 태양빛을 받았고 태양이 내리쬘 때는 모든 새들이 우리에게 재미있는 이야기들을 해주어야 했지. 또한 우리는 매우 풍족하다는 것도 잘 알고 있었지. 잎이 있는 나무들은 여름에만 유일하게 옷을 입지만, 우리 가족들은 푸른 옷들을 여름 겨울 모두 입을 수 있었지. 그런데 나무꾼들이 오는 바람에-그것은 큰 전환기였지 - 우리 가족은 뿔뿔이 흩어지게 됐어. 우리 가족의 가장은 그가 원했던 대로 - 온 세계를 향해할 수 있는 멋진 배의 큰 돛대의 지위를 가졌어. 그 외의 가지들은 결국 다른 곳으로 흩어지게 되었는데, 이젠 일반 서민들을 위해 불을 밝히는 것이 우리의 임무가 되었어. 그게 바로 우리와 같은 성냥들이 부엌에 있게 된 이유야.'

'그래, 그건 나와는 다르군!' 성냥 옆에 놓여 있던 철제 냄비가 말했습니다. '내가 이 세상에 나온 후로 난 수도 없이 닦여지고 끓여졌어! 난 실재적인 일들을 수행하였고, 사실 이 집에 가장 먼저 왔지. 나의 유일한 즐거움은 깨끗하고 훌륭한 선반 위에 놓여 동료들과 재미있는 잡담을 하는 것이지. 그러나 종종 뜰로 가지고 내려가는 물동이를 제외하곤 우린 항상 실내에 있어. 우리에게 유일하게 뉴스를 전달해 주는 것은 시장바구니야. 하지만 그는 언제나 정부나 사람들에 관한 놀라운 것들만을 이야기해 주지. 그래, 그 전날엔가는 오래된 한 냄비가 그 소식에 성질이 뒤집혀 밑으로 떨어져 산산조각이 나고 말았어!

yard we always live indoors. Our only news bringer is the market basket, but it talks so alarmingly about the government and the people. Yes, the other day an elderly pot was so upset by it all that it fell down and broke to bits! That's liberalism, I tell you'!

'Now you're talking too much!' said the tinderbox, and the steel struck the flint so the sparks flew. Weren't we going to have a cheerful evening?'

'Yes, let's talk about which of us is the most aristocratic' said the matches.

'No, I don't enjoy talking about myself!' said the earthenware pot. 'Let's have an evening's divertissement. I'll begin. I'm going to tell about the sort of thing each one of us has experienced; you can enter into it so nicely, and that's such a delight. On the Baltic Sea, by the Danish beeches!…'

'That's a delightful beginning!' said all the plates. 'This is decidedly going to be the kind of story I like!'

'Well, there I spent my youth with a quiet family. The furniture was polished, the floors washed; clean curtains were put up every fourteen days!'

'My, what an interesting storyteller you are!' said the mop. 'You can tell right away that it's being told by a

---

alarmingly:매우 놀랄만큼 liberalism:자유주의 flint:부싯돌 aristocratic:귀족적인 earthenware:질그릇 divertissement:오락 sort of:~의 종류의 the Baltic Sea:발트해 Danish beech:네덜란드의 너도 밤나무 plate:접시 decidely:명확히 mop:자루걸레

그는 자유주의라고 말할 수 있지!'

'자네는 혼자 말을 많이 하는군!' 그 성냥통이 말했지요. 그리고는 부싯돌과 부시는 마주쳐 불꽃을 일으켰지요. '우리 한 번 재미있게 저녁을 보내보지 않을래?'

'그래, 우리들 중 누가 가장 귀족적인가에 대해 이야기를 해 보자.' 성냥들은 말했지요.

'싫어, 난 나 자신에 대해 이야기하는 걸 즐기지 않아!' 질그릇 냄비가 말했지요. '자, 이제부터 저녁의 유흥을 즐겨 보기로 하자. 내가 먼저 시작할게. 난 우리들 각자가 경험을 해봤던 종류의 것들에 대해 이야기를 해볼까 해. 너희는 그 이야기에 적절히 끼여들어도 돼. 정말 재미있을 거야. 발트해에 있는, 네덜란드 산 너도밤나무에 의해서!'

'시작부터 마음에 드는군!' 모든 접시들이 말했지요. '이건 분명히 내가 좋아하는 이야기가 될 거야!'

'그런데, 그곳에서 나는 조용한 가족들과 함께 나의 젊은 시절을 보냈어. 가구들은 광택이 났으며, 바닥은 닦여져 있었지. 깨끗한 커튼이 매 2주마다 걸렸어!'

'야, 너 정말 재미있는 이야기꾼이구나!' 자루 걸레가 말했지요. 어떤 숙녀가 그것에 대해 이야기하고 있다고 당장 말해 버리지 그래. 그런 청결함은 널리 퍼져야 된다고!

'그래, 너도 그렇게 느끼고 있었구나!' 그 물통이 말했어요. 그리고는 기뻐서 살짝 뛰어오르자 바닥에 물이 튀게 되었어요.

그 냄비는 이야기를 계속해 나갔지요, 그 결말 또한 시작만

유흥: 흥취 있게 놂

lady. Such cleanliness pervades!'

'Yes, you can feel it!' said the water pail, and then it gave a little hop for joy, so it went splash on the floor.

And the pot went on with the story, and the end was just as good as the beginning.

All the plates rattled with delight, and the mop took green parsley out of the sand bin and crowned the pot with it, for it knew this would irritate the others. 'And if I crown her today,' it said, 'then she'll crown me tomorrow!'

'Well, I want to dance,' said the fire tongs, and dance she did. Yes, heaven help us, how she could lift one leg up in the air! The old chair cover over in the corner split just from looking at it. 'May I be crowned too?' said the fire tongs, and then she was.

'All the same, they're only rabble' thought the matches.

'Now the samovar was to sing, but it had a cold,' it said it couldn't unless it was boiling. But that was plain snobbishness; it wouldn't sing except when it was standing on the table in the room with the family.

Over in the window sat an old quill pen, which the maid usually wrote with. There was nothing exceptional about it except that it had been dipped too far down in the

---

pervade:널리 퍼지다 splash:튀기다 rattle:덜컥덜컥 움직이다 parsley:파슬리 sand bin:모래통 irritate:흥분시키다 tongs:부젓가락 rabble:무질서한 무리 samovar:사모바르(러시아의 차 끓이는 주전자) snobbishness:속물 quill pen: 깃촉펜

큼이나 좋았습니다.

모든 접시들은 재미있어서 덜그럭거리며 재잘거렸고, 자루 걸레는 모래 통에서 푸른 파슬리를 뽑아서 그 냄비한테 왕관으로 씌워 주었지요. 왜냐하면 그는 이러한 행동이 다른 것들을 자극할 걸 알고 있었으니까요. '만일 내가 그녀에게 오늘 왕관을 씌워 주면, 그녀는 내일 나한테 왕관을 씌워 주겠지!' 그는 이렇게 말했습니다.

'아, 춤추고 싶어.' 부젓가락이 말했지요. 그리고는 그녀는 정말 춤을 추었지요. 세상에나! 그녀는 한발을 공중으로 들어올렸습니다. 구석에 있던 낡은 의자 덮개가 그녀가 춤추는 것을 보려다 찢어져버렸어요. '나도 왕관을 받을 수 있을까?' 그 부젓가락이 물었지요. 물론 왕관을 받았답니다.

'역시나, 그들은 어중이 떠중이에 지나지 않군!' 성냥들은 생각했지요.

'자, 이제 사모바르 주전자가 노래를 부를 차례인데 감기에 걸렸군요?' 냄비는 말했습니다. 주전자는 끓고 있질 않으면 노래를 부를 수가 없지요. 그러나 그건 그저 평범한 속물 근성일 뿐이죠. 사모바르 주전자는 가족들이 있는 방 안에서 탁자 위에 올려져 있을 때를 제외하곤 아마 노래를 부르지 않을 겁니다.

창문 건너편에는 오래된 깃촉 펜이 앉아 있었지요. 하녀가 자주 그 펜으로 글을 쓰지요. 펜은 너무 오랫동안 잉크통 안에

속물 근성: 금전이나 명예를 제일로 치는 생각이나 성질

inkwell. But because of this it now put on airs. 'If the samovar won't sing,' it said, 'then it needn't. Hanging outside in a cage is a nightingale. It can sing. To be sure, it hasn't been taught anything, but we won't malign it this evening!'

'I find it highly improper,' said the tea kettle, who was a kitchen singer and half sister to the samovar, 'that such an alien bird is to be heard! Is that patriotic? I'll let the market basket be the judge'

'I'm simply vexed!' said the market basket. 'I'm as deeply vexed as anyone can imagine! Is this a fitting way to spend an evening? Wouldn't it be better to put the house to rights? Then everyone would find his place, and I'd run the whole caboodle! Then there'd be another song and dance!'

'Yes, let's raise a rumpus!' they all said. At the same moment the door opened. It was the maid, and so they stood still. There wasn't a peep out of anyone. But there wasn't a pot there that didn't know what it was capable of doing or how distinguished it was.

'Yes, if only I'd wanted to,' each thought, 'it really would have been a lively evening!'

The maid took the matches and made a fire with them!

---

inkwell:잉크통 malign:헐뜯다 improper:부적당한 tea kettle:차 주전자 half sister:이복자매 patriotic:애국적인 vexed:안타까운 caboodle:무리, 떼 rumpus:소란, 소동 peep out:엿보다

놓여 있었다는 것을 제외하고는 특별한 점이 없었습니다. 그렇기 때문에 그는 지금 밖에 놓여 있습니다. '만일 사모바르가 노래부르기 싫다면' 펜은 말했지요. '하지 말라고 해'. 밖에 새장 안에 나이팅게일이 앉아 있는데 그는 노래를 부를 수 있어. 분명 그는 아무것도 배운 것은 없지만, 오늘밤에는 그를 헐뜯지는 말자!'

'그건 정말 적당치 못해,' 차 주전자가 말했습니다. 그는 부엌의 가수였고, 사모바르 주전자의 이복 자매였습니다. '그런 다른 곳에서 온 새라면 당연히 경청을 해야지! 그래야 하지 않아? 나는 시장바구니를 재판관으로 선임하겠어!'

'난 단지 안타까울 뿐이야!' 시장바구니는 말했습니다. '난 그 어느 누구보다도 안타까워하고 있지! 이렇게 저녁 시간을 보내는 것이 옳다고 생각해? 집을 정돈하는 것이 더 낫지 않을까? 그러면 모두들 각각의 자리를 찾을 수 있을 거야. 내가 모두를 이끌지! 그리고 노래도 부르고 춤도 추는 거야!'

'그래 한바탕 소란을 일으켜 보자고!' 그들은 모두 말했지요. 그때 문이 열렸지요. 하녀였어요. 그래서 그들은 가만히 있었지요. 찍소리 하나 없었어요. 그러나 무얼 어떻게 해야 할지, 자신을 어떻게 드러내야할지 모르는 냄비는 거기에 없었어요.

'그래, 내가 만일 선택만 된다면,' 각자 생각을 했었지요. '정말이지 즐거운 저녁을 보낼 수 있을텐데!'

하녀는 성냥을 집어들고 불을 켰어요. 하나님 맙소사, 성냥들

Heavens, how they sputtered and burst into flames!

'Now,' they thought, 'everyone can see that we're the first! What a radiance we have! What a light!' And then they were burned out.

"That was a delightful story!" said the queen. "I felt just as if I were in the kitchen with the matches! Yes, now thou shalt have our daughter!"

"Certainly!" said the king "Thou shalt have our daughter on Monday!" They said 'thou' to him now that he was going to be one of the family.

And thus the wedding was decided; on the evening before, the entire city was illuminated. Buns and cakes were thrown out to be scrambled for. The street urchins stood on tiptoe, shouted "Hurrah!" and whistled through their fingers.

It was truly magnificent.

"Well, I guess I'd better see about doing something too,' thought the merchant's son, and then he bought rockets, torpedoes, and all the fireworks you can imagine, put them in his trunk, and flew up in the air with them.

SWOOOOOOOOSH! How they went off! And how they popped!

It made all the Turks hop in the air so their slippers flew

---

sputter:소리를 내며 튀다 be burned out:다 타버리다 thou shalt=You shall bun:롤빵 illuminate:광채를 내다 scramble for:서로 얻으려하다 urchins:장난꾸러기 tiptoe:발끝 torpedo:어뢰 firework:불꽃놀이 pop:펑 터지다

은 탁탁 소리를 내면서 불꽃을 내었어요.

이제, 그 성냥들은 생각했어요. '우리가 첫 번째라는 것을 모두들 알 수 있을 거야! 자 봐, 우리가 얼마나 광채가 나는지! 우리가 얼마나 밝은지!' 그리고는 그들은 다 타 버렸지요.

"정말 재미있는 이야기구나!" 그 왕비는 말했다. "난 정말이지 내가 그 성냥들과 같이 그 부엌에 있는 것 같은 생각이 들었다니까! 좋아, 이제 내 딸을 데려가도 좋네!"

"그럼, 그렇고 말고!" 왕은 말했다. "우리 딸과 월요일에 결혼식을 올리도록 하게!" 그들은 이제 그를 '자네'라고 불렀다. 왜냐하면 그는 이제 가족 중의 한 명이 될 것이기 때문이다.

그리하여 결혼식이 결정되었다. 결혼 전날 밤은 온 도시에 환하게 불이 밝혀졌다. 사람들은 던져지는 롤빵과 케이크를 잡으려고 서로 다투었다. 거리의 개구쟁이들은 발끝으로 서서는 소리쳤다. "만세!" 그리고 그들은 손가락으로 휘파람을 불어댔다.

정말 장관이었다.

"음, 뭔가 다른 구경거리도 만들어야겠어." 상인의 아들은 생각했다. 그리고는 로켓과 어뢰, 그리고 모든 불꽃놀이들을 사다가 그의 가방에 넣고 하늘로 날아올랐다.

슈~~~우~! 그들은 멀리 날아가서는 펑하고 터졌다!

그러자 모든 터키 사람들은 좋아하면서 깡충 뛰어서 슬리퍼가 벗겨져 귀까지 닿을 정도로 날아 다녔다. 그들은 전엔 결코

about their ears. They'd never seen a vision like this before. Now they could tell that it was the God of the Turks himself who was going to marry the princess.

As soon as the merchant's son had come back down in the forest again with his trunk, he thought, 'I'll just go into the city to find out how it looked!' And of course it was only reasonable that he wanted to do that.

My, how people were talking! Every last person he asked had seen it, in his own fashion, but they all thought it had been delightful!

"I saw the God of the Turks himself!" said one. "He had eyes like shining stars and a beard like frothy water!"

"He flew in a fiery robe!" said another. "The loveliest cherubs were peeking out from among the folds!"

Indeed, those were delightful things he heard, and on the following day he was to be married.

Now he went back to the forest to seat himself in the trunk but where was it?

The trunk had burned up! A spark from the fireworks had remained and set it on fire, and the trunk was in ashes. No longer could he fly, no longer could he come to his bride.

She stood all day on the roof and waited. She's waiting

---

reasonable:합당한, 타당한 frothy:거품이 많은 fiery:열렬한 cherub:천사 fold:양떼 peek out:엿보다 burn up:다 타버리다 set it onfire:불 태우다 ash:재

이런 장관을 본 적이 없었다. 이젠, 그들은 공주와 결혼을 하는 사람이 터키의 신이라고까지 말했다.

상인의 아들은 그의 가방을 가지고 숲으로 다시 돌아오자마자 생각했다. '불꽃들이 어떠했는지 시내로 가서 확인해 봐야겠는걸!' 그가 그렇게 하고 싶어 하는 것도 당연했다.

맙소사, 사람들은 어떤 식으로 이야기하고 있었는가! 그가 물어 보았던 마지막 사람까지도, 자기 나름대로는 그것을 보았다. 모두 그것이 즐거웠다고 생각했다.

"나는 터키의 신인 바로 그 사람을 보았지요!" 한 사람이 말했다. "그는 별과 같이 빛나는 눈빛을 가지고 있었고, 그의 턱수염은 거품 많은 물과도 같았어요!" "그는 불타는 듯이 이글거리는 천으로 된 커버를 타고 날았지요!" 다른 사람이 말했다. "사랑스러운 천사가 양떼 틈에서 몰래 엿보고 있었어요!"

사실, 그런 것들을 듣는 것은 그로서는 기분 좋은 일이었다. 그 다음날 그는 결혼을 하게 되어 있었다.

곧, 그는 그가 타고 가려고 트렁크가 있는 숲속으로 돌아갔다. 그런데 그게 어딜 갔지?

그 가방은 다 타 버렸다. 그 불꽃놀이할 때 남아 있던 불꽃이 불을 일으켰던 것이다. 그래서 그 가방은 재가 되어버렸다. 더이상 그는 날 수 없게 되었고, 더이상 그는 신부에게로 돌아갈 수 없었다.

---

still while he's wandering about the world telling stories. But they're no longer as gay as the one he told about the matches.

---

gay: 즐거운

그녀는 온종일 지붕에 서서 그를 기다렸다. 그가 세상을 방황하며 이야기를 하고 돌아다니는 동안 그녀는 여전히 기다리고 있었다. 그러나 그 이야기들은 그가 성냥들에 대해 이야기를 했던 그때만큼이나 재미있지는 못했다.

The Red Shoes

THERE was once a little girl, so delicate and fair; but in summer she always had to go barefoot, because she was poor, and in winter she wore big wooden shoes, so her little turned quite red-and horribly red at that.

In the middle of the village lived old Mother Shoemaker; she sat and sewed, as well as she could, out of strips of old red cloth, a pair of little shoes. They were quite clumsy, but they were well meant, and the little girl was to have them. The little girl was named Karen.

On the very day her mother was buried she was given the red shoes, and had them on for the first time. To be

---

go barefoot:신발을 신지 않고 걸어다니다, 맨발로 다니다 instep:발등 strip:긴 조각 clumsy:서투른 bury:묻다

빨간 구두

옛날 옛적에 어린 소녀가 살았다. 그녀는 섬세하고 아름다웠으나 매우 가난해서 여름에는 맨발이었고 겨울에는 큰 나무 신을 신어서 발등이 아주 빨개지곤 하였다.

마을에는 늙은 구두 수선공인 어머니가 살았는데 낡고붉은 긴 천 조각으로 작은 구두 한 켤레를 만들었다. 꽤 서투른 솜씨였지만 성의를 가지고 만든 것이었고 어린 소녀가 가지게 될 것이었다. 그 어린 소녀의 이름은 카렌이었다.

어머니의 장례식 날에 소녀는 빨간 구두를 가지게 되었고 처음으로 신어 보았다. 사실 그 신은 죽음을 애도하는 데 적절한 물건은 아니었으나 그 외에는 다른 신발이 없어서 맨발로 그 구두를 신고 짚으로 만든 초라한 관 뒤를 따라 걸었다.

애도: 사람의 죽음을 슬퍼함

sure, they weren't the sort of thing to mourn in, but she had no others, and so she walked barelegged in them behind the poor straw coffin.

At that very moment a carriage came up, and in it sat a big old lady. She looked at the little girl and felt sorry for her, and so she said to the parson, "Listen here, give that little girl to me and I will be good to her!"

And Karen thought it was all because of the red shoes. But the old lady said they were horrid, and they were burnt. But Karen was given clean, neat clothes to wear she had to learn to read and sew, and people said she was pretty, but the mirror said, "You're much more than pretty, you're lovely!"

Once the queen journeyed through the land, and she took with her, her little daughter, who was a princess. People streamed to the castle, and Karen was there too. And the little princess stood at a window, dressed in white, and showed herself, she wore neither a train nor a golden crown, but she had on lovely red morocco-leather shoes. To be sure, they were prettier by far than the ones old Mother Shoemaker had made for little Karen. After all, there was nothing in the world like red shoes!

---

mourn:죽음을 애도한다. barelegged:양말을 신지 않고 straw:짚, 밀짚 coffin:관 parson:목사 horrid:매우 꺼림칙한 journey:유람하다 stream:빨리 달리다 train:긴 옷자락

바로 그때 뚱뚱하고 나이가 많은 여인이 탄 마차가 다가왔다. 그녀는 소녀를 쳐다보고 불쌍히 여겨 목사에게 이렇게 말했다 "제 말씀을 좀 들어보세요. 그 소녀를 제게 맡을게요. 그녀에게 아주 잘 대해 주겠어요."

카렌은 그 모든 것이 자신이 신고 있는 빨간 구두 때문이라고 생각했다. 그 노파는 빨간 구두가 꺼림칙하다고 말하며 그 구두를 태워 버렸다. 카렌은 깨끗하고 좋은 옷을 입게 되었다. 카렌은 책을 읽고 바느질하는 것을 배워야 했고 사람들은 그녀가 예쁘다고 칭찬했으나, 거울은 이렇게 말했다. "당신은 예쁜 것 이상입니다. 당신은 사랑스럽습니다."

어느 날 여왕이 그 지역을 지나 여행하게 되었고 어린 딸인 공주를 데리고 왔다. 사람들이 성으로 몰려들 때 카렌도 그 틈에 끼어 있었다. 어린 공주는 흰옷을 입고 창가에 서서 자신을 내보였다. 그녀는 뒤에 끄는 옷자락도 없었고 금 왕관을 쓰지도 않았지만, 아주 예쁜 빨간 모로코 가죽구두를 신고 있었다. 분명히 그 신은 구두 수선공인 어머니가 어린 카렌을 위해 만들어 준 신들보다 훨씬 예뻤다. 결국 빨간 구두 같이 예쁜 것은 세상에 없었다.

이제 카렌은 안수를 받을 나이가 되었다. 그녀는 새옷을 받았고 새 신도 받기로 되어 있었다. 도시에 사는 부자 구두 수

안수:기독교에서 기도 받는 사람의 머리 위에 돈을 얹고 기도하는 일

Now Karen was old enough to be confirmed. She was given new clothes, and she was to have new shoes too. The rich shoemaker in the city measured her little foot at home in his own parlor, and there stood big glass cases full of lovely shoes and shiny boots. It was a pretty sight, but the old lady couldn't see very well, and so it gave her no pleasure. In the middle of all the shoes stood a pair of red ones, just like the shoes the princess had worn. How beautiful they were! The shoemaker said that they had been made for the daughter of an earl, but they didn't fit.

"I daresay they're of patent leather!" said the old lady. "They shine!"

"Yes, they shine!" said Karen. And they fit and they were bought, but the old lady had no idea that they were red, for she would never have permitted Karen to go to confirmation in red shoes. But that is exactly what she did.

Everybody looked at her feet, and as she walked up the aisle to the chancel it seemed to her that even the old pictures on the tombs-the portraits of parsons and parsons' wives, in stiff ruff collar land long black robes-fixed their eyes on her red shoes. And she thought only of these when the parson laid his hand upon her head and spoke of

---

confirm:안수를 하다 straw:짚, 밀짚 measure:재다 earl:백작 patent leather:에나멜 가죽 chancel:(교회 등의)제단 주변 사제석 ruff collar:풀이 세고 높은 주름 칼라

선공은 그의 가게에서 그녀의 작은 발의 치수를 쟀다. 가게에 있는 유리창에는 아름다운 신들과 번쩍거리는 부츠들이 가득 차 있었다. 그것은 멋진 구경거리였으나 노파는 눈이 잘 보이지 않았으므로 아무런 즐거움도 느낄 수 없었다. 그 모든 신들 가운데에 공주가 신던 것과 똑같은 빨간 구두가 놓여 있었다. 그것은 매우 아름다웠다. 구두 수선공의 말로는 어느 백작의 딸을 위해 만들었지만 발에 맞지 않았다고 말했다.

"제가 보기에는 그 신은 에나멜 가죽으로 만들었군요. 매우 반짝거려요." 노파는 말했다.

"그럼요 반짝거리고 말고요!" 카렌이 말했다. 빨간 구두는 그녀의 발에 잘 맞았고 그걸 사게 되었다. 노파는 빨간 구두일 거라고는 전혀 생각지 못했다. 카렌에게 빨간 구두를 신고 안수 받는 것을 허락할 리가 없었다. 어쨌든 그녀는 자기도 모르게 그렇게 한 것이다.

모든 사람들이 카렌의 발을 쳐다보았고, 카렌이 창가를 지나서 사제석까지 걸어나올 때 주름 칼라에 길고 검은 법의를 입은 목사와 목사 부인의 오래된 초상화조차 무덤 위에서 그녀의 빨간 구두를 쳐다보는 것 같았다. 목사가 그녀의 머리에 손을 얹고 신성한 침례교에 대해 말할 때도, 하느님과의 서약에 대해 말할 때도, 또한 그녀가 이제는 성인으로서 교인이 되었다

the holy baptism, of the covenant with God, and said that now she was to be a grown-up Christian. And the organ played so solemnly, and the beautiful voices of children sang, and the old choirmaster sang. But Karen thought only of the red shoes.

By afternoon the old lady had been informed by everyone that the shoes had been red, and she said it was shameful! It wasn't done! And after this, when Karen went to church, she was always to wear black shoes, even if they were old.

Next Sunday was communion, and Karen looked at the black shoes and she looked at the red ones-and then she put the red ones on. It was beautiful sunny weather. Karen and the old lady took the path through the cornfield, and it was a bit dusty there.

By the door of the church stood an old soldier with a crutch and a curious long beard. It was more red than white, for it was red. And he bent all the way down to the ground and asked the old lady if he might wipe off her shoes. And Karen stretched out her little foot too. "See what lovely dancing shoes!" said the soldier. "Stay put when you dance!" And then he struck the soles with his hand.

---

baptism:침례교 cvenant:서약 choirmaster:성가대 지휘자 communion:성찬식 path:작은 길 cornfield:옥수수밭 crutch:목발 beard:수염 stay put:꼼짝 않고 있다. sole:신바닥, 구두의 창

고 말할 때도 카렌은 빨간 구두에 대해서만 생각했다. 오르간 연주는 아주 엄숙했고 어린이와 늙은 지휘자의 노래도 아름다웠으나, 카렌은 빨간 구두에 대해서만 생각했다.

오후가 되자 카렌의 노파는 카렌의 신이 빨간 색이라는 사실을 전해 듣게 되었고, 부끄러운 일이라고 화를 내었다. 마침내 일이 터지고 만 것이다. 그 이후로 카렌은 교회에 갈 때에는 낡고 검은 신만을 신을 수 있었다.

그 다음 주일은 성찬식이 있는 날이었다. 카렌은 검은 신과 빨간 구두를 번갈아 바라보고는 빨간 구두를 신었다. 그날은 화창한 날이었고 카렌과 노파는 옥수수밭을 가로질러 갔는데 그곳은 먼지가 좀 많았다.

교회 문 옆에는 목발을 짚고 긴 턱수염이 신기하게 난 늙은 군인이 서 있었다. 그의 수염은 하얗다기보다는 붉었다. 그는 허리를 굽혀 노파의 신을 기꺼이 닦아주겠다고 했고 카렌도 그녀의 작은 발을 내밀었다. "아주 예쁜 무용신이군. 춤출 때는 꼭 신고 있어라!" 군인은 이렇게 말하며 신발 창을 손으로 때렸다.

노파는 그에게 1실링을 주고 카렌과 함께 교회 안으로 들어갔다.

모든 사람들과 모든 초상화들이 카렌의 빨간 구두를 바라보

성찬식: 예수가 못 박히기 전날 그 제자들에게 떡과 포도주를 나누어 준 것을 기념하는 기독교의 의식

The old lady gave the soldier a shilling, and then she went into the church with Karen.

And all the people inside looked at Karen's red shoes, and all the portraits looked at them, and when Karen knelt before the altar and lifted the golden chalice to her lips, she thought of nothing but the red shoes; and it seemed to her that they were swimming about in the chalice, and she forgot to sing her hymn, forgot to say the Lord's Prayer.

Now everybody went out of the church, and the old lady climbed into her carriage. Karen lifted her foot to climb in behind her, when the old soldier, who was standing nearby, said: "See what lovely dancing shoes!" And Karen couldn't help it, she had to take a few dancing steps! And once she had started, her feet kept on dancing. It was just as if the shoes had gained control over them.

She danced around the corner of the church; she couldn't stop! The coachman had to run after her and grab hold of her, and he lifted her up into the carriage. But the feet kept on dancing, giving the old lady some terrible kicks. At last they got the shoes off, and the feet came to rest.

At home the shoes were put up in a cupboard, but Karen couldn't stop looking at them.

---

knelt:무릎을 꿇다 altar:재단 chalice:성배 cupboard:선반 ill in bed:앓아 누운 coachman:마부 grab:잡다

왔고 카렌은 제단에 무릎을 꿇고 성배를 입술에 가져갔을 때에도 빨간 구두 생각뿐이었다. 마치 빨간 구두가 성배 안에서 둥둥 떠다니는 듯 착각했고, 찬송가를 부르는 것도 잊었으며 주기도문을 외우는 것도 잊었다.

이제 모든 사람들이 돌아가고 노파가 마차에 올랐다. 카렌도 뒤따라 올라타려고 발을 들었을 때 그때 근처에 있던 늙은 군인이 말했다. "아주 예쁜 무용신이군." 그러자 카렌은 자기도 어쩔 수 없이 무용 스텝을 몇 발짝 밟아야만 했다! 일단 그녀가 시작하고 나니 그녀의 발이 계속해서 춤을 추었다. 마치 빨간구두가 그녀의 발을 조정하는 것 같았다.

그녀는 교회 모퉁이에서 춤을 추며 돌아다녔고 멈출 수가 없었다. 마부가 그녀를 따라 뛰어가 붙잡아 안고 마차에 태웠다. 그러나 그녀의 발은 계속해서 춤을 추었고 노파를 걷어차기까지 하였다. 마침내 그들이 신을 벗겼을 때 발이 가만히 있게 되었다.

집에 돌아와 빨간 구두는 선반 위에 놓여졌으나 카렌은 그 구두에서 눈을 뗄 수가 없었다.

어느 날 노파가 몸져누웠다. 사람들은 그녀가 곧 죽을 거라고 말했다. 그녀는 간호를 받고 누군가가 돌보아야만 했는데 카렌이 가장 적절한 사람이었다. 그러나 시내에 큰 댄스파티가

성배: 성스러운 잔

Now the old lady was ill in bed. They said she couldn't live. She had to be nursed and taken care of, and Karen was the proper person to do it. But over in the city there was a great ball. Karen had been invited. She looked at the old lady, who wasn't going to live after all, she looked at the red shoes, and she didn't think there was anything sinful in that. She put the red shoes on, too; surely she could do that-but then she went to the ball, and then she started to dance.

But when she wanted to go to the right, the shoes danced to the left, and when she wanted to go up the floor, the shoes danced down the floor, down the stairs, through the street, and out of the city gate. Dance she did and dance she must-straight out into the gloomy forest.

Then something was shining up among the trees, and she thought it was the moon, for it was a face. But it was the old soldier with the red beard. He sat and nodded, and said, "See what lovely dancing shoes!"

Now she became terrified and wanted to throw away the red shoes, but they stayed put; and she ripped off her stockings, but the shoes had grown fast to her feet. And dance she did and dance she must, over field and meadow, in rain and sunshine, by night and by day.

---

nurse:간호하다 sinful:죄 많은 gloomy:우울한 nod:끄덕이다 grown:신겨지다 terrified:공포에 질린 rip off:벗기다 meadow:풀밭

있었고 카렌도 초대되었다. 카렌은 결국은 죽게 될 노파와 빨간 구두를 번갈아 바라보면서 아무런 죄책감도 없이 빨간 구두를 신고 파티에 나가서 춤을 추기 시작했다.

그러나 그녀가 오른쪽으로 가고 싶으면 구두는 왼쪽으로 갔고, 위층으로 가고 싶을 때, 구두는 아래층으로 갔으며, 계단을 내려와 길가로 나와 도시의 입구까지 나가는 것이었다. 그녀는 의지에 상관없이 춤을 추며 어두컴컴한 숲으로 들어가게 되었다.

그 때 나무 사이에서 뭔가가 반짝거렸고 카렌은 그것이 달이라고 생각했다. 그것은 붉은 수염을 가진 늙은 군인의 얼굴이었다. 그는 앉아서 고개를 끄덕이며 말했다 "아주 예쁜 무용신이군."

카렌은 이제 공포에 질려서 빨간 구두를 벗어버리고 싶었으나 신은 꼼짝도 하지 않았다. 그녀가 스타킹을 찢어버렸을 때도 빨간 구두는 발에 더 단단히 붙었다. 그녀는 들판에서나 풀밭에서나 비가 오나 화창한 날이나 낮이나 밤이나 의지에 상관없이 춤을 추었다. 그녀는 묘지에서 춤을 추었으나 그곳의 시체들은 춤을 추지 않았다. 그녀는 쑥국화가 자란 극빈자의 무덤 앞에 앉고 싶었으나 그녀에게 휴식 따위는 있을 수 없었다.

She danced into the graveyard, but the dead there didn't dance.

She wanted to sit down on the pauper's grave where the bitter tansy grew, but there was rest for her. And when she danced over toward the open door of the church, she saw an angel there in a long white robe, with wings that reached from his shoulders down to the ground. His face was hard and grave, and in his hand he held a sword, so broad and shining.

"Dance you shall!" he said. "Dance in your red shoes until you turn pale and cold! Until your skin shrivels up like a skeleton! Dance you shall from door to door, and where there are proud and vain children, you shall knock so they will hear you and fear you! Dance you shall, dance!"

"Mercy!" cried Karen. But she didn't hear the angel's reply, for the shoes carried her through the gate, out in the field, over roads, over paths, and she had to keep on dancing.

One morning she danced past a door she knew well. The sound of a hymn came from inside, and they carried out a coffin decorated with flowers. Then she knew that the old lady was dead, and she felt that she had been abandoned

---

graveyard:묘지 pauper:극빈자 tansy:쑥국화 pale:창백한 shrivel:주름살이 지다 vain:우쭐대는 mercy:자비 coffin:관 abandon:버리다

그녀가 교회의 열린 문으로 춤추며 들어갔을 때 그녀는 길고 하얀 법의를 입고 날개를 어깨에서부터 땅까지 드리운 천사를 보았다. 그의 얼굴은 무표정하고 딱딱했고 손에는 번쩍이는 커다란 검을 쥐고 있었다.

그는 말했다. "춤을 추어라, 빨간 구두를 신고 너의 몸이 창백해지고 식을 때까지, 너의 피부가 뼈만 남을 정도로 주름질 때까지 춤을 추어라. 집집마다 돌아다니며, 우쭐대는 어린아이들이 네 소리를 듣고 공포에 떨도록 춤을 추어라. 춤을 추어라 춤을!"

"자비를 베푸소서!" 카렌이 외쳤다. 그러나 카렌은 천사의 대답을 듣지 못했다. 빨간 구두가 그녀를 문을 지나 들판으로 도로로 오솔길로 데려갔고 그녀는 계속 춤을 춰야 했기 때문이었다.

어느 날 아침 그녀는 잘 아는 집 앞을 지나게 되었다. 안에서는 찬송가가 흘러나오고 사람들은 꽃으로 장식된 관을 들고 나왔다. 카렌은 노파가 죽은 것을 알았고 자신이 모든 사람들로부터 버림받았으며 하나님의 천사로부터 저주받았다고 생각했다.

그녀는 계속 춤을 추었고 추어야만 했다. 어두운 밤에도 춤

by everyone and cursed by God's angel.

Dance she did and dance she must. Dance in the dark night. The shoes carried her off through thorns and stubble, and she scratched herself until the blood flowed; she danced on, over the heath, to a lonely little house. She knew that the executioner lived here, and she knocked on the pane with her finger and said, "Come out! Come out! I can't come in because I'm dancing!"

And the executioner said, "You probably don't know who I am, do you? I chop the heads off' wicked people, and I can feel my ax quivering!"

"Don't chop off my head," said Karen, "for then I can't repent my sin! But chop off my feet with the red shoes!"

And then she confessed all her sins, and the executioner chopped off her feet with the red shoes. But the shoes danced away with the tiny feet, over the field and into the deep forest.

And he carved wooden feet and crutches for her and taught her a hymn that sinners always sing; and she kissed the hand that had swung the ax, and went across the heath.

"Now I've suffered enough for the red shoes!" she said. "Now I'm going to church so they can see me!" And she walked fairly quickly toward the church door. But when

---

curse:저주를 퍼붓다 thorn:가시 stubble:그루터기 scratch:모으다 executioner:사형집행인 chop the head off:목을 베다 quivering:흔들리는 heath:히스(황야에 무성한 관목) carve:자르다 swing:매달리다

을 췄다. 빨간 구두는 그녀를 가시 그루터기로 데려갔고 그녀는 피가 흘러내릴 때까지 스스로 할퀴게 했다. 그녀는 계속 춤을 췄고 황야를 지나 작은 집에 도착하였다. 카렌은 그곳에 사형집행인이 살고 있는 것을 알고 있었다. 문을 두드리며 "나와 주세요, 나와 주세요. 저는 춤을 추고 있기 때문에 들어갈 수가 없어요!" 하고 외쳤다.

사형 집행인은 말했다. "너는 아마 나를 모르는 모양이구나. 나는 나쁜 사람들의 머리를 자른다. 나는 내 도끼가 흔들리는 걸 느낄 수 있어!"

"제 목을 자르지 마세요. 그러면 저는 죄를 뉘우칠 수가 없어요. 대신 빨간 구두를 신은 제 발목을 잘라 주세요." 하고 카렌이 말했다.

그녀는 모든 죄를 회개했고, 사형 집행인은 그녀의 발목을 잘랐다. 그러자 빨간 구두는 작은 발과 함께 들판 너머 깊은 숲속으로 춤추며 사라졌다.

사형 집행인은 의족과 목발을 만들어 주고 죄인들이 늘 부르는 찬송가를 그녀에게 가르쳤다. 그녀는 도끼를 휘두르는 그 손에 감사의 입맞춤을 하고 황야를 가로질러 돌아갔다.

"이제 나는 빨간 구두로 인해 충분히 고통받았다. 이제 모든

회개: 잘못을 뉘우치고 고침

she got there, the red shoes were dancing in front of her, and she grew terrified and turned back.

All week long she was in agony and cried many heavy tears. But when Sunday came she said: "That's that! Now I've suffered and struggled enough. I daresay I'm just as, good as many of those who sit there in church putting on airs!" And then she went bravely enough, but she got no farther than the gate. Then she saw the red shoes dancing, ahead of her, and she grew terrified and turned back, and deeply repented her sin.

And she went over to the parsonage and begged to be taken into service there; she would work hard and do anything she could. She didn't care about the wages, only that she might have a roof over her head and stay with good people. And the parson's wife felt sorry for her and took her into her service. And she was diligent and pensive. She sat quietly and listened when the parson read aloud from the Bible in the evening. All the little ones were quite fond of her, but when they talked of finery and dressing up, and of being as lovely as a queen, she would shake her head.

The next Sunday they all went to church, and they asked her if she wanted to come with them. But she looked mis-

---

agony:고뇌 as good as:와 다를 바 없는 repent:뉘우치다 parsongage:목사관 wage:보수 pensive:생각에 잠긴 read aloud:소리내어 읽다 finery:화려한 옷 dress up:차려입다

사람이 나를 볼 수 있도록 교회로 돌아가야지." 라고 말하며 교회로 빠른 걸음으로 다가갔다. 그러나 그녀가 도착하였을 때 빨간 구두가 그녀 앞에서 춤을 추고 있었다. 그녀는 공포에 질려 되돌아섰다. 그녀는 일주일 동안 매일 고뇌했고 아주 많이 울었다. 일요일이 되었을 때 그녀는 말했다. "이제 충분해. 나는 충분히 고통받았고 충분히 고심했어. 나는 이제 교회에서 점잖빼고 앉아 있는 많은 사람들과 다를 바 없다고 말할 수 있어."

그리고 그녀는 용감하게 교회로 갔지만 문까지밖에 못 갔다. 바로 그때 그녀의 앞에서 춤을 추고 있는 빨간 구두를 보았다. 그녀는 공포에 질려 되돌아 섰고 죄를 깊이 뉘우쳤다.

그녀는 목사관으로 가서 그곳에서 일하겠다고 애걸했다. 그녀는 열심히 일했고 무엇이든지 다 했다. 보수도 상관하지 않고 선한 사람들과 함께 살 수 있기만 원했다. 목사의 부인은 그녀를 가엾게 여겨 그녀를 데리고 있게 되었다. 그녀는 부지런하고 조용했으며, 목사가 저녁때 성경을 읽을 때면, 조용히 앉아 들었다. 모든 어린아이들이 그녀를 좋아했으나 그들이 장신구, 정장, 여왕처럼 아름답게 차려입은 것 등에 대해 이야기할 때에 그녀는 머리를 가로젓곤 했다.

그 다음 주일에 그들은 교회에 갔고 그녀에게도 함께 가자고

목사관: 신자를 가르치고 교회를 다스리는 교역자의 방

erably at her crutches with tears in her eyes, and so they went to hear the word of Cod while she went in her little chamber alone. It was just big enough for a bed and a chair, and here she sat with her hymn book; and as she was piously reading in it the wind carried the strains of the organ over to her from the church. And with tears in her eyes, she lifted up her face and said, "O God, help me!"

Then the sun shone brightly, and right in front of her stood the angel of God in the white robe, the one she had seen that night in the door of the church. He was no longer holding the sharp sword, but a lovely green branch full of roses. And with it he touched the ceiling, and it rose high; and where he had touched it there shone a golden star. And he touched the walls, and they expanded, and she saw the organ that was playing; she saw the old pictures of the parsons and the parsons' wives. The congregation was sitting in the ornamented pews and singing from the hymn books; for the church itself had come home to the poor girl in the tiny, narrow chamber, or else she had come to it. She was sitting in the pew with the rest of the parson's family, and when they had finished singing the hymn and looked up, they nodded and said, "It was

---

miserably:불쌍한 chamber:방 robe:법의 congregation:교회에 모인 신도 ornamented:장식이 된 pew:신도석 piously:경건하게 come home to:~의 가슴에 와 닿다

하였다. 그러나 그녀는 눈에 눈물을 머금고 비참한 눈으로 목발을 내려다 보았다. 사람들은 복음을 들으러 모두 교회에 갔고 그녀는 혼자 그녀의 작은 방에 남게 되었다. 그 방은 침대 하나와 의자 하나가 겨우 들어가 있는 작은 방이었고 그 방에서 성가집을 들고 앉았다. 그녀가 성가집을 경건하게 읽고 있을 때 교회로부터 오르간 소리가 바람을 타고 그녀 귀에 들려왔다. 그녀는 눈물을 흘리며 얼굴을 들어 말했다. "하나님 도와주소서."

그러자 햇빛이 밝게 비치고 전에 교회의 정문에서 본 적이 있는 흰 법의를 입은 하나님의 천사가 앞에 나타났다. 그는 더 이상 날카로운 검을 들고 있지 않았고 대신 장미가 가득 피어 있는 녹색 가지를 들고 있었다. 그가 그것을 천장에 대자 그 가지는 높이 자라났으며 그가 만지는 것마다 금빛나는 별처럼 반짝거렸다. 그가 벽에 손을 대자 벽이 커졌으며, 그녀는 오르간이 연주되고 있는 것을 보았고 목사들과 목사 부인들의 그림들을 볼 수 있었다. 신도들은 장식된 신도석에 앉아서 찬송가를 부르고 있었고 그 교회의 광경은 지금 작은 방에 홀로 앉아 있는 소녀의 마음 깊이 와 닿았다. 그리고 그녀 자신이 교회에 와 있는 것처럼 느꼈다. 그녀는 목사의 가족들과 함께 신도석에 앉아 찬송가를 불렀으며 찬송이 끝났을 때 그들은 모두 고

복음: 구세주 그리스도를 통하여 하나님이 인간에게 준 계시
신도석: 종교를 믿는 사람들의 자리

right of you to come, Karen."

"It was by the grace of God!" she said.

And the organ swelled, and the voices of the children in the choir sounded so soft and lovely. The bright sunshine streamed in through the window to the pew where Karen sat. Her heart was so full of sunshine and contentment and happiness that it broke. Her soul flew on the sunshine to God, and there was no one there who asked about the red shoes.

---

grace:은총 swell:(소리가)점점 높아지다 choir:성가대 stream:쏟아져 들어오다 contentment:만족

개를 끄덕이며 "잘 와 주었다. 카렌." 하고 말했다.

"하나님의 은총이었어요." 카렌은 말했다. 오르간 소리가 높아지는 가운데 아이들의 합창은 부드럽고 아름다웠다. 밝은 햇빛이 창을 통해 카렌이 앉은 신도석에 쏟아져 들어왔다. 그녀의 가슴은 햇빛과 행복과 만족으로 가득찬 가운데 심장이 멈추었다. 그녀의 영혼은 햇빛을 타고 하나님께로 날아갔으며 그곳에서는 빨간 구두에 대해 묻는 사람은 아무도 없었다.

The Snow Queen

FIRST TALE

SEE, there! Now we're going to begin. When we come to the end of the tale, we'll know more than we do now, because of an evil troll! He was one of the worst of all, he was the 'Devil.' One day he was in a really good humor because he had made a mirror that had the quality of making everything good and fair that was reflected in it dwindle to almost nothing, but whatever was worthless and ugly stood out and grew even worse. The loveliest landscapes looked like boiled spinach in it, and the best people became nasty or stood on their heads without stomachs; the faces became so distorted that they

---

troll:난쟁이 dwindle:작아지다. landscape:경치 spinach:시금치 nasty:더러운 distorted:찌그러진

눈의 여왕

첫 번째 이야기

보라! 이제 우리는 시작하려 한다. 우리가 이야기의 마지막 부분에 도달했을 때, 우리는 사악한 난쟁이 때문에 우리가 지금 아는 것보다 더 많은 것을 알게 될 것이다. 그는 가장 나쁜 것 중의 하나이고, 그는 '악마'이다. 어느 날 그는 거울을 하나 만들었는데 그 거울에 반사되는 모든 선하고 아름다운 것은 거의 하찮은 것으로 보이고, 가치가 없거나 추한 것은 더욱 드러나고 심지어는 더욱 나빠지게 만드는 성질을 가진 거울이어서 악마는 매우 기분이 좋았다. 가장 아름다운 풍경도 그 거울에 비춰지면 마치 삶은 시금치처럼 보였고, 선량한 사람도 추악해지거나 배가 없는 모습으로 물구나무를 선 것처럼 보이게 되었다. 얼굴은 너무나 삐뚤어지게 되어서 그것들은 거

were unrecognizable, and if you had a freckle, you could be certain that it spread over nose and mouth. "That was highly entertaining," said the Devil. Now, if a person had a good, pious thought, a grin would appear in the mirror, and the troll Devil had to laugh at his curious invention.

Everyone who went to the troll school– for he ran a school for trolls– spread the word that a miracle had occurred: now, for the first time, they believed, you could see how the world and mortals really looked. They ran about with the mirror, and at last there wasn't a land or a person that hadn't been distorted in it. Now they also wanted to fly up to Heaven itself, to make fun of the angels and Our Lord. Indeed, the higher they flew with the mirror, the harder it grinned! They could hardly hold onto it. Higher and higher they flew, nearer to God and the angels. Then the mirror quivered so dreadfully in its grin that it shot out of their hands and plunged down to the earth, where it broke into a hundred million billion-and even more-fragments. And now it did much greater harm than before, for some of the fragments were scarcely bigger than a grain of sand; and these flew about in the wide world, and wherever they got into someone's eyes, they remained there; and then these people saw everything

---

freckle:주근깨 entertaining:재미있는 pious:경건한 mortals:인간 grin(이를 드러내고)웃다 quiver:흔들리다 fragments:조각 plunge:갑자기 떨어지다

의 알아볼 수 없을 정도이고, 만약 당신이 주근깨가 있다면, 그것은 아마 코와 입 전체로 퍼지게 될 것이다. "매우 재미있는 물건이군" 악마는 말했다. 지금, 만약 선하고 경건한 생각을 가진 사람이라면, 거울에서는 일그러지게 웃는 것으로 나타날 것이며, 난쟁이 악마는 그의 신기한 발명품에 웃음을 터뜨릴 것이다.

난쟁이 학교에 가 본 사람은 — 그가 난쟁이를 위한 학교를 지었다 — 누구나 기적이 일어났다는 말을 퍼뜨린다. 이제, 그들은 처음으로 당신이 세상과 인간이 실제로 어떻게 보이는지 볼 수 있게 되었다고 믿었다. 그들은 거울을 가지고 여기 저기 돌아다녔고, 그것에 비춰져서 일그러지지 않은 풍경이나 사람이 없었다. 이제 그들은 천사와 우리의 신을 놀리기 위해 천국으로 올라가고 싶어했다. 과연, 그들이 거울을 가지고 높이 올라갈수록 그것은 더욱 일그러진 웃음을 지었다! 그들은 계속 잡고 있기가 힘들어졌다. 그들이 높이 올라갈수록 신과 천사에 가까워졌다. 그러자 거울은 일그러진 웃음을 웃으면서 매우 심하게 흔들렸으므로, 그것은 손에서 빠져 나와 땅에 떨어져 셀 수 없이 많은 조각으로 부서졌다. 이제 그것은 이전보다 훨씬 해롭게 되었다. 왜냐하면 어떤 조각들은 모래 알갱이와 거의 비슷한 정도의 크기가 되어서 세상에 넓게 떠다녔고, 그것들이 누군가의 눈 속으로 들어갈 때마다 그것들은 거기 남았고, 그

wrong or had eyes only for what was bad with a thing-for each tiny particle of the mirror had retained the same power as the whole mirror. Some people even got a little fragment of the mirror in their hearts, and this was quite horrible-the heart became just like a lump of ice. Some of the fragments of the mirror were so big that they were used as windowpanes, but it wasn't advisable to look at one's friends through those panes. Other fragments came into spectacles, and when people put these spectacles on, it was hard to see properly or act fairly. The Evil One laughed until he split his sides, and that tickled him pink.

But outside tiny fragments of glass were still flying about in the air. Now we shall hear!

SECOND TALE

In a big city where there are so many houses and people that there isn't enough room for everyone to have a little garden, and where most of them have to content themselves with flowers in pots there were two poor children, however, who did have a garden somewhat bigger than a flowerpot. They weren't brother and sister, but they were just as fond of each other as if they had been. Their parents lived next to each other; they lived in two garrets;

---

particle:조각 retain:보유하다 a lump of ice:얼음 한 조각 spectacles:안경 split:쪼개다 tickle one pink:~를 기쁘게 해주다 room:공간, 여유 content onself with:~으로 만족하다 pot:화분 garret:다락방

렇게 되면 그런 사람들은 모든 것을 나쁘게 보거나 사물의 나쁜 면만을 보는 눈을 가지게 되었다. 거울의 모든 작은 조각들은 거울 전체와 같은 힘을 가지고 있기 때문이었다. 심지어 어떤 사람들은 그 거울의 작은 조각이 심장에 박히기도 하는데 이것은 매우 끔직한 일이다. 그 심장이 얼음덩어리가 되어 버리기 때문이다. 어떤 거울 조각들은 매우 커서 창유리로 사용되었지만 이런 창을 통해서 친구를 바라보지 않는 것이 좋다. 다른 조각들은 안경을 만드는 데 사용되었는데 사람들이 이런 안경을 쓰게 되면, 공정하게 보거나 바르게 행동하기 어렵게 된다. 악마는 포복절도할 때까지 웃었고 거울 조각들의 현상에 무척 기뻐했다.

아직도 밖에는 작은 거울 파편들이 공기 중을 날아다니고 있다. 이제 우리는 귀를 기울여보자!

두 번째 이야기

집과 사람이 너무 많아서 모든 사람이 작은 정원을 가지고 있기에는 공간이 부족해 대부분은 화분의 꽃으로 만족해야만 하는 커다란 도시에, 가난하지만 화분보다는 조금 더 큰 정원을 가지고 있는 두 아이가 있었다. 그들은 남매간이 아니었지만 마치 그런 것처럼 서로를 아꼈다. 그들의 부모는 서로 이웃에 살고 있었다. 두 아이는 각각 다락방에 살고 있었다.

포복 절도:너무 우스워 배를 안고 몸을 가누지 못할 만큼 웃음.

there, where the roof of one house adjoined the other, and the gutter ran along the eaves, from each house a tiny window faced the other. One had only to step over the gutter to go from one window to the other.

Outside, the parents each had a big wooden box, and in it grew potherbs, which they used, and a little rosebush; there was one in each box, and they grew so gloriously. Now, the parents hit upon the idea of placing the boxes across the gutter in such a way that they almost reached from one window to the other, and looked just like two banks of flowers. The pea vines hung down over the boxes, and the rosebushes put forth long branches, twined about the windows, and bent over toward each other. It was almost like a triumphal arch of greenery and flowers. As the boxes were quite high, and the children knew that they mustn't climb up there, they were often allowed to go out to each other and sit on their little stools under the roses, and here they played quite splendidly.

During the winter, of course, this pleasure was at an end. The windows were often frozen over completely; but then they warmed up copper coins on the tiled stove, placed the hot coin on the frozen pane, and thus there would be a wonderful peephole as round as could be.

---

adjoin:인접하다 gutter:물통, 물받이 eaves:처마 potherb:향미용 채소 pea:완두 resebush:장미 덤불 triumphal arch:개선문 greenery:푸른 잎, 푸른 가지 tile:기와, 타일 pane:창 유리 peephole:들여다 보는 구멍

한 집의 지붕이 다른 집의 지붕과 이웃하고, 작은 창문이 다른 집의 창문과 마주보는 집들로 빗물받이가 처마를 따라 달려 있는 곳이었다. 창문에서 다른 창문으로 건너가려면 단지 빗물받이를 넘기만 하면 되었다.

밖에는, 그 부모들이 각기 커다란 나무 상자를 가지고, 그 안에 그들이 사용할 야채와 장미 덩굴을 재배하는데 장미덩굴은 각각의 상자에 하나씩 있었고, 아주 멋지게 자랐다. 부모들은 상자들을 물받이를 가로질러 두 줄로 배열해서 한 창문에서 다른 창문으로 거의 닿을 듯하게 해, 마치 두 줄로 늘어선 꽃들처럼 보이게 하려고 했다. 완두콩 덩굴은 상자밖으로 내려가고 장미 덩굴은 창문을 감으면서 앞쪽으로 긴 가지를 뻗고 있었고, 서로를 향하여 굽어 있었다. 그것은 마치 푸른 나무와 꽃들의 개선문 같았다. 상자는 매우 높았기 때문에 아이들은 그곳에 올라가서는 안된다는 것을 알고 있었고, 그들은 때때로 함께 나가서 장미 아래에 있는 그들의 작은 의자에 앉는 것이 허용되었고, 여기서 그들은 아주 즐겁게 놀았다.

겨울 동안에는 물론 이러한 즐거움은 없었다. 창문은 자주 꽁꽁 얼어붙었지만, 그때는 그들은 구리 동전을 기와로 만든 난로에 달궈 그 뜨거운 동전을 얼어붙은 창문에 대면, 매우 동그랗고 멋진 들여다보는 구멍이 생기게 된다. 그 구멍을 통해 두 아이의 사랑스럽고 부드러운 눈들이 서로의 창문을 들여다

Behind it peeped a lovely, gentle eye, one from each window. It was the little boy and the little girl. He was called Kay and she was called Gerda. In summer they could come to each other at one jump; in winter they first had to go down the many flights of stairs and then up the many flights of stairs; outside the snow was drifting.

"The white bees are swarming," said the old grandmother.

"Do they have a queen bee too?" asked the little boy, for he knew that there was one among the real bees.

"So they have!" said the grandmother. "She flies there where the swarm is thickest! She's the biggest of them all, and she never remains still on the earth. She flies up again into the black cloud. Many a winter night she flies through the city streets and looks in at the windows, and then they freeze over so curiously, as if with flowers."

"Yes, I've seen that!" said both the children, and then they knew it was true.

"Can the Snow Queen come in here?" asked the little girl.

"Just let her come," said the boy. "I'll put her on the hot stove and then she'll melt."

But the grandmother smoothed his hair and told other

---

at one jump:한 번 뛰어서 drift:떠 다니다 swarm:벌떼 remain still:정지해 있다 smooth:부드럽게 하다

보았다. 그들은 작은 소년과 소녀였다. 그는 케이라고 불렸고 그녀는 기르다라고 불렸다. 여름에는 그들은 한 번 뛰면 서로에게 갈 수 있었다. 겨울에는 그들은 먼저 수많은 계단을 내려가야 했고 그 다음에는 또 많은 계단을 올라가야 했다. 밖에는 눈이 내리고 있었다.

"흰 벌들이 떼를 지어 있단다." 할머니는 말씀하셨다.

"그들에게도 역시 여왕벌이 있나요?" 실제의 벌들 사이에서 여왕벌이 있다는 것을 알고 있었으므로 어린 소년이 물었다.

"물론이지." 할머니는 말했다. "그녀는 벌의 무리들이 가장 많은 곳을 난단다! 그녀는 그들 중에서 가장 크고, 절대로 지상에 정지해 있는 법이 없단다. 그녀는 검은 구름으로 다시 날아올라 간단다. 그녀는 수많은 겨울밤을 도시의 거리를 날아다니며 창문 안쪽을 들여다 본단다. 그리고 사람들은 매우 신기하게도 얼어버린단다. 마치 꽃과 같이 말이다."

"맞아요! 난 그것을 본 적이 있어요!" 두 아이들은 말했고, 그것이 사실이라는 것을 알게 되었다.

"눈의 여왕이 여기에 올 수 있을까요? 작은 소녀는 물었다.

"그녀가 여기 오기만 한다면." 소년은 말했다. "나는 그녀를 뜨거운 난로에 올려놓을 거야. 그러면 그녀는 녹을 거야."

하지만 할머니는 그의 머리를 쓰다듬으며 다른 이야기를 해주셨다.

---

tales.

In the evening, when little Kay was back home and half undressed, he climbed up on the chair by the window and peeped out through the tiny hole. A few snowflakes were falling out there, and one of these, the biggest one of all, remained lying on the edge of one of the flower boxes. The snowflake grew and grew, and at last it turned into a complete woman, clad in the finest white gauze, which seemed to be made up of millions of starlike flakes. She was so beautiful and grand, but of ice dazzling, gleaming ice and yet she was alive. Her eyes stared like two clear stars, but there was no peace or rest in them. she nodded to the window and motioned with her hand. The little boy became frightened and jumped down from the chair. Then it seemed as if a huge bird flew past the window.

The next day there was a clear frost and then a thaw set in and then came the spring. The sun shone, green sprouts appeared, the swallows built nests, windows were opened, and again the little children sat in their tiny garden way up high in the gutter above all the floors.

The roses bloomed so wonderfully that summer; the little girl had learned a hymn and there was something about roses in it, and these roses made her think of her own; and

---

undressed:옷을 벗은 snowflake:눈송이 clad in:~을 입은 gauze:망사천 flacke:얇은 조각 dazzling:눈부신 gleaming:반짝이는 thaw:해빙 thaw set in:눈이 녹기 시작하다 hymn:찬송가

저녁이 되어서 어린 케이가 집으로 돌아와 웃도리를 다 벗고 나서, 창문 가까이의 의자를 밟고서는 그 작은 구멍으로 밖을 내다보았다. 밖에는 눈이 조금 내리고 있었고, 그 중에 가장 커다란 눈송이가 꽃 상자의 가장자리에 쌓여 있었다. 눈송이는 커지고 커져서 마침내, 완전한 여인의 모습으로 변했다. 마치 수많은 별처럼 보이는 얇은 눈송이로 만든, 아주 멋진 흰 망사 천을 입고 있었다. 그녀는 매우 아름답고 우아했고, 눈부시게 번쩍거리는 얼음으로 되어 있었지만, 살아 움직였다. 그녀의 눈은 두 개의 맑은 별처럼 반짝이며 응시했지만, 그곳에는 어떤 평화도 휴식도 없었다. 그녀는 창문을 향해 고개를 끄덕이며 손을 흔들고 있었다. 작은 소년은 두려움을 느끼고 의자에서 뛰어 내렸다. 그러자 한 마리의 커다란 새가 창문을 지나 날아가는 것처럼 보였다.

다음날 그곳에는 맑은 서리가 내려 있었고, 곧 해빙이 시작되고, 봄이 왔다. 태양이 빛났고, 푸른 싹이 돋아났고, 제비가 둥지를 지었고, 창문이 열렸으며, 다시 케이와 기르다는 모든 층보다 높이 있는 빗물받이 위에 있는 그들의 작은 정원에 앉아 놀았다.

그해 여름에 장미는 너무나 아름답게 피었다. 작은 소녀는 찬송가를 배웠고 그 안에는 장미에 대한 내용이 있었다. 장미들은 그녀 자신에 대해 생각하게 만들었다. 그녀는 찬송가를

망사:그물과 같이 설피고 성기게 짠 깁
해빙:얼음이 풀림.

she sang it to the little boy, and he sang it along with her:

"Roses growing in the dale
Where the Holy Child we hail."

And the children took each other by the hand, kissed the roses, and gazed into God's bright sunshine and spoke to it as if the Infant Jesus' were there. What glorious summer days these were, how wonderful it was to be out by the fresh rosebushes, which never seemed to want to stop blooming.

Kay and Gerda sat looking at a picture book of animals and birds. It was then the clock in the big church tower had just struck five that Kay said, "Ow! Something stuck me in the heart! And now I've got something in my eye!"

The little girl put her arms around his neck; he blinked his eyes. No, there wasn't a thing to be seen.

"I guess it's gone," he said. But it wasn't gone. It was one of those fragments of glass that had sprung from the mirror, the troll mirror. I daresay we remember that loathsome glass that caused everything big and good that was reflected in it to grow small and hideous, whereas the evil and wicked duly stood out, and every flaw in a thing was

---

dale:골짜기 hail:찬양하다. Infant Jesus:아기 예수 glorious:영광스러운 blink:눈을 깜박이다. loathsome:싫은 wicked:사악한 duly:충분히 flaw:결점

소년에게 불러 주었으며, 그는 그녀를 따라 노래를 불렀다.

"장미들은 우리가 찬양하는
성스러운 아이가 있는 골짜기에서 자라네."

그리고 아이들은 서로 손을 맞잡고, 장미에 입 맞추었으며, 신이 내려 주신 빛나는 햇빛을 보며, 마치 아기 예수가 그곳에 있기라도 한 것처럼 햇빛에게 말을 했다. 얼마나 영광스러운 여름날이었던가. 끝없이 계속 피어나던 싱그러운 장미덩굴 옆에 있는 것이 그 얼마나 멋진 것이었던가!

케이와 기르다는 앉아서 동물과 새들에 관한 그림책을 보고 있었다. 커다란 교회 탑의 종이 막 다섯 시를 친 그때 케이는 말했다. "아 뭔가가 내 심장을 찌르는 것 같아! 그리고 지금 내 눈에 뭔가 들어간 것 같아!"

작은 소녀는 자신의 팔을 그의 목에 둘렀다. 그는 눈을 깜빡였다. 하지만 아무것도 보이지 않았다.

"빠져나갔나 봐." 그는 말했다. 하지만 그것은 빠져나가지 않았다. 그것은 난쟁이의 거울이 깨어져 퍼진 작은 조각 중 하나였다. 이 끔찍한 거울이 크고 좋은 것은 줄어들고 무시무시한 것으로 비치게 하고 악하고 못된 것은 상당히 두드러지게 보이게 하여 사물의 모든 결함들을 단번에 눈에 띄게 하는 한다

---

noticeable at once. Poor Kay! He had got a particle right in his heart. Soon it would be just like a lump of ice. It didn't hurt anymore now, but it was there.

"Why are you crying?" he asked. "You look so ugly! There's nothing wrong with me after all! Fie!" he suddenly cried. "That rose there is worm-eaten! And look, that one there is quite crooked! As a matter of fact, that's a nasty batch of roses! They look just like the boxes they're standing in!" And then he gave the box quite a hard kick with his foot and pulled out the two roses.

"Kay! What are you doing!" cried the little girl. And when he saw how horrified she was, he yanked off yet another rose and then ran in through his window away from dear little Gerda.

When she came later with the picture book, he said it was for babies! And if grandmother told stories, he would always come with a "But" Yes, if he got a chance to, he would walk behind her, put on glasses, and talk just the way she did. It was exactly like her, and he made people laugh. Soon he could copy the voice and gait of everyone on the whole street. Everything queer or not nice about them Kay knew how to imitate and then people said, "He's certainly got an excellent head on him, that boy!"

---

worm-eaten:벌레 먹은 crooked:비뚤어진 nasty:더러운 batch:다발 yank:확 잡아당기다. get a chance:기회가 생기다 copy:모방하다 gait:걸음걸이 queer:기묘한 imitate:흉내내다

는 것은 내가 여러분께 말한 바 있다. 가엾은 케이! 그의 심장에 파편 한 조각이 박혔다. 곧 그의 심장은 얼음 덩어리처럼 되어 버릴 것이다. 그 거울 파편은 더 이상 그를 아프게 하지는 않았지만 파편은 가슴에 계속 남아 있었다.

"왜 울고 있어?" 그는 기르다에게 물었다. "너는 아주 못생겼구나! 나에게는 잘못된 것이 없어! 에잇!" 그는 갑자기 외쳤다. "저기 있는 저 장미는 벌레 먹었어! 그리고 봐, 저쪽것은 아주 삐뚤어졌다고! 사실, 저것은 추잡한 장미 다발이라고! 그것들은 자신이 뿌리 내리고 있는 상자 같아 보인다고!" 그리고 그는 상자를 발로 아주 세게 걷어찼고 장미 두 송이를 뽑았다.

"케이! 뭐하는 거야!" 작은 소녀는 소리쳤다. 그리고 그는 그녀가 얼마나 겁에 질려 있었는지를 보며, 또 다른 장미를 확 잡아당겼다. 그리고 그의 창문을 통해서 사랑스러운 작은 기르다에게서 달아났다.

그녀가 나중에 그림책을 가지고 왔을 때, 그는 아기들이나 보는 거라고 했다. 그리고 만약 할머니가 얘기를 해 주시면, 언제나 '하지만'이라는 토를 달았다. 그렇다, 그는 기회만 있으면, 그녀의 뒤로 걸어가서 안경을 끼고는, 그녀가 말하는 것을 흉내내었다. 그녀와 완전히 똑 같았기 때문에 사람들을 웃겼다. 곧 그는 거리의 모든 사람들의 목소리와 걸음걸이를 흉내낼 수 있었다. 케이는 그들의 우스꽝스럽거나 볼품없는 모든 것을 잘

파편:깨어진 조각

But it was the glass he had got in his eye, the glass that sat in his heart; and that is why he even teased little Gerda, who loved him with all her heart.

His games were now quite different from what they had been, they were so sensible; one winter's day, as the snowflakes piled up in drifts, he took a big burning glass, and holding out a corner of his blue coat, he let the snowflakes fall on it.

"Now look in the glass, Gerda!" he said. Each snowflake became much bigger and looked like a magnificent flower or a ten-sided star. It was a delight to behold.

"Do you see how funny it is?" said Kay. "That's much more interesting than real flowers! And there isn't a single flaw in them; they're quite accurate as long as they don't melt.

A little later Kay appeared in big gloves and with his sled on his back. He shouted right in Gerda's ear: "I've been allowed to go sledding in the big square where the others are playing." And off he went.

Over in the square the most daring boys often tied their sleds to the farmer's wagon, and then they rode a good distance with it. It was lots of fun. As they were playing there a big sleigh' came up. It was painted white, and

---

tease:귀찮게 하다 piled up:쌓이다, 쌓아올리다 flaw:결점 sledding:썰매타기 square:광장 sleigh:썰매

흉내내었고 사람들은 "저 애는 확실히 뛰어난 머리를 가지고 있어." 라고 말했다. 하지만 그것은 그의 눈으로 들어가 심장에 박혀 있는 거울 조각 때문이었고 그를 진심으로 사랑하는 작은 기르다마저 괴롭히는 이유였다. 기르다는 그를 진심으로 사랑했다.

그의 놀이는 이제 그들이 함께 했던 것과는 매우 달랐고, 그들은 상당한 것들이었다. 어느 겨울 날 눈송이가 쌓였는데, 그는 뜨거운 큰 유리와 그의 푸른색 코트 자락을 잡고서 눈송이가 그곳에 떨어지게 했다.

"유리를 봐, 기르다!" 라고 말했다. 각각의 눈송이들은 훨씬 커졌고 화려한 꽃, 또는 뾰족한 부분이 열 개나 되는 별처럼 보였다. 그것을 쳐다보는 것은 재미있었다.

"정말로 재미있지 않니?" 케이는 말했다. "이것은 실제의 꽃보다 훨씬 흥미롭다고! 그리고 거기에는 단 하나의 흠도 없지. 그것들은 녹지 않는 한 매우 정확하다고."

잠시 후에 케이는 커다란 장갑을 끼고 등에 썰매를 매고 나타났다. 그는 기르다의 귀에 바로 대고 소리쳤다. "나는 다른 애들이 놀고 있는 커다란 광장에서 썰매 타는 것을 허락 받았어." 그리고 그는 떠났다.

광장에서 가장 대담한 아이들은 종종 썰매를 농부의 마차에 매고는 마차에 매달려 먼 곳까지 썰매를 탔다. 그것은 매우 재

there was someone sitting in it, swathed in a fleecy white fur and wearing a white fur cap. The sleigh drove twice around the square, and Kay quickly managed to tie his little sled to it, and now he was driving along with it. It went faster and faster, straight into the next street. The driver turned his head and gave Kay a kindly nod; it was just as if they knew each other. Every time Kay wanted to untie his little sled, the person would nod again and Kay remained seated. They drove straight out through the city gate. Then the snow began tumbling down so thickly that the little boy couldn't see a hand in front of him as he rushed along. Then he quickly let go of the rope in order to get loose from the big sleigh, but it was no use. His little vehicle hung fast, and it went like the wind. Then he gave quite a loud cry, but no one heard him; and the snow piled up in drifts and the sleigh rushed on. Now and then it gave quite a jump, as if he were flying over ditches and fences. He was scared stiff; he wanted to say the Lord's Prayer, but the only thing he could remember was the Big Multiplication Table.

The snowflakes grew bigger and bigger; at last they looked like huge white hens; suddenly they sprang aside. The big sleigh stopped, and the one who was driving it

---

swathe:감싸다. fleecy:양털로 덮인 tumble down:뒹글다, 여기서는 '눈이 내리다' 의 뜻 get loose from:~에서 벗어나다 nouse:소용없는 scared:겁이 난 stiff:몸이 뻣뻣한 Lord' s Prayer:주기도문 Multiplication Table:구구단표

미있었다. 그들이 그곳에서 놀고 있을 때 커다란 썰매가 나타났다. 그것은 흰색이었으며, 썰매에는 흰 양털 모피로 몸을 감싸고 흰 모피 모자를 쓴 사람이 앉아 있었다. 썰매는 광장을 두 바퀴 돌았으며, 케이는 재빨리 자신의 작은 썰매를 큰 썰매에 매달았다. 이제 그는 썰매와 함께 달리고 있었다. 그것은 점점 빨리 달려 곧바로 다음 거리로 갔다. 썰매를 모는 사람은 고개를 돌리고 케이에게 친절하게 고개를 끄덕였다. 마치 서로가 알고 있는 사이 같이 말이다. 케이가 작은 썰매를 풀려고 할 때마다 그 사람이 목례를 하는 바람에 케이는 그 자리에 그냥 앉아 있었다. 그들은 성문을 지나 곧장 전진했다. 눈이 너무나 많이 내리기 시작하여, 그 작은 소년은 한치 앞도 내다볼 수가 없었다. 그래서 그는 커다란 썰매에서 벗어나기 위해 재빨리 줄을 풀려고 했지만 허사였다. 그의 작은 썰매는 매우 단단히 매여 있었고 마치 바람같이 빨리 달렸다. 소년은 큰 소리로 외쳤지만 아무도 그 소리를 듣지 못했다. 그리고 눈은 쌓여갔고 썰매는 계속해서 돌진했다. 때때로 썰매가 높이 뛰어올라 그는 도랑과 울타리 위를 날아 오를 것 같았다. 그는 겁이 나서 몸이 뻣뻣해졌다. 그는 주기도문을 암송하려 했지만, 그에게 기억나는 것은 커다란 구구단 표밖에 없었다.

눈송이는 점점 커져서 마침내 흰색의 커다란 암탉처럼 보였다. 갑자기 그것들이 옆으로 튀어 올랐다. 커다란 썰매가 멈췄

목례: 눈 인사

stood up the furs and cap were all of snow. It was a lady, so tall and straight, so shining white. It was the Snow Queen.

"We've made good progress," she said. "But is it freezing? Crawl into my bearskin." And then she seated him in the sleigh with her and wrapped the fur around him was as if he were sinking into a snowdrift.

"Are you still freezing?" she asked, and then she kissed him on the forehead. Ugh! That was colder than ice; it went straight to his heart, which of course was half a lump of ice already. He felt as if he were going to die– but only for a moment, then it only did him good; he no longer felt the cold around him.

"My sled! Don't forget my sled!" Only then did he remember it, and it was tied to one of the white hens. And it flew along behind with the sled on its back. The Snow Queen kissed Kay once again, and by then he had forgotten little Gerda and grandmother and all of them at home.

"Now you're not getting any more kisses," she said, "or else I'd kiss you to death!"

Kay looked at her; she was so very beautiful. A wiser, lovelier face he couldn't imagine; and now she didn't seem to be of ice, as she had seemed that time she had sat

---

make progress:진전이 있다 bearskin:곰가죽 snowdrift:눈더미

고, 눈으로 만든 모피와 모자를 쓰고 썰매를 몰던 사람이 일어섰다. 그녀는 키가 죽 뻗은, 희게 빛나는 여성이었다. 그녀는 눈의 여왕이었다.

"우리는 빨리 잘 달렸노라." 그녀는 말했다. "날씨가 매우 춥지? 내 곰털 가죽옷 안으로 들어오렴." 그리고 나서 그녀는 소년을 썰매 위의 자신의 옆자리에 앉히고 모피로 그를 둘러싸 주었는데 그는 마치 눈속으로 가라앉는 것 같았다.

"너는 아직도 춥니?" 그녀는 묻고, 그의 이마에 입을 맞추었다. 아! 그것은 얼음보다 차가웠다. 그것은 물론 이미 절반쯤 얼어 있는 그의 심장으로 곧장 내려갔다. 그는 곧 죽을 것만 같은 느낌이었지만 그것은 잠시뿐이었고, 곧 그 입맞춤은 그에게 도움이 되었다. 그는 더이상 한기를 느끼지 않았다.

"내 썰매! 내 썰매를 잊어버리지 말아요!" 그때 그에게는 단지 썰매 생각만이 날 뿐이었는데 그것은 흰 암탉 중 한 마리에 매여 있었다. 암탉은 뒤쪽에서 썰매와 함께 날아갔다. 눈의 여왕이 다시 한번 케이의 이마에 입을 맞추자 그는 작은 기르다와 할머니와 집의 모든 사람들을 잊어버렸다.

"이제 너는 더이상의 키스를 받지 못할 것이다." 그녀는 말했다. "내가 한 번 더 키스를 한다면 너는 죽을 것이다."

케이는 그녀를 바라보았다. 그녀는 매우 아름다웠다. 그가 상상할 수 없을 정도로 영리해 보이고 사랑스러운 얼굴이었다.

한기: 추위

outside his window and motioned to him. In his eyes she was perfect, nor did he feel afraid at all. He told her that he knew how to do mental arithmetic, and with fractions, at that; and he knew the square mileage of the countries and "how many inhabitants." And she always smiled. Then it occurred to him that what he knew still wasn't enough. And he looked up into the vast expanse of sky. And she flew with him, flew high up on the black cloud; and the storm whistled and roared it was like singing the old lays. They flew over forests and lakes, over sea and land; down below the icy blast whistled, the wolves howled, the snow sparkled. Over it flew the black screeching crows, but up above the moon shone so big and bright; and Kay looked at it all through the long winter night. By day he slept at the Snow Queen's feet.

THIRD TALE

But how did little Gerda get on when Kay didn't come back again? Where was he after all? Nobody knew. Nobody could send word. The boys related only that they had seen him tie his little sled to a beautiful big sleigh, which drove into the street and out of the city gate. Nobody knew where he was; many tears flowed and little

---

mental arithemetic:암실 fraction:분수 square mileage:면적 inhabitant:주민, 인구 expanse:광활한 공간 roar:으르렁거리다 lay:노래 howl:짖다 screeching: 깍깍거리는 relate:이야기하다, 말하다

그리고 이제 그녀는 얼음으로 보이지 않았고, 그녀가 그의 방 창문 앞에 앉아서 그에게로 다가오는 것처럼 보였다. 그의 눈에 그녀는 완벽해 보였고, 그는 아무런 두려움도 느낄 수 없었다. 그는 그녀에게 자신은 암산을 할 수 있으며, 분수 암산을 하는 법도 알고, 국가들의 면적과 인구도 알고 있다고 말했다. 그러면 그녀는 언제나 미소지었다. 그때 소년은 자신이 알고 있는 것이 아직도 충분하지 않다는 생각이 들었다. 그리고 그는 광활한 하늘을 올려다 봤다. 눈의 여왕은 소년과 함께 검은 구름 위로 높이 날아올랐다. 폭풍우가 마치 오래된 노래를 부르는 것처럼 우르릉거리며 불었다. 그들은 숲과 호수를 지나고 바다와 육지 위를 날아갔다. 저 아래에는 얼음처럼 찬 바람이 불었고, 이리가 울부짖고 눈송이가 번쩍였다. 위로는 검은 까마귀가 깍깍거리며 날아가고, 더 위에는 큰 달이 밝게 빛났다. 그런 것들이 케이가 긴 겨울동안 밤마다 본 것들이었다. 낮에는 그는 눈의 여왕의 발언저리에서 잤다.

세 번째 이야기

케이가 다시 돌아오지 않았을 때 작은 기르다는 어떻게 지내고 있었을까? 그는 결국 어디로 갔을까? 아무도 모른다. 어떤 소식도 전해지지 않았다. 소년들은 단지 케이가 그의 작은 썰매를 멋진 커다란 썰매에 매는 것을 보았고 그 커다란 썰매는

광활한: 훤하게 너른

Gerda cried hard and long. Then they said that he was dead, that he had fallen in the river that flowed close by the city. Oh, what truly long dark winter days they were.

Now the spring came and warmer sunshine.

"Kay is dead and gone!" said little Gerda.

"I don't think so!" said the sunshine.

"He's dead and gone!" she said to the swallows.

"I don't think so," they replied, and at last little Gerda didn't think so, either.

"I'm going to put on my new red shoes," she said early one morning, "the ones that Kay has never seen, and then I'll go down to the river and ask it too!"

It was quite early. She kissed the old grandmother, who was sleeping, put on the red shoes, and walked quite alone out of the gate to the river.

"Is it true that you've taken my little playmate? I'll make you a present of my red shoes if you'll give him back to me again!" And it seemed to her that the billows nodded so strangely.

Then she took her red shoes, the dearest things she owned, and threw them both out into the river. But they fell close to the shore, and the little billows carried them back on land to her right way. It was just as if the river

---

playmate:놀이친구 billow:큰 물결, 파장 nod:끄덕이다 dearest:가장 소중한

거리를 질주하여 성문 밖으로 나갔다는 것만을 말했다. 아무도 그가 어디에 있는지 몰랐다. 기르다는 많은 눈물을 흘리며 오래도록 슬프게 울었다. 사람들은 소년이 도시 근처를 흐르는 강물에 빠져 죽었다고 말했다. 아, 진정 얼마나 길고 어두운 겨울날이었던가.

이제 봄이 왔고 따뜻한 햇볕이 내리쬐었다.

"케이는 죽었어, 떠나버렸어!" 작은 기르다는 말했다.

"나는 그렇게 생각하지 않아!" 햇볕은 말했다.

"그는 죽었어!" 그녀는 제비들에게 말했다.

"나는 그렇게 생각하지 않아." 그들은 대답했다. 마침내 작은 기르다도 소년이 죽지 않았을 거라고 생각하게 되었다.

"나는 나의 붉은 새 신을 신을 거야." 그녀는 어느 날 아침 일찍 말했다. "이 신은 케이가 아직 보지 못한 것이야. 나는 강으로 내려가서 강에게 물어볼 거야!"

매우 이른 시각이었다. 그녀는 잠자고 있는 할머니께 입을 맞추고, 붉은 신을 신고, 성문 밖 강물로 혼자 걸어갔다.

"네가 나의 놀이 친구를 삼킨 게 사실이니? 네가 만약 그를 나에게 되돌려 준다면 내가 그 답례로 나의 붉은 신발을 줄게!"

그녀에게는 물결이 이상하게도 끄덕이는 것처럼 보였다. 소녀는 그녀에게 있어서 가장 소중한 물건인 붉은 신을 집어서 강물로 던졌다. 하지만 그것들은 강변 근처에 떨어졌다. 작은

didn't want to take the dearest things she owned. Then it didn't have little Kay after all. But now she thought she hadn't thrown the shoes out far enough, and so she climbed into a boat that us lying among the rushes. She went all the way out to the farthest end and threw the shoes, but the boat wasn't tied it, and her movement made it glide from land. She noticed it and hastened to get out, but before she reached the back of the boat, it was more than an alen out from shore and now it glided faster away.

Then little Gerda became quite frightened and started to cry, but nobody heard her except the sparrows, and they couldn't carry her to land. But they flew along the shore and sang, as if to comfort her: "Here we are! Here we are!" The boat drifted with the stream. Little Gerda sat quite still in just her stockings; her little red shoes floated along behind, but they couldn't catch up with the boat, which gathered greater speed.

It was lovely on both shores, with beautiful flowers, old tree, and slopes with sheep and cows, but not a person was to be seen.

"Maybe the river is carrying me to little Kay," thought Gerda, and this put her in better spirits. She stood up and gazed at the beautiful green shores for many hours. Then

---

farthese:가장 먼(far의 최상급) glide:미끄러지는 듯 hasten:서두르다 sparrow:참새 drift:표류하다 still:움직이지 않고 stocke:충격받다 catch up with:~을 따라잡다, ~을 좇아가다 slope:경사지

물결이 신을 그녀 앞으로 되옮겨 놓았다. 그것은 마치 강이 그녀가 가진 가장 소중한 것을 가지는 것을 원치 않는 것처럼 보였다. 결국 강물은 작은 케이를 가지고 있지 않은 것이었다. 그러나 소녀 자신이 신을 충분히 멀리 던지지 않았다고 생각하고, 수풀 사이에 있던 배로 올라갔다. 그녀는 배안에서 가장 끝쪽까지 가서 새 신을 던졌다. 그런데 그 배는 단단히 묶여 있지 않은 것이었다. 소녀의 움직임에 배는 땅에서 미끄러져 내려갔다. 그녀는 그것을 알아채고 서둘러 빠져 나가려 했지만, 배의 뒷부분에 도달하기도 전에 배는 강변으로부터 벗어나 더욱 빨리 떠내려갔다.

작은 기르다는 매우 공포에 질려 소리치기 시작했지만, 그녀를 땅으로 데려다 줄 수 없는 참새를 제외하고는 아무도 듣지 못했다. 하지만 새들은 강변으로 따라 날아다니면서 마치 그녀를 안정되게 해 주려는 듯 노래를 불렀다. "우리가 있잖아! 우리가 있잖아!" 배는 물살을 따라 표류했다. 어린 기르다는 신도 없이 스타킹만 신은 채 꼼짝도 하지 않고 앉아 있었다. 그녀의 작고 붉은 신은 뒤따라 떠내려왔지만 점점 속도가 빨라지면서 떠내려 가는 배를 따라잡을 수 없었다.

강의 양변은 아름다웠다. 아름다운 꽃과, 오래된 나무와, 양들과 소떼가 있는 경사지가 있었지만, 사람은 보이지 않았다.

"이 강이 나를 케이에게로 데려다 줄지도 몰라."라고 기르다

표류: 물 위에 둥둥 떠서 흘러감.

she came to a big cherry orchard, where there was a little house with curious red and blue windows and– come to think of it– a thatched roof and two wooden soldiers outside who shouldered arms to those who sailed by.

Gerda shouted to them-she thought they were alive-but naturally they didn't answer; she came close to them, for the boat drifted right in to shore.

Gerda shouted even louder, and then out of the house came an old woman leaning on a crooked staff. She was wearing a big sun hat, which had the loveliest flowers painted on it.

"You poor little child!" said the old woman. "However did you come out on that great strong stream and drift so far out into the wide world?" And then the old woman went all the way out in the water, hooked the boat with her staff, pulled it to land, and lifted little Gerda out.

And Gerda was glad to be on dry land, but, all the same, a little afraid of the strange old woman.

"Come, now, and tell me who you are and how you came here," she said.

And Gerda told her everything, and the old woman shook her head and said, "Hm! Hm!" And when Gerda had told her everything and asked if she hadn't seen little

---

orchard:과수원 thatch:지붕을 짚으로 이다 shoulder arms:어깨 총 crooked:구부러진 lean:기대다 staff:지팡이 sun hat:햇빛 가리개용 모자, 챙이 큰 밀집모자 hook:걸다

는 생각했고 이 생각이 그녀의 마음을 안정시켜 줬다. 그녀는 선 채로 여러 시간 동안 아름답고 푸른 강변을 쳐다보았다. 그리고 나서 그녀는 커다란 체리 과수원에 도착했다. 그곳에는 붉고 푸른 기묘한 창이 달린 집이 하나 있었는데 —그 집을 상상해 보라 — 초가 지붕에, 밖에는 나무로 만든 군인들이 서 있는데 어깨에 총을 댄 자세로 앞을 지나가는 사람들에게 경례를 하는 듯했다.

기르다는 그들이 살아 있다고 생각했기 때문에 그들에게 소리쳤지만 당연히 군인들은 대꾸가 없었다. 배가 강변 가까이로 밀려갔기 때문에 그녀는 그들에게 더 가까이 다가갈 수 있었다.

기르다는 더욱 큰소리로 외쳤다. 그러자 휘어진 지팡이를 든 할머니가 집 밖으로 나왔다. 그녀는 커다란 햇빛 가리개용 모자를 썼는데, 모자에는 아름다운 꽃들이 그려져 있었다.

"불쌍한 어린아이야!" 할머니는 말했다. "어쩌다가 너는 그렇게 센 물살을 타고 이렇게 먼 넓은 세상까지 표류해 오게 되었니?" 그리고 그 할머니는 안간 힘을 써서 지팡이를 보트에 건 다음, 땅으로 끌어 어린 기르다를 내려 주었다.

기르다는 육지에 도착하게 되어 기뻤지만 동시에 낯선 할머니에 대한 약간의 불안감이 들었다.

"자, 이리 와서 네가 누구인지, 그리고 어쩌다 이곳에 오게 되었는지 말해 다오." 할머니는 말했다.

Kay, the old woman said that he hadn't come by, but he'd be along, all right; she just shouldn't be grieved, but should taste her cherries and look at her flowers they were prettier than any picture book and each one could tell a complete story. Then she took Gerda by the hand; they went into the little house and the old woman locked the door.

The windows were so high up, and the panes were red, blue, and yellow. The daylight shone in so strangely there with all the colors, but on the table stood the loveliest cherries, and Gerda ate as many as she liked, for this she dared to do. And while she ate, the old woman combed her hair with a golden comb, and the yellow hair curled and shone so delightfully around the lovely little face, which was so round and looked like a rose.

"I've been really longing for such a sweet little girl!" said the old woman. "Now you shall see how well we two are going to get along!" And as she combed little Gerda's hair Gerda forgot her playmate, little Kay. For the old woman was versed in sorcery, but she wasn't a wicked sorceress, she only did a little conjuring for her own pleasure, and now she so wanted to keep little Gerda. And so she went out in the garden and held out her crooked staff

---

come by:지나가다 be along:(비교적 가까운 곳에)가다, 오다 long:간절히 바라다 pane:창유리 curl:(머리가)곱슬거리다 comb:빗질하다 verse:숙달한, 정통한 sorcery:마술 conjuring:마법

기르다는 그녀에게 모든 것을 이야기했다. 그 할머니는 기르다의 머리를 쓰다듬으며 "흠! 흠!" 소리를 냈다. 기르다가 그녀에게 모든 것을 이야기하고 혹시 케이를 보지 못했느냐고 물어 보자, 할머니는 그가 이곳을 지나가지는 않았지만, 이 근처에 있고 괜찮을거라고 말했다. 기르다는 이제 더이상 슬퍼할 필요가 없었다. 체리를 맛보고 꽃을 쳐다봤다. 그 꽃들은 어떤 그림책의 꽃들보다 아름다웠고 꽃마다 완전한 내력을 이야기할 수 있었다. 그녀는 기르다의 손을 잡았다. 그들이 작은 집으로 들어가자 할머니는 문을 잠궜다.

창문은 매우 높았고, 유리창은 빨갛고, 파랗고, 노란 색이었다. 햇빛은 여러 색깔로 그곳을 매우 신기하게 비추었다. 탁자 위에는 아주 예쁘게 생긴 체리가 있었다. 기르다는 대담하게도 먹고 싶은 만큼 실컷 먹었다. 그리고 그녀가 먹는 동안에, 그 할머니는 그녀의 머리를 황금 빗으로 빗겨 주었다. 노란 머리카락은 곱슬곱슬했고 둥글고 장미를 닮은 사랑스러운 작은 얼굴의 매우 아름답게 빛났다.

"나는 정말 너처럼 이렇게 귀여운 어린 소녀를 간절히 바라왔단다." 할머니가 말했다. "이제 너는 우리 둘이 얼마나 잘 살아 나갈 수 있을지 알게 될거야!" 할머니가 그녀의 머리를 빗겨 주는 동안 그녀는 소꿉 친구인 케이를 잊어버렸다. 할머니가 숙달된 마법을 부렸기 때문이다. 하지만, 사악한 마술을 하지는 않았다. 그녀는 단지 즐거움을 위해 약간의 마술을 할 뿐

사악한: 도리에 어긋나고 악독함.

at all the rosebushes, and no matter how beautifully they were blooming, they sank down into the black earth, and no one could see where they had stood. The old woman was afraid that when Gerda saw the roses, she would think of her own and then remember little Kay and run away.

Now she led Gerda out in the flower garden. My, how fragrant and lovely it was here! Every conceivable flower, for every season of the year, stood here blooming magnificently. No picture book could be gayer or lovelier. Gerda sprang about for joy and played until the sun went down behind the tall cherry trees. Then she was given a lovely bed with red silken coverlets they were stuffed with blue violets, and she slept there and dreamed as delightfully as any queen on her wedding day.

The next day she could again play with the flowers in the warm sunshine and so many days passed. Gerda knew every flower, but no matter how many there were, it still seemed to her that one was missing. But which one it was she didn't know. Then one day she was sitting, looking at the old woman's sun hat with the painted flowers on it, and the prettiest one of all was a rose. The old woman had forgotten to take it off the hat when the other flowers had

---

run away:달아나다 fragrant:향기로운 gayer:호쾌 sorceress:여자 마법사 conjuring:마술 conceivable:상상할 수 있는 stuffed with:~으로 채워진

이었다. 이제 그녀는 어린 기르다와 함께 살기를 매우 원했다. 그녀는 정원으로 나가서 그녀의 휘어진 지팡이로 모든 장미 덤불을 쳐냈다. 그것들이 아무리 아름답게 피어 있다고 하더라도, 검은 땅 속으로 들어가버려 아무도 볼 수 없었다. 할머니는 기르다가 장미를 보면 그녀의 장미들을 생각하게 되고 그러면 케이를 생각하게 되어 가버릴까 두려워했다.

그녀는 기르다를 꽃이 있는 정원에서 데리고 나왔다. 아! 여기에 있는 꽃들은 얼마나 향기롭고 아름다운가! 상상할 수 있는 모든 꽃들이, 일년 내내 여기서 화려하게 만개했다. 정원은 어떤 그림책보다도 더욱 기쁘고 사랑스러웠다. 기르다는 기쁨에 넘쳐 여기저기 돌아다니고 키가 큰 체리 나무 뒤에서 해가 질 때까지 놀았다. 그리고 그녀는 푸른색 제비꽃으로 채워진 붉은 비단 침대보가 있는 멋진 침대를 받았다. 그녀는 그곳에서 잠을 잤는데 어떤 결혼식 날의 여왕에 못지 않은 즐거운 꿈을 꾸었다.

다음날도 그녀는 역시 따뜻한 햇볕 아래에서 꽃과 함께 놀았고 많은 날이 그렇게 흘러갔다. 기르다는 모든 꽃을 알게 되었다. 그러나 그곳에 꽃이 아무리 많다 하더라도, 그녀는 뭔가 한 가지가 빠진 것 같았다. 하지만 그것이 무엇인지 그녀는 알지 못했다. 그러던 어느 날 그녀는 꽃 그림이 그려진 햇빛 가리는 할머니의 모자를 쳐다보며 앉아 있었는데, 그 중 가장 아름다운 것은 장미였다. 할머니는 장미꽃들을 땅속으로 묻어 버릴

만개:꽃이 한꺼번에 활짝 핌.

sunk down in the ground. But that's the way it goes when one is absentminded.

"What?" said Gerda. "Aren't there any roses here?" And she ran in among the flower beds, searching and searching; but her hot tears fell on the very spot where a rosebush had sunk, and as the warm tears moistened the ground the tree suddenly shot up as full of blossoms as when it had sunk. And Gerda threw her arms around it, kissed the roses, and thought of the lovely roses at home and of little Kay.

"Oh, how I've been delayed !' said the little girl. "Why, I was going to find Kay! Don't you know where he is?" she asked the roses. "Do you think he's dead and gone?"

"He's not dead," said the roses. "To be sure, we've been in the ground, where all the dead are, but Kay wasn't there."

"Thank you!" said little Gerda, and she went over to the other flowers and looked into their chalices and asked: "Don't you know where little Kay is?"

But each flower was standing in the sunshine and dreaming of its own fairy tale or history; little Gerda was told so very many of these, but no one knew anything about Kay.

---

absentminded:정신이 나간 moisten:축축하게 하다 shoot up:자라나다 be delay:늦다, 지체하다 chalice:잔 모양의 꽃 fairy:요정

때 모자에 있는 장미 그림을 없애는 것을 잊어버렸다. 그것은 사람이 정신없을 때 흔히 있는 일이었다.

"무엇이죠?" 기르다는 말했다. "여기에 장미는 없나요?" 그리고 그녀는 화단 사이로 달려가 찾고 또 찾았다. 그녀의 뜨거운 눈물이 장미 덤불이 묻힌 바로 그 자리에 떨어져서 따뜻한 눈물이 땅에 수분을 공급하자 나무들은 갑자기 땅 속에 묻히기 전처럼 자라서 활짝 꽃을 피웠다. 기르다는 장미를 안고서 입을 맞추었다. 순간 집에 있는 사랑스러운 장미와 케이가 생각났다.

"아, 내가 너무 많이 지체했어!" 작은 소녀는 말했다. "나는 케이를 찾으려 가던 중이었어요! 당신들은 그가 어디에 있는지 알고 있나요? 그녀는 장미에게 물었다. "당신들은 그가 죽어버렸다고 생각하나요?"

"그는 죽지 않았어요." 장미는 대답했다. "확실히, 우리는 땅 속에 있었어요. 그 곳엔 모든 죽은 것들이 있지요. 하지만 케이는 그곳에 없었어요."

"고마워요!" 기르다는 말했다. 그리고 그녀는 다른 꽃들에게로 가서 꽃을 쳐다보며 물었다. "당신들은 케이가 어디 있는지 알고 있나요?"

하지만 꽃들은 햇볕 아래 서 있으면서 그 자신의 동화 이야기나 과거에 대한 꿈을 꾸고 있었다. 기르다는 매우 많은 꽃들에게 질문을 했지만 아무도 케이에 대해 알고 있지 않았다.

And then what did the tiger lily say?

"Do you hear the drum? Boom! Boom! There are only two notes- always 'Boom! Boom!' Listen to the dirge of the women! Listen to the cry of the priests! In her long red kirtle, the Hindu wife stands on the pyre, as the flames leap up about her and her dead husband. But the Hindu wife is thinking of the one still alive here in the ring, the one whose eyes burn hotter than the flames, the one whose burning eyes come closer to her heart than the flames that will soon burn her body to ashes. Can the flames of the heart die in the flames of the pyre?"

"I don't understand that at all!" said little Gerda.

"That's my story!" said the tiger lily.

What does the convolvulus say?

"Overhanging the narrow mountain trail is an old baronial castle; the thick periwinkles grow up around the ancient red walls, leaf for leaf about the balcony, and there stands a lovely girl. She leans out over the balustrade and peers at the road. No rose hangs fresher on its branch than she. No apple blossom borne by the wind from the tree is more graceful than she; how the magnificent kirtle rustles! 'Isn't he coming after all!' "

"Is it Kay you mean?" asked Little Gerda.

---

note:음(音) dirge:애도가 priest:사제, 신부 kirtle:여자용 치마 pyre:화장용 장작더미 leap up:뛰어오르다 tiger lily:참나리 convolvulus:나팔꽃 baronial:남작 영지의 periwinkle:협죽도과의 식물 balustrade:난간 rustle:바스락거리다 kirtle:옷자락

그러면 참나리는 무슨 말을 했을까?

"너는 북소리를 알아 듣니? 쿵! 쿵! 그것에는 단지 두 개의 음이 있지, 언제나 쿵! 쿵! 여인의 애도가를 들어봐! 사제의 탄원을 들어봐! 길고 붉은 색의 치마를 입은, 힌두교도의 아내는 화장용 장작더미에 올라가 있고 불이 그녀와 죽은 남편 위로 넘실거리지. 하지만 그 힌두교도의 아내는 이 원에서 아직 살아남은 하나를 생각하고 있지. 눈은 불보다 뜨겁게 타오르고, 그 불타는 두 눈은 곧 그녀의 몸을 재로 만들어 버릴 화염보다 더욱 그녀의 마음에 다가오고 있어. 마음의 불길이 화장 불길 속에서 죽을 수 있을까?"

"나는 그것을 전혀 이해할 수 없어!" 기르다는 말했다.

"그것이 나의 이야기야!" 참나리는 말했다.

나팔꽃은 무슨 말을 했는가?

"좁은 산줄기에 걸려 있는게 남작의 영지에 있는 성이야. 빽빽한 협죽도과의 식물이 오래된 붉은 벽을 따라 자라고, 발코니에는 잎이 가득했지. 그리고 그곳에 사랑스러운 소녀가 서 있지. 그녀는 난간에 기대어 길을 쳐다보고 있어. 그녀보다 더 싱그럽게 가지에 매달린 장미는 없었지. 바람을 받으면 피게 되는 어떤 사과나무 꽃도 그녀보다 우아하지는 않아. 정말 멋진 옷자락이 바스락거렸어! '그는 결국 오지 않는구나'"

"그것이 케이라는 말이야?" 기르다는 물었다.

"나는 단지 나의 이야기, 나의 꿈에 대해 말하고 있는 거야."

애도가: 사람의 죽음을 슬퍼하는 사람.
사제: 주교와 신부

"I'm speaking only about my tale, my dream," replied the convolvulus.

What does the little snowdrop say?

"Between the trees the long board is hanging by ropes; it is a swing. Two lovely little girls their dresses are as white as snow, long green silken ribbons are fluttering from their hats sit swinging. Their brother, who is bigger than they are, is standing up in the swing. He has his arm around the rope to hold on with, for in one hand he has a little bowl and in the other a clay pipe; he is blowing soap bubbles; the swing is moving and the bubbles are soaring with lovely changing colors. The last one is still hanging to the pipe stem and bobbing in the wind; the swing is moving. The little black dog, as lightly as the bubbles, stands up on its hind legs land wants to get on the swing; it soars, the dog tumbles down with an angry bark, it is teased, the bubbles burst a swinging board, a picture of flying lather, is my song."

"It may be that what you tell is beautiful, but you tell it so sorrowfully and make no mention of Kay at all. What do the hyacinths say?"

"There were three lovely sisters, so ethereal and fine: one's kirtle was red, the second's was blue, the third's was

---

snowdrop:아네모네 swing:그네 futter:당황하다 bowl:공을 굴리다 clay:찰흙 soap bubble:비누거품 bob:움직이다 stem:줄기 hind legs:뒷다리 tumble:넘어지다 lather:비누거품 ethereal:가뿐한

나팔꽃은 대답했다.

작은 아네모네는 무슨 말을 하는가?

"나무 사이에 긴 판이 줄에 묶여 있지. 그것은 그네야. 사랑스러운 소녀 둘이 그네에 앉았는데 그들의 옷은 눈처럼 희고, 긴 녹색의 비단 리본은 그들의 모자에서 펄럭이고 있지. 그들보다 큰 오빠가 그네 위에서 서있어. 그는 팔을 줄에 둘러서 그네를 잡고, 한 손으로는 작은 그릇을 들고 있다. 다른 손으로는 점토로 만든 대롱을 가지고 서는 비누 방울을 불고 있지. 그네는 움직이고 있고 비누 방울은 아름다운 색깔들이 바뀌며 높이 날아올라 마지막 방울은 아직 대롱에 매달려서 바람에 움직여. 그네가 움직이고 있어. 비누 방울만큼이나 가볍고 작은 검은 개가 뒷다리로 서서 그네를 타려고 해. 개는 사납게 짖으면서 껑충 뛰었지만 굴러 떨어져. 개는 괴로워. 비누방울은 터져. 흔들거리는 그네, 날리는 비누 방울의 모습, 이것이 나의 노래지."

"네가 말한 건 아름다운 것 같아. 하지만 너는 매우 슬픈 투로 말했고 케이에 대해서는 아무런 말도 하지 않았어. 히야신스는 무슨 말을 하지?"

"세 명의 사랑스럽고, 매우 가날프고 상큼한 자매가 있었어. 첫째의 옷은 붉은 색이고, 둘째의 것은 푸른색, 그리고 셋째의 것은 완전히 흰색이었어. 손을 잡고 나란히 그들은 밝은 달빛에 조용한 호숫가에서 춤을 췄지. 그들은 꼬마 요정이 아니라

all white. Hand in hand they danced by the calm lake in the bright moonlight. They were not elfin maidens, but mortal children. There was such a sweet fragrance, and the maidens vanished in the forest. The fragrance grew stronger: three coffins in them lay the three lovely girls glided from the forest thicket across the lake. Fireflies flew twinkling about, like tiny hovering candles. Are the dancing maidens asleep or are they dead? The fragrance of the flowers says they are corpses. The evening bell is tolling for the dead!"

"You make me miserable," said little Gerda. "You have such a strong fragrance. It makes me think of the dead maidens. Alas, is little Kay really dead, then? The roses have been down in the ground, and they say no!"

"Dingdong," rang the hyacinth bells. "We're not ringing for little Kay; we don't know him. We're just singing our song, the only one we know!"

And Gerda went over to the buttercup, which shone out among the glistening green leaves. "You're a bright little sun!" said Gerda. "Tell me, if you know, where I shall find my playmate."

And the buttercup shone so prettily and looked back at Gerda. Which song, by chance, could the buttercup sing?

---

hand in hand:손을 잡고 나란히 elfin:꼬마 요정의 maiden:소녀 mortal:죽을 운명의 fragrance:향기 vanish:자취를 감추다 coffin:관 firefly:개똥벌레 twinkle:반짝임 hover:망설이다 corpse:시체 hyacinth:히야신스 buttercup:미나리아재비 glisten:반짝이다

인간의 아이들이었어. 그곳은 매우 달콤한 향기가 났고 소녀들은 수풀 속으로 사라졌어. 향기는 더욱 진해졌지. 세 명의 사랑스러운 소녀들이 누워 있는 세 개의 관들이 깊은 숲속의 호수를 가로질러 미끄러져 갔어. 개똥벌레들은 마치 흔들리는 작은 양촛불처럼 반짝이며 날아다녔어. 춤을 추던 소녀들은 잠이 들었을까? 아니면 죽었을까? 꽃향기는 그들이 시체라고 말해 주지. 저녁 종은 죽은 자들을 위한 종소리야!"

"너는 나를 비참하게 만들어." 기르다는 말했다. "너는 매우 강한 향기를 가지고 있지. 그 향기는 죽은 소녀를 생각나게 해. 아, 그럼 케이는 정말로 죽은 거야? 장미들은 지하에 간 적이 있는데 케이가 지하에 없다고 해."

"딩동" 히야신스는 종을 울렸다. "우리는 케이를 위해 종을 울리는 게 아니야. 우리는 그를 몰라. 우리는 단지 우리들이 알고 있는 유일한, 우리들의 노래를 부르는 것뿐이라고!"

그리고 기르다는 반짝이는 푸른 잎 사이에서 빛을 내고 있는 미나리아재비에게로 갔다. "너는 반짝이는 작은 태양이구나!" 기르다는 말했다. "만약, 네가 알고 있다면 내 소꿉친구가 어디 있는지 알려줘."

그리고 미나리아재비는 매우 아름답게 빛을 내면서 기르다를 돌아봤다. 마나리제비는 우연히 어떤 노래를 부를까? 그것 역시 케이에 관한 것은 아니었다.

"봄의 첫날에 하나님의 태양은 조그만 안마당에 아주 따뜻하

That wasn't about Kay, either.

"In a little yard Our Lord's sun was shining so warmly on the first day of spring. The beams glided down along the neighbor's white wall; close by grew the first yellow flowers, shining gold in the warm sunbeams. Old granny was out in her chair; the granddaughter the poor, beautiful serving maid was home on a short visit. She kissed her grandmother. There was gold, a heart of gold in that blessed kiss. Gold on the lips, gold on the ground, gold in the morning all around. See, that's my story!" said the buttercup.

"My poor old grandmother!" sighed Gerda. "Yes, she's probably grieving for me, just as she did for little Kay. But I'm coming home again, and then I'll bring little Kay with me. There's no use my asking the flowers. They know only their songs; they're not telling me anything." And then she tucked up her little dress, so as to be able to run faster, but the narcissus tapped her on the leg as she jumped over it. Then she stopped, looked at the tall flower, and asked, "Do you, by any chance, know something?" And she stooped all the way down to it. And what did it say?

"I can see myself! I can see myself!" said the narcissus.

---

beam:광선 granny:노파 tuck up:옷자락을 치켜 올리다 narcissus:수선화 tap:가볍게 두드리다, 똑똑치다 by any chance:혹시, 행여나

게 비친다. 햇빛은 이웃의 흰 벽을 따라 미끄러져 내린다. 벽 가까이 따뜻한 햇살속에서 황금빛을 발하며 노란 꽃들이 자란다. 늙은 노파는 자신의 의자에서 일어났고, 가난하고 아름다운 하녀인 손녀는 짧은 기간 동안 집을 방문했다. 그녀는 자신의 할머니에게 입맞췄다. 그 축복 받은 입맞춤에는 황금이 즉 황금과 같은 고결한 마음이 있었다. 입술 위에도 황금, 땅위에도 황금, 주위 모든 곳에 황금의 아침이었다. 자, 이것이 내 이야기야!" 미나리아재비는 말했다.

"불쌍한 나의 할머니!" 기르다는 한숨을 쉬었다. "그래, 할머니께서는 아마 나 때문에 슬픔에 잠겨 계실 거야, 케이 때문에 슬퍼하셨듯이. 하지만 난 꼭 집으로 다시 돌아갈거야. 그것도 케이를 데리고. 꽃들에게 물어 보는 건 아무런 소용이 없어. 그들은 단지 그들의 노래만 알 뿐이고 나에게 아무것도 말해 주지 않아." 그녀는 보다 빨리 뛰기 위해서 자신의 옷자락을 치켜올렸다. 하지만 그녀가 수선화를 넘어가려고 했을 때 수선화가 그녀의 다리를 톡톡 쳤다. 그녀는 멈추고 그 키 큰 꽃을 바라보며 물었다. "너는 혹시 뭔가를 알고 있니?" 그리고 그녀는 몸을 아래로 굽혔다. 수선화는 뭐라고 말했을까?

"나는 내 자신을 볼 수 있어! 나는 내 자신을 볼 수 있어!" 수선화는 말했다.

"오! 오! 나는 얼마나 향기로운가! 좁은 다락방 위에 옷을 반쯤 입은 춤추는 작은 사람이 있어. 그녀는 한 다리로 서 있

환상:실물이 없는데 있는 것처럼 느끼는 생각

"Oh! oh! How I smell! Up in the tiny garret, half dressed, stands a little dancer. Now she's standing on one leg, now on two! She kicks out at the whole world. She's only an optical illusion. She pours water from the teapot onto a piece of cloth she's holding. It's her corset. Cleanliness is a good thing. The white dress hanging on the peg has also been washed in the teapot and dried on the roof; she puts it on and the saffron-yellow kerchief around her neck. Then the dress shines even whiter. Leg in the air! See how she rears up on a stalk! I can see myself! I can see myself!"

"I don't care at all about that!" said Gerda. "That's not anything to tell me" And then she ran to the edge of the garden.

The gate was locked, but she wiggled the rusty iron hook, then it came loose and the gate flew open. And then little Gerda ran barefooted out into the wide world. She looked back three times, but no one came after her. At last she couldn't run anymore, and sat down on a big stone. And when she looked around her, summer was at an end. It was late autumn. You couldn't tell this at all inside the lovely garden, where the sun was always shining and flowers of every season were blooming.

---

garret:다락방 kick:차다 optical illusion:착시 teapot:찻병 corset:코르셋(여자용 속옷) peg:나무못 kerchief:목도리 saffron-yellow:샤프란 stalk:줄기 rear up:감당하기 힘들게 되다 wiggle:흔들다 barefooted:맨발로

었는데 지금은 두 다리로 서 있지! 그녀는 모든 세계에 반항해. 그녀는 단순히 시각적 환상일 뿐이야. 그녀는 물통으로 그녀가 쥐고 있는 옷에 물을 쏟아 붓지. 그것은 그녀의 속옷이야. 청결하다는 것은 좋은 것이야. 나무못에 걸려 있는 하얀 옷도 역시 물통물로 세탁되어 지붕 위에서 말려졌어. 그녀는 그것을 입고 샤프란 빛의 샛노란 목도리를 목에 둘렀어. 그러자 그 옷은 더욱 희게 보여. 발이 공중에 떴어! 그녀가 줄기에 달려 있는 것을 얼마나 힘들어하는지 봐! 나는 나 자신을 볼 수 있어! 나는 나 자신을 볼 수 있어!

"나는 네 말에 신경 쓰지 않아!" 기르다는 말했다. "나하고 상관있는 건 하나도 없잖아!" 그리고 나서 그녀는 정원의 가장자리로 달려갔다.

문은 잠겨 있었지만, 녹슨 철제 고리를 흔들자 느슨해져서 문이 열렸다. 기르다는 맨발로 넓은 세상으로 달려갔다. 소녀는 세 번 뒤를 돌아봤지만, 아무도 그녀를 뒤쫓아 오지 않았다. 마침내 그녀는 더이상 달릴 수 없게 되어, 커다란 바위 위에 주저앉았다. 그리고 자신의 주위를 돌아보니, 여름은 끝이 나 있었다. 늦가을이었다. 그 아름다운 정원 안에서는 태양이 언제나 빛났고, 모든 계절의 꽃들이 활짝 피었기 때문에 늦가을이라고 생각지도 못했다.

"세상에! 나보고 어떻게 감당하란 말이냐!" 기르다는 말했다.

환상: 실물이 없는데 있는 것처럼 느끼는 생각

"Heavens! How I've held myself up!" said little Gerda. "Why, it's autumn! I dare not rest!" And she got up to go.

Oh, how sore and tired her little feet were, and on all sides it looked cold and raw. The long willow leaves were quite yellow and dripping wet in the fog: one leaf fell after the other. Only the blackthorn bore fruit, but so sour that it puckered the mouth. Oh, how gray and bleak it was in the wide world!

FOURTH TALE

Gerda had to rest again. Then a huge crow hopped on the snow right in front of where she sat. For a long time it had been sitting looking at her and wagging its head. Now it said, 'Caw! Caw! Go da! Go da!' It wasn't able to say it any better. But it meant well by the little girl and asked where she was going all alone out in the wide world. Gerda understood the word 'alone' very well and felt rightly all that it implied. And so she told the crow the whole story of her life and asked if it hadn't seen Kay.

And the crow nodded quite thoughtfully and said, "Could be! Could be!"

"What? Do you think so?" cried the little girl, and nearly squeezed the crow to death, she kissed it so.

---

sore:아픈, 쓰라린 raw:추운 willow:버드나무 dripping:물이 똑똑 떨어지는 blackthorn:자두나무 pucker:오므리다 gray:침울한 bleak:황량한 wag:흔들다 crow:까마귀 imply:의미하다 nod:끄덕이다 squeeze:꼭 껴안다 Go da:가라

"가을이야! 나는 쉴 수 없어!" 그리고 그녀는 가려고 일어섰다.

아, 그녀의 작은 발은 얼마나 고통스럽고 지쳤던가. 주위의 모든 것은 냉냉하고 차가웠다. 긴 버드나무의 잎들은 완전한 노랑색이었고, 안개 속에서 물이 뚝뚝 떨어졌다. 잎이 하나하나 떨어졌다. 단지 자두나무에만 열매가 열려 있는데, 너무 시어서 입이 오므라졌다. 아, 넓은 세상은 너무나 삭막하고 황량하다!

네 번째 이야기

기르다는 다시 쉬어야 했다. 그러자 커다란 까마귀가 그녀가 앉은 곳 바로 앞 눈 위로 깡충깡충 뛰어 왔다. 오랜 시간 동안 까마귀는 앉아서 그녀를 쳐다보며 자신의 머리를 흔들었다. 드디어 까마귀는 말했다. "까악! 까악! 기다! 기다!" 까마귀는 더 이상 말을 잘할 수 없었다. 하지만 그것은 그 작은 소녀에게 큰 의미가 되었다. 그는 이 넓은 세상에 그녀 혼자서 어디로 가려고 하는지 물어 보았다. 기르다는 '혼자'라는 단어를 잘 이해했고 그것이 의미하는 모든 것을 바로 느꼈다. 그리고 그녀는 까마귀에게 자신의 모든 이야기를 해 주며 그가 혹시 케이를 보지 못했는지 물었다.

까마귀는 생각에 잠긴 듯 머리를 끄떡끄떡 하더니 말했다. "본 것 같아! 본 것 같아!"

"Sensibly! Sensibly!" said the crow. "I think it could be little Kay. But now he's probably forgotten you for the princess!"

"Is he living with a princess?" asked Gerda.

"Yes, listen!" said the crow. "But it's hard for me to speak your language. If you understand crow talk, then I can tell it better."

"No, I haven't learned that," said Gerda. "But grandmother could, and she knew Double Dutch too. If only I'd learned it."

"No matter!" said the crow. "I' ll tell you as well as I can, but it'll be bad all the same." And then it told what it knew.

"In the kingdom where we are sitting now, there dwells a princess who is exceedingly wise. But then she has read all the newspapers there are in the world and forgotten them so wise is she. The other day she was sitting on the throne and that's not so much fun after all, they say. Then she started humming a song, the very one that goes: 'Why shouldn't I wed….'

"Listen, there's something to that!" she said, and then she wanted to get married. But she wanted a husband who was ready with an answer when he was spoken to. one

---

sensibly:침착하게 Double Dutch:통 알아들을 수 없는 말 dwell:살다 exceedingly:지나치게 throne:왕위 wed:결혼 get marry:결혼하다

"뭐? 너는 그렇게 생각해?" 작은 소녀는 소리쳤다. 그리고 까마귀를 죽어라 껴안고 입을 맞췄다.

"침착해! 침착하라고!" 까마귀는 말했다. "내 생각에는 그게 케이였을 거야. 하지만 지금 그는 공주 때문에 아마 너를 잊어버렸을 거야!"

"그는 공주랑 함께 살고 있니?" 기르다가 물었다.

"그래! 들어봐!" 까마귀는 말했다. "하지만 내가 네 말로 말하는 것은 힘들어. 네가 만약 까마귀 말을 알아들을 수 있으면, 더 잘 말해 줄 수 있어."

"아니, 난 너의 말을 배운 적이 없어." 기르다는 말했다. "하지만 할머니는 알아들으시거든 그리고 그녀는 통 알아들을 수 없는 말도 아셔. 내가 너의 말을 배우기만 했더라면."

"문제없어!" 까마귀는 말했다. "나는 가능한 한 네게 잘 말해줄게. 하지만 그래도 똑같이 알아듣기에 나쁠 거야." 그리고 나서 그는 자신이 아는 것을 말했다.

"우리가 지금 앉아 있는 이 나라의 궁전에 아주 지혜로운 공주가 살고 있어. 하지만 그녀는 세상에 있는 모든 종류의 신문을 읽고 그것을 모두 잊어 버리니 얼마나 현명해. 어느날 그녀는 왕좌에 앉아 있었는데 그것은 결국 별로 재미가 없다고들 하지. 그리고 그녀는 노래를 부르기 시작했지. 바로 이렇게 시작되는 노래야. '왜 나는 결혼해서는 안 되나….'

왕좌: 임금이 앉는 자리

who didn't just stand there looking aristocratic, because that' s so boring. Now she got all her ladies-in-waiting together, and when they heard what she wanted, they were so pleased.

"I like that!" they said. "That' s just what I was thinking the other day! You can believe every word I say is true," said the crow. "I have a tame sweetheart who walks freely about the castle, and she has told me everything!"

Naturally this was a crow too, for birds of a feather flock together, and one crow always picks another.

"The newspapers came out right away with a border of hearts and the princess' monogram. You could read for yourself that any young man who was good-looking was free to come up to the castle and talk to the princess. And the one who talked in such a way that you could hear he was at home there, and talked the best, he was the one the princess would take for a husband! Well, well!" said the crow. "You can believe me, it's as true as I'm sitting here, people came in swarms. There was a jostling. and a scurrying, but it didn't prove successful, neither on the first day nor on the second. They could all talk well when they were out in the street, but when they came in the castle gate and saw the guards in silver and the lackeysin gold

---

aristocratic:귀족적인 boring:지겨운, 따분한 lady-in-wating:시녀 tame:길들여진 naturally:당연히 pick:고르다 border:가장자리 monogram:모노그램(성명의 첫 글자 따위를 도안하여 짜맞춘 글자) in swarms:떼지어 jostling:밀치기 scurry:급히 가다 lackey:제복을 입은 하인 guard:보호하다

"그래, 결혼은 대단한 거야!"라고 그녀는 말하고선, 결혼하기로 결심했어. 하지만 그녀는 말을 걸 때마다 대답을 해 줄 준비가 되어 있는 그런 남편을 원했어. 단지 거기에서 귀족처럼 서 있기만 하지 않는 사람을 말이야. 왜냐하면 말없이 뽐내며 서 있는 사람은 따분하거든. 그녀가 시녀들을 모두 모아 놓고 그녀가 무엇을 원하는지를 말했을 때, 그들은 매우 기뻐했어.

"찬성해요." 그들은 말했어. "그런 사람이 바로 저희가 항상 생각하고 있었던 사람이예요." 너는 내가 말하는 게 전부 사실이라고 믿어도 돼." 까마귀는 말했다. "성을 자유로이 걸어다니는 내 애인 까마귀가 나에게 모든 것을 이야기해 줬어!"

원래 유유상종이므로, 당연히 이 까마귀 또한 까마귀여서 언제나 같은 까마귀를 고르기 마련이다.

"신문은 바로 나왔는데 놀라운 기사와 공주의 모노그램이 실려 있었어. 잘 생긴 젊은 남자는 누구나 자유로이 성으로 들어와 공주와 이야기를 나눌 수 있다는 것을 신문에서 읽을 수 있었지. 그리고 성안에서 편안한 느낌으로 이야기를 할 수 있고 최상으로 말할 수 있는 사람, 바로 그런 사람이 바로 공주가 남편 감으로 선택하려는 사람이야! 자, 자!" 까마귀는 말했다. "너는 내 말을 믿어도 돼. 내가 여기에 앉아 있는 것과 마찬가지로 사실이야. 사람들이 떼지어 왔어. 떼지어 종종걸음으로 몰려왔지만, 역시 성공적이지 못했어. 첫째 날과 마찬가지로 둘째

유유상종: 같은 종류끼리 서로 사귐
모노그램: 성명의 첫 글자를 도안해서 맞춘 글자

up along the stairs, and the great illuminated halls, then they were flabbergasted. And if they stood before the throne where the princess was sitting, they didn't know of a thing to say except for the last word she had said, and she didn't think much of hearing that again. It was just as if people in there had swallowed snuff and fallen into a trance until they were back out in the street. Yes, then they were able to speak. There was a line all the way from the city gate to the castle. I was inside to look at it myself!" said the crow. "They became both hungry and thirsty, but from the castle they didn't get so much as a glass of lukewarm water. To be sure, some of the smartest had taken sandwiches with them, but they didn't share with their neighbor. They thought, 'Only let him look hungry, then the princess won't take him!' "

"But Kay! Little Kay!" said Gerda. "When did he come? Was he among the multitude?"

"Give me time! Give me time! Now we're just coming to him. It was the third day. Then a little person, without horse or carriage, came marching dauntlessly straight up to the castle. His eyes shone like yours; he had lovely long hair, but shabby clothes."

"That was Kay!" Gerda shouted jubilantly. "Oh, then

---

flabbergasted:당황한 snuff:향기 trance:황홀한 경지 lukewarm:미지근한 share:몫 multitude:군중 carriage:마차 dauntlessly:용감하게 shabby:초라한 jubilantly:기쁨에 차서

날도 그랬어. 그 사람들은 모두 길거리에서는 말을 잘 하지만, 그들이 성문에 들어와, 번쩍거리는 호위병들을 보고, 계단위로 쭉 금빛으로 빛나는 제복을 입은 하인을 보고, 눈부시게 빛나는 홀을 보면, 그들은 모두 당황하게 되었지. 그리고 그들이 공주가 앉아 있는 왕좌 앞에 서게 되면, 공주가 말한 마지막 단어 이외에는 아무 할 말이 생각이 나지 않았고, 그녀는 그것을 다시 듣는 것에 대해 무관심했어. 그것은 마치 거기에 있는 사람들이 향기 나는 것을 삼키고는 다시 길거리로 나올 때까지 황홀한 기운에 빠져 있는 것 같았지. 그래, 그렇게 길에 나온 후에는 그들은 말을 할 수 있었어. 도시의 문에서 성까지는 제법 먼 거리야. 나는 그것을 직접 보기 위해 성 안에 있었어!" 까마귀는 말했다. "그들은 굶주리고 목이 마르게 되었지만 성 안에서 그들은 미지근한 물 한 잔도 얻지 못했어. 확실히, 샌드위치를 가져온 똑똑한 누군가는 그것을 먹지만, 그들의 동료들에게는 주지 않는 거야. 그들은 이렇게 생각한 거지. '그가 굶주려 보이면, 공주는 그를 선택하지 않을 거야!'" 라고.

"하지만 케이! 케이는!" 기르다는 말했다. "그는 언제 나오는 거야? 그가 군중 가운데 있는 거야?"

"잠깐만! 내게 시간을 좀 줘! 이제 내가 막 그에 대한 이야기를 하려고 하잖아. 셋째 날이었어. 그때 한 자그마한 사람이 말이나 수레도 없이 용감하게 걸어와서 성 앞에 섰어. 그의 눈

I've found him!" And she clapped her hands.

"He had a little knapsack on his back!" said the crow.

"No, that was probably his sled," said Gerda, "for he went away with the sled!"

"That's very likely!" said the crow. "I didn't look at it so closely! But I do know from my tame sweetheart that when he came in through the castle gate and saw the bodyguard in silver and the lackeys in gold up along the stairs, he didn't lose heart a bit. He nodded and said to them, 'It must be boring to stand on the steps, I'd rather go inside!' There the halls were ablaze with light. Privy councillors and excellencies were walking about barefoot, carrying golden dishes. It was enough to make one solemn. His boots were creaking so terribly loudly, but still he didn't become frightened."

"That certainly is Kay!" said Gerda. "I know he had new boots. I've heard them creaking in Grandmother's parlor."

"Well, creak they did!" said the crow. "But nothing daunted, he went straight in to the princess, who was sitting on a pearl as big as a spinning wheel. And all the ladies-in-waiting, with their maids and maids maids, and all the gentlemen-in-waiting, with their menservants and

---

clap:박수를 치다 knapsack:배낭 sled:썰매 tame:길들여진 sweetheart:애인 nod:고개를 끄덕이다 ablaze:타오르는 privy councillor:사적인 고문관 excellency:고관 solemn:엄숙하게 creak:삐직거리다 parlor:응접실 spin:질주

은 너처럼 빛났고, 아름다운 긴 머리카락을 가지고 있었지만 초라한 옷을 입고 있었지."

"그건 케이야!" 기르다는 기쁨에 넘쳐 외쳤다. "아, 이제 그를 찾았구나!" 그녀는 손뼉을 쳤다.

"그는 작은 배낭을 등에 매고 있었어!" 까마귀는 말했다.

"아냐, 그건 아마 그의 썰매였을 거야." 기르다는 말했다. "왜냐 하면 그는 썰매와 함께 사라졌거든!"

"아주 비슷해!" 까마귀는 말했다. "나는 그것을 그리 가까이에서 보지 않았거든! 하지만 내가 나의 애인을 통해 확실히 알고 있는 것은, 그가 성문을 통해 들어올 때나, 은빛 호위병들을 보았을 때나, 계단에 있는 금빛으로 빛나는 하인들을 보았을 때도, 그는 조금도 당황하지 않았어. 그는 고개를 끄덕이고 그들에게 말했지 '발을 맞추는 것은 귀찮은 일일 테니, 차라리 내가 들어가지!' 홀은 불빛으로 빛나고 있었어. 개인 고문관과 고관들이 맨발로 걸어다니며 황금 접시를 나르고 있었어. 그것은 사람을 엄숙하게 만들기에 충분했어. 그의 장화가 매우 심하게 삐걱거리는 소리를 냈지만, 그는 여전히 두려워하지 않았어."

"틀림없이 케이야!" 기르다는 말했다. "그가 새로운 장화를 신고 있다는 것을 알아. 그리고 나는 할머니의 응접실에서 장화가 삐걱거리는 소리를 들은 적이 있어."

"그래, 그건 정말 삐걱거렸지!" 까마귀는 말했다. "하지만 조

고문관: 자문에 응하여 의견을 말하는 직위에 있는 관리

menservants' menservants who kept a page boy, stood lined up on all sides. And indeed the closer they stood to the door, the haughtier they looked. And the menservants' menservants' boy, who always goes about in slippers, is hardly to be looked upon at all, so haughtily does he stand in the door."

"That must be horrible!" said little Gerda. "And yet Kay has won the princess?"

"If I hadn't been a crow, I'd have taken her despite the fact that I'm engaged. He's supposed to have spoken just as well as I speak when I speak crow talk. I have that from my tame sweetheart. He was dauntless and charming; he hadn't come to woo at all, only to hear the princess' wisdom; and he found that to be good, and she found him to be good in return."

"Of course! That was Kay!" said Gerda. "He was wise. He could do Mental Arithmetic with fractions! Oh, won't you take me into the castle?"

"Well, that's easily said," said the crow, "but how are we going to do it? I shall speak to my tame sweetheart about it. I daresay she can advise us, although I must tell you that a little girl like you will never be allowed to come in the proper way."

---

nothing daunted:조금도 굴하지 않고 page boy:심부름 하는 아이 line up:일렬로 늘어서다 haughtily:도도하게 engaged:약혼한 woo:사랑을 고백하다 fraction:분수 Mental Arithmetic:암산

금도 굴하지 않고, 그는 공주에게로 곧장 갔어. 그녀는 돌아가는 바퀴처럼 커다란 진주에 앉아 있었지. 모든 시녀들과 그 시녀의 시녀와, 모든 시종과 시종들의 하인과 하인들의 하인들이 심부름하는 아이들까지 거느리고 양 옆에 쭉 서 있었지. 그들은 문 쪽에 가깝게 서 있을수록 더욱 거만하게 보였지. 거의 언제나 슬리퍼를 신고 돌아다니는, 시종의 시종인 소년은 거의 보이지 않았는데, 왜냐하면 그가 문가에 너무나 건방지게 서 있었기 때문이야.

"끔찍했겠군!" 기르다는 말했다. "케이는 공주와 결혼했어?"

"만약 내가 까마귀가 아니었다면, 비록 내게 약혼자가 있어도, 그녀를 선택했을 거야. 내가 까마귀의 말을 잘하는 것처럼 그 사람도 말을 잘해야만 했었지. 나는 내 애인에게서 들었어. 그는 용감했고 매력적이었어. 그는 사랑 고백은 전혀 하지 않고, 단지 공주의 이야기만을 들었지. 그리고 그는 공주의 이야기가 훌륭하다는 것을 알았고, 그녀 역시 그가 훌륭하다는 것을 알게 되었지."

"물론, 그건 케이야!" 기르다는 말했다. "그는 총명해. 그는 분수를 포함한 암산을 할 줄 알아! 아, 너는 나를 성 안으로 들여보내 줄 수 있겠니?"

"음, 그건 말은 쉬운데," 까마귀는 말했다. "하지만, 어떻게 성 안으로 들어가지? 내 애인에게 말해 볼게. 너처럼 작은 소

"Oh, yes, so I will!" said Gerda. "As soon as Kay hears I'm here he'll come right out and fetch me."

"Wait for me by the stile there!" said the crow, wagging its head, and it flew away.

Not until it was late in the evening did the crow come back again. "Rah! Rah!" it said. "She asked me to give you her love! And here's a little loaf for you. She took it from the kitchen, and there's bread enough there, and you're probably hungry. It's impossible for you to come into the castle. Why, you're barefoot. The guard in silver and the lackeys in gold wouldn't allow it, but don't cry. You'll come up there after all. My sweetheart knows of a little back stairway that leads to the royal bedchamber, and she knows where to get hold of the key!"

And they went into the garden, into the great avenue where the leaves fell one after the other; and when the lights were put out in the castle, one after the other, the crow led little Gerda over to a back door that stood ajar.

Oh, how little Gerda's heart was pounding with fear and longing! It was just as if she were going to do something wrong, and yet she only wanted to know whether it was little Kay. Indeed, it had to be him; she could picture vividly to herself his wise eyes, his long hair. She could

---

get hold of:~을 쥐다, 붙들다 avenue:길 put out:끄다 ajar:조금 열린 stile:넘어 다니기 위한 층계 vividly:선명하게 생생하게

녀는 적법한 방법으로는 들어갈 수 없지만 그녀가 우리를 도와 줄 수 있을 거라고 믿어."

"아, 그래, 제발!" 기르다는 말했다." 케이는 내가 여기 있다는 것을 듣자마자 나와서 나를 데려갈 거야."

"저기 있는 층계에서 나를 기다려!" 까마귀는 말하고, 머리를 흔들더니 날아가 버렸다.

저녁 나절에 까마귀는 다시 돌아왔다. "야호! 야호!" 그는 말했다. "그녀는 너의 안부를 물었어. 그리고 여기 너에게 주려는 빵이 있어. 그녀는 빵을 부엌에서 가져왔는데, 거기에는 빵이 많이 있어. 너는 아마 배가 고플 거야. 그리고 네가 성 안으로 들어가는 건 불가능해. 왜냐하면 넌 맨발이기 때문이야. 은빛 제복을 입은 호위병들과 금빛 제복을 입은 하인들이 그것을 허용하지 않을 거야. 하지만 울지마. 너는 결국 거기 에 가게 될 테니까. 내 애인이 왕실의 침실로 들어가는 비밀 계단을 알고 있고, 열쇠가 어디에 있는지도 알거든!"

그리고 그들은 정원으로 들어가, 나뭇잎이 하나 둘 떨어지는 큰길로 들어섰다. 그리고 성의 불이 하나 둘 꺼지자, 까마귀는 조금 열려 있는 뒷문으로 기르다를 데려갔다.

아, 기르다의 심장이 두려움과 갈망으로 얼마나 두근거렸겠는가! 그것은 마치 그녀가 무슨 나쁜 짓을 저지려는 것 같았다. 그녀는 그가 과연 케이인지 알기를 원했다. 진정 그것은 케

갈망: 간절히 바람

clearly see the way he smiled, as he did when they sat at home under the roses. Of course he would be glad to see her, and he would want to hear what a long way she had walked for his sake and learn how miserable everyone at home had been when he hadn't come back. Oh, how frightened and glad she was.

Now they were on the stairs; there was a little lamp burning on a cupboard. In the middle of the floor stood the tame crow, turning its head on all sides and regarding Gerda, who curtsied the way her grandmother had taught her.

"My fiance has spoken so nicely about you, my little miss," said the tame crow. "Your vita, as it is called, is also very touching! If you will take the lamp, then I will lead the way. We go here as the crow flies, so we don't meet anyone!

"It seems to me that someone is coming right behind me!" said Gerda, and something swished past her; it was just like shadows along the wall, horses with flowing manes and thin legs, grooms, and ladies and gentlemen on horseback.

"It's only the dreams!" said the tame crow. "They come to fetch the royal thoughts out hunting. It's a good thing,

---

sake:목적 regard:바라보다 curtsy:인사 fiance:약혼녀 vita:간단한 약력 touching:감동적인 swish:휙 지나가다 mane:갈기 fetch:이끌어내다 royal:왕실의

이일 것이다. 그녀는 그의 총명한 눈과 그의 긴 머리카락을 생생하게 연상해 낼 수 있었다. 그녀는 장미 아래에서 그가 미소짓는 모습을 분명히 기억했다. 물론 그도 그녀를 보면 기뻐할 것이고, 그녀가 그를 찾기 위해 걸어온 먼 길에 대한 이야기를 듣고 싶어 할 것이고, 집안 사람들 모두가 그가 돌아오지 않아서 얼마나 비탄에 빠진 나날들을 보내고 있는지 알고 싶어 할 것이다. 아, 그녀가 얼마나 두려워하고 한편으로는 기뻐했겠는가.

이제 그들은 계단에 있었고, 선반 위에서는 작은 램프가 타오르고 있었다. 층계의 중간에는 자신의 머리를 기르다 쪽으로 돌리고 있는 까마귀가 있었는데, 그녀는 할머니가 가르쳐 준 방법대로 인사를 했다.

"내 약혼자가 당신에 대해 아주 좋게 말했어요, 아가씨." 까마귀는 말했다. 소위 말하는 당신의 약력도 매우 감동적이었어요! 당신이 램프를 들면, 내가 길을 안내할게요. 우리는 이곳을 마치 까마귀가 날듯이 가서, 아무도 만나지 않아요!"

"누군가가 내 등뒤에 따라오는 것 같아요!" 기르다는 말했다. 무엇인가가 그녀 뒤로 휙 지나갔다. 그것은 마치 벽에 비친 그림자 같았는데, 휘날리는 갈기와 날씬한 다리를 가진 말과, 마부와 말 등에 탄 남자와 여자처럼 보였다.

"그건 단지 환상이예요!" 까마귀는 말했다. "사랑에 대한 왕

갈기: 말, 사자 따위의 목덜미에 난 긴 털

for then you can have a better look at them in bed. But if you do come into favor, see to it then that you reveal a grateful heart!"

"Why, that's nothing to talk about!" said the crow from the woods.

Now they entered the first hall. The walls were covered with rose-red satin and artificial flowers. Here the dreams were already sweeping past them, but they went so fast that Gerda didn't catch a glimpse of the royal riders. Each hall was more magnificent than the last– indeed it was enough to made one astonished–and now they were in the bedchamber. The ceiling in here was like an enormous palm tree with leaves of glass, costly glass. And in the middle of the floor, hanging from a stalk of gold, were two beds that looked like lilies. One of them was white and in it lay the princess. The other was red, and it was in this one that Gerda was to look for little Kay. She bent one of the petals aside, and then she saw the nape of a brown neck. Oh, it was Kay! She shouted his name quite loudly and held the lamp up to him. The dreams on horseback rushed into the room again he awoke, turned his head, and it wasn't little Kay.

Only the prince's nape of the neck resembled little

---

grateful:감사하는, 고마워하는 stain:흔적 artificial:인공으로 만든 sweeping:철저한 glimpse:흘낏봄 rider:타는 사람 astonish:놀라게 하다 bedchamber:침실 ceiling:천장 palm tree:야자나무 nape of the neck:목덜미 stalk:줄기

실의 생각을 이끌어내는 거예요. 그것은 좋은 것이죠. 왜냐하면 그러면 당신은 꿈속에서 그들을 보다 좋게 볼 수 있으니까요. 하지만 만약 당신이 즐겁게 들어오면, 당신은 감사하는 마음을 보여주어야 해요!"

"물론? 그것은 말할 필요가 없어요!" 숲속에서 까마귀가 말했다.

이제 그들은 첫 번째 홀에 들어갔다. 벽은 붉은 장미빛 비단과 인공으로 만든 꽃들로 덮혀 있었다. 이제 환상은 이미 그들을 지나쳐 갔지만, 그들은 너무 빨라서 기르다는 황실을 잠깐 동안도 보지 못했다. 각각의 홀은 이전 것보다 훨씬 아름다웠고 그것은 깜짝 놀랄 만했다. 그들은 침실로 왔다. 침실의 천장은 값비싼 유리 잎이 있는 커다란 야자나무 같았다. 황금의 대에 걸려 있는, 바닥의 중간에는, 백합처럼 보이는 두 개의 침대가 있었다. 그 중 하나는 흰색이었고 공주가 누워 있었다. 나머지 하나는 붉은 색이었고 기르다는 케이를 찾기 위해 그 안을 들여다보았다. 그녀는 꽃잎 중의 하나를 옆으로 구부려 갈색의 목덜미를 보았다. 아, 그것은 케이였다! 그녀는 그의 이름을 매우 크게 외쳤고, 가지고 있던 램프로 그를 비쳤다. 말등에 탄 꿈이 다시 쏜살같이 방으로 왔고 그는 깨어났으며, 그의 머리를 돌렸고…. 그것은 케이가 아니었다.

단지 왕자의 목덜미만이 케이와 비슷했을 뿐이었다. 그는 젊

Kay's, but he was young and handsome. And from the white lily bed the princess peeped out and asked what was wrong. Then little Gerda cried and told her whole story and all that the crows had done for her.

"You poor little thing!" said the prince and princess. And they praised the crows and said that they weren't angry at them at all. But still they weren't to do it often. In the meantime' they were to be rewarded.

"Do you want to fly away free?" asked the princess. "Or would you rather have permanent posts as Court Crows-with everything that falls off in the kitchen?"

And both the crows curtsied and asked for permanent positions, for they were thinking of their old age, and said, "It's good to have something for a rainy day," as they called it.

And the prince got out of his bed and let Gerda sleep in it, and he could do no more. She folded her little hands and thought, "Indeed, how good people and animals are." And then she closed her eyes and slept so delightfully. All the dreams came flying back in, looking like God's angels, and they pulled a little sled and on it Kay sat and nodded. But they were only reveries, and for that reason they were gone again as soon as she woke up.

---

peep:짹하는 웃음소리 praise:숭배 curtiy:인사 in the meantime:이럭저럭하는 동안 post:직책 for a rainy day:곤란한 때에 대비해서 fold:구부리다, 포개다 reverie:꿈

고 잘생겼다. 그리고 흰 백합 침대에서 공주가 쳐다보더니 무슨 일이냐고 물었다. 그러자 기르다는 울음을 터뜨리더니 공주에게 자신의 이야기와 까마귀가 자신에게 해 준 이야기를 했다.

"불쌍하기도 하지!" 왕자와 공주는 말했다. 그리고 그들은 까마귀들을 칭찬해 주며 전혀 화나지 않았다고 말했다. 하지만 그들은 그런 일이 자주 있는 것을 원치 않았다. 이럭저럭하는 동안 그들은 보답을 받게 되었다.

"너는 어디든 자유롭게 날아다니고 싶니?" 공주가 물었다. "부엌에서 나오는 모든 것을 가지는 궁전 까마귀라는 영구 직책을 가지고 싶니?"

그러자 두 까마귀는 인사를 한 후, 영구 직책을 원했다. 그들이 나이가 많아졌을 때를 대비하기 위해서였다. 그들은 "곤란한 때를 대비해서 무언가를 준비하는 것은 좋은 일이지요" 라며 그 책책을 받았다.

그리고 왕자는 그의 침대에서 나와서 기르다로 하여금 그곳에서 자게 했고, 그는 더 이상 할 수 있는 것이 없었다. 그녀는 자신의 작은 손을 포개며 생각했다. "얼마나 선량한 사람과 동물들인가." 그리고 나서 그녀는 눈을 감고 단잠에 빠져들었다. 신의 천사들처럼 보이는 꿈들은 뒤로 날아들었는데 그들은 작은 썰매를 밀고 있었으며 그 위에는 케이가 앉아서 머리를 끄

The next day she was clad from top to toe in silk and velvet. She was invited to stay at the castle and be in clover, but all she asked for was a little cart with a horse in front, and a pair of tiny boots. And then she wanted to drive out into the wide world and find Kay.

And she was given both boots and a muff. She was dressed so beautifully. And when she was ready to go, a new coach of pure gold was standing at the door. The coat of arms of the prince and princess shone from it like a star, and the coachman, footmen, and outriders for there were outriders too-sat wearing golden crowns. The prince and princess themselves helped her into the coach and wished her all good fortune. The crow from the woods, who was now married, accompanied her the first twelve miles. It sat beside her, for it couldn't stand to ride backward. The other crow stood in the gate and flapped its wings. It didn't go with them as it suffered from headaches, since it had been given a permanent post and too much to eat. The inside of the coach was lined with sugared pretzels, and in the seat were fruits and gingersnaps.

"Farewell ! Farewell!" shouted the prince and princess. And little Gerda cried and the crow cried-thus the first

---

from top to toe:머리부터 발끝까지, 온몸 전체 muff:머프(양손을 따뜻하게 하는 모피로 만든 외짝 토시 pretzel:일종의 비스켓 gingersnap:생강이 든 쿠키 cart:손수레 coach:역마차 pure:순수한 coachman:마부 outrider:(마차, 앞, 옆의)호위병 farewell:안녕(작별 인사할 때) footman:병졸

덕이고 있었다. 하지만 그것들은 단지 꿈에 불과해서 그녀가 잠에서 깨어나자마자 사라져 버렸다.

다음날 그녀는 비단과 벨벳으로 머리에서 발끝까지 감쌌다. 그녀는 왕궁에서 호화롭게 지내도록 초대받았지만, 그녀가 부탁한 것은 말이 끄는 수레와 작은 장화가 전부였다. 그리고 나서 그녀는 넓은 세상으로 케이를 찾아 떠날 것을 원했다.

그리고 그녀는 장화와 머프를 받았다. 그녀는 매우 아름답게 옷을 입었다. 그녀가 떠날 준비를 하니 순금으로 만든 새로운 마차가 문 앞에 서 있었다. 거기에서 왕자와 공주의 문장은 별처럼 빛났고, 마부와 병졸과 기마병들은 물론 기마 시종들도 역시 황금 관을 쓰고 있었다. 왕자와 공주는 그녀가 마차 안으로 들어가는 것을 도와 주었고 그녀에게 행운이 있기를 기원했다. 지금은 결혼한, 숲에서 온 까마귀는 그녀와 첫 12마일을 동행했다. 그는 갈 때 날아가면 돌아올 때 날아올 여력이 없으므로 그녀의 옆에 앉아 있었다. 나머지 까마귀는 성문 위에 앉아서 날개를 퍼덕였다. 그 까마귀는 영구 직책을 받아 먹을 것이 너무 많아지고, 또 두통을 앓고 있어서 그들과 함께 가지 않았다. 마차의 안쪽에는 설탕이 든 비스킷이 줄지어 있었고, 의자에는 과일과 생강이 든 쿠키가 있었다.

"안녕! 안녕!" 왕자와 공주는 소리쳤다. 기르다는 울었고 첫 12마일이 지났을 때 까마귀도 울었다. 그리고 까마귀는 역시

벨벳: 거죽에 고운 털이 나게 짠 비단
여력: 주된 일을 하고 아직 남아 있는 힘

miles passed. Then the crow also said farewell, and that was the hardest leave-taking of all.

It flew up into a tree and flapped its black wings as long as it could see the coach, which shone like the bright sunshine.

FIFTH TALE

They drove through the dark forest, but the coach shone like a flame; it hurt the eyes of the robbers and they couldn't stand that.

"It's gold! It's gold!" they cried, and rushing out, they grabbed hold of the horses, killed the little outriders, the coachman, and the footmen, and then they dragged little Gerda out of the coach.

"She's fat! She's sweet! She's been fattened on nut kernels!" said the old robber crone, who had a long bristly beard and eyebrows that hung down over her eyes. "That's as good as a little fat lamb. Oh, how good she'll taste!" And then she pulled out her burnished knife–and it glittered so horribly.

"Ow!" said the crone at the same moment; she had been bitten in the ear by her own little daughter, who hung on her back and was so wild and naughty that it was a joy to

---

coach:마차 hurt:자극하다 robber:도둑 outrider:기마시종 kernel:알맹이 eyebrow:눈썹 crone:쭈그렁할멈 bristly:빳빳히 털이 많은 burnish:빛나다 naughty:장난꾸러기의

안녕이라고 말했다. 그것은 가장 힘든 이별이었다. 까마귀는 나무 위로 올라가서 그 마차를 볼 수 있는 한 오랫동안 검은 날개를 퍼덕였다. 마차는 밝은 햇빛처럼 빛났다.

다섯 번째 이야기

그들은 어두운 숲을 통과했지만, 마차는 불꽃처럼 빛났다. 그것은 도둑의 눈을 자극했고, 도둑은 그것을 견딜 수 없었다.

"금이야! 금이야!" 그들은 소리치며 달려들어 말의 고삐를 낚아채고 작은 기마 시종과 마부와 호위병을 죽였으며 기르다를 마차 밖으로 끌고 나왔다.

"이 어린 여자 아이는 통통하고 예뻐! 틀림없이 견과류 알맹이를 먹고 살이 쪘을 거야!" 늙은 강도 할멈은 소리쳤는데, 그녀는 털이 긴 턱수염이 났고, 눈썹이 눈 위에서 늘어져 내렸다. "이건 살찐 어린양만큼이나 좋은데. 아, 그녀는 얼마나 맛있을까!" 그리고 나서 그녀는 자신의 윤이 나는 칼을 뽑았는데 그것은 섬뜩하게 번쩍였다.

"아!" 그 순간 할멈은 외쳤다. 할멈의 등에 업혀 있던 작은딸이 귀를 물어 뜯었다. 작은 딸은 매우 거칠고 장난꾸러기여서 지켜보고 있으면 재미있다. "요런 못된 개구쟁이가!" 그녀의 어머니는 외쳤으며 기르다를 죽일 시간을 놓쳐 버렸다.

"걔는 나랑 놀거야!" 작은 도둑 소녀는 외쳤다. "그 아이는

behold. "You nasty brat!" said the mother, and didn't have time to slaughters Gerda.

"She shall play with me!" said the little robber girl. "She shall give me her muff, her pretty dress, and sleep with me in my bed!" And then she bit her again, so the robber crone hopped in the air and whirled around, and all the robbers laughed and said, "See how she's dancing with her young!"

"I want to get in the coach!" said the little robber girl, and she would and must have her own way, for she was so spoiled and so willful. She and Gerda seated themselves inside, and then they drove, over stubble and thickets, deeper into the forest. The little robber girl was the same size as Gerda, but stronger, with broader shoulders and darker skin. Her eyes were quite black, and they looked almost mournful. She put her arm around little Gerda's waist and said, "They're not going to slaughter you as long as I don't get angry with you. I expect you're a princess?"

"No," said little Gerda, and told her everything she had gone through and how fond she was of little Kay.

The robber girl looked at her quite gravely, nodded her head a little, and said, "They're not going to slaughter you

---

nasty:못된 brat:개구쟁이 slaughter:죽이다 muff:토시 spoiled:버릇없이 자란 willful:고집이 센 stubble:그루터기 mournful:슬픔에 잠긴 go through:겪다 gravely:진지하게

토시와 예쁜 드레스를 나에게 줄 거고, 내 침대에서 나랑 함께 잘 거야!" 그리고 나서 그녀는 할멈의 귀를 다시 한번 깨물었고, 그래서 도둑 노파는 공중으로 펄쩍 뛰며 빙빙 돌았는데, 모든 도둑들은 이것을 보고 웃으며 말했다. "함멈이 어린 딸과 춤추는 것 좀 봐!"

"나는 마차에 탈 거야!" 작은 도둑 소녀는 말했다. 그녀는 원하는 대로 할 것이고 해야만 했다. 왜냐하면 그녀는 매우 버릇없이 자랐고 고집이 세었기 때문이다. 그녀와 기르다는 나란히 앉았고, 그들은 마차를 몰고 그루터기와 수풀을 지나 깊은 숲속으로 들어갔다. 작은 도둑 소녀는 기르다와 비슷한 크기였으나, 힘이 세고, 어깨가 넓었으며 검은 피부를 가지고 있었다. 그녀의 눈은 매우 검은 색이었고, 그것은 슬픔에 잠긴 것처럼 보였다. 그녀는 자신의 팔을 기르다의 허리에 감고 말했다. "그들은 내가 너에 대해서 화를 내지 않은 한 너를 죽이지 못할 거야. 너는 공주가 맞지?"

"아니야," 기르다는 말하고 그녀에게 자신이 여태껏 겪은 모든 이야기와 자신이 얼마나 케이를 좋아하고 있는지를 말해 주었다.

그 도둑 소녀는 그녀를 매우 진지하게 쳐다보더니, 고개를 조금 끄덕이고 말했다. "설령 내가 너에게 화를 낸다 할지라도 그들은 너를 죽일 수 없어. 그랬다가는 나도 그럴 테니까." 그

even if I do get angry with you– then I'll do it myself." And then she dried little Gerda's eyes and put both her hands in the beautiful muff that was so soft and so warm.

Now the coach came to a standstill. They were in the middle of the courtyard of a robber's castle. It had cracked from top to bottom. Ravens and crows flew out of the open holes, and huge ferocious dogs– each one looking as if it could swallow a man–jumped high in the air. But they didn't bark, for that was forbidden.

In the big old sooty hall a huge fire was burning in the middle of the stone floor. The smoke trailed along under the ceiling and had to see about finding its way out itself. Soup was cooking in an enormous brewing vat, and both hares and rabbits were turning on spits.

"You shall sleep here tonight with me and all my little pets!" said the robber girl. They got something to eat and drink and then went over to a corner, where straw and rugs lay. Overhead nearly a hundred pigeons were sitting on sticks and perches; they all seemed to be sleeping, but still they turned a bit when the little girls came.

"They're all mine," said the little robber girl, and quickly grabbed hold of one of the nearest, held it by the legs, and shook it so it flapped its wings. "Kiss it!" she cried,

---

come to a standstill:멈추다 ferocious:사나운 sooty:그을은 trail:길게 피어오르다 vat:큰 통 hare:산토끼(rabbit보다도 몸집과 귀가 크다) spit:쇠꼬챙이 perch:횃대 rug:융단

리고 나서 그녀는 기르다의 눈을 닦아주고 그녀의 양손을 부드럽고 따뜻한 아름다운 토시에 넣었다.

이제 마차가 멈췄다. 그들은 도둑들의 성의 영토 중앙에 있었다. 그것은 꼭대기부터 바닥까지 금이 가 있었다. 갈가마귀와 까마귀가 열린 구멍을 통해 날아들었고 사람도 삼킬 수 있을 것 같은 커다랗고 사나운 개들이 공중으로 높이 뛰었다. 하지만 그 개들은 짖지 않았다. 왜냐하면 그것은 금지되어 있기 때문이었다.

낡고 커다랗고 그을은 홀에서 커다란 난로가 돌마루 중간에서 타오르고 있었다. 연기는 천장 아래로 길게 피어올랐고 빠져나갈 곳을 찾아야만 했다. 스프는 커다란 양조통에서 만들어지고 있었고 산토끼와 집토끼가 쇠꼬챙이에 꽂혀 돌아가고 있었다.

"너는 오늘밤 이곳에서 나와 나의 모든 애완 동물들과 함께 자야 해!" 도둑 소녀는 말했다. 그들은 먹을 것과 마실 것을 약간씩 받은 후 수수와 융단이 깔려 있는 한쪽 모퉁이로 갔다. 머리 위쪽 가까운 곳에는 수많은 비둘기들이 막대와 횃대에 앉아 있었고, 그들은 모두 잠든 것처럼 보였지만, 작은 소녀가 다가올 때에는 몸을 조금 돌렸다.

"그것들은 모두 내 것이야." 작은 도둑 소녀는 말하고 나서, 가까이 있는 한 마리를 재빨리 잡아 다리를 움켜쥐고는 흔들었

and beat Gerda in the face with it. "There sit the forest rogues!" she went on, pointing behind a number of bars that had been put up in front of a hole in the wall high above. "They're forest rogues, those two! They fly away at once if you don't lock them up properly. And here stands my old sweetheart, baa!" And she pulled a reindeer-by the horns.

It had a bright copper ring around its neck and was tied up. "We always have to keep hold of him, or else he'll run away from us! Every single evening I tickle his neck with my sharp knife he's so afraid of it!" And the little girl drew a long knife out of a crack in the wall and ran it along the reindeer's neck. The poor animal lashed out with its legs, and the robber girl laughed and then pulled Gerda down into the bed with her

"Do you want to take the knife along when you're going to sleep?" asked Gerda, and looked at it a bit uneasily.

"I always sleep with a knife!" said the little robber girl. "One never knows what may happen. But tell me again now, what you told before about little Kay, and why you've gone out into the wide world." And Gerda told from the beginning, and the wood pigeons cooed up there in the cage; the other pigeons were asleep. The little rob-

---

rogue:악당 reindeer:순록 run away:달아나다 crack:틈새 tickle:간지럽히다 lash out with its legs:발길질하다 pigeon:비둘기

다. 비둘기가 날개를 퍼덕였다. "여기에 키스해!" 그녀는 외쳤고 비둘기로 기르다의 얼굴을 때렸다. "저기에 숲의 악당이 앉아 있어!" 그녀는 벽 위쪽 높게 있는 구멍의 앞에 올려져 있던 몇 개의 나무 막대를 가리키며 계속했다. "저 두 비둘기는 숲의 악당이야! 만약 네가 저 비둘기들을 잘 가두어 두지 않으면 저것들은 모두 날아갈 거야. 그리고 여기 나의 오랜 애완 동물이 있어, 매에!" 그리고 그녀는 순록의 뿔을 잡아끌었다.

빛나는 구리 테가 목에 걸려 있었고 묶여 있었다. "우리는 그들을 언제나 묶어 놓아야 해, 그렇지 않으면 도망가 버리지! 매일 밤마다 나는 순록의 목을 날카로운 칼로 간질이는데 순록은 그것을 매우 두려워해!" 그리고 작은 소녀는 긴 칼을 벽의 틈새에서 꺼냈고 그것을 순록의 목에 대었다. 불쌍한 동물은 발길질을 했고, 그 도둑 소녀는 웃고 나더니 기르다를 밀어 함께 침대로 들어갔다.

"너는 잠잘 때도 칼을 지니고 잘거니?" 기르다는 물었으며, 약간 불안한 눈으로 칼을 바라보았다.

"나는 언제나 칼을 지니고 잠을 자!" 작은 도둑 소녀는 말했다. "사람은 어떤 일이 닥칠지 알 수 없는 법이야. 네가 지난번에 케이에 대해 했던 이야기를 지금 다시 해 봐. 그리고 왜 너는 이 넓은 세상으로 나오게 되었는지도." 기르다는 이야기를 처음부터 시작했고 숲 비둘기가 새장에서 구구 하고 울었

ber girl put her arm around Gerda's neck, held the knife in her other hand, and slept so you could hear it. But Gerda couldn't shut her eyes at all: she didn't know whether she was going to live or die. The robbers sat around the fire, singing and drinking, and the robber crone turned somersaults. oh, it was quite a horrible sight for the little girl to look upon.

Then the wood pigeons said, "Coo! Coo! We have seen little Kay. A white hen was carrying his sled. He was sitting in the Snow Queen's carriage, which rushed low over the forest when we were in the nest. she blew on us squabs, and all died save the two of us. Coo! Coo!"

"What are you saying up there?" cried Gerda. "Where did the Snow Queen go? Do you know anything about that?"

"As likely as not she journeyed to Lappland. There's always snow and ice there. Just ask the reindeer, who stands tied with the rope."

"That's where the ice and snow are; that's a glorious and a grand place to be," said the reindeer. "That's where you can spring freely about in the great shining valleys. That's where the Snow Queen has her summer tent, but her permanent castle is up near the North Pole on the island they

---

turn somersault:재주를 넘다 squab:새끼 비둘기 save:~을 제외하고 nest:둥지
reindeer:순록 glorious:영광스러운 valley:계곡 tent:주택 텐트

다. 다른 비둘기는 잠을 자고 있었다. 작은 도둑 소녀는 팔을 기르다의 목에 감고, 다른 한 손으로는 칼을 쥐고 잠을 잤다. 하지만 기르다는 눈을 전혀 감을 수 없었다. 그녀는 자신이 죽을지 살지 알 수 없었다. 강도들은 난로 주위에 앉아서 노래하며 술을 마셨고 도둑 노파는 재주를 넘었다. 아, 그것은 작은 소녀가 보기에는 너무나 무서운 광경이었다.

그 때 숲 비둘기는 말했다 "구구! 우리는 케이를 본 적이 있어. 하얀 닭이 그의 썰매를 끌었지. 그는 눈의 여왕의 썰매에 앉아 있었는데, 썰매는 우리가 둥지 안에 있을 때, 숲 아래쪽으로 맹렬히 돌진했어. 그녀가 우리 새끼 비둘기를 불어서 우리들 중 둘을 제외하고는 모두 죽었어 구구!"

"너는 거기서 뭐라고 말하고 있니?" 기르다는 소리쳤다. "눈의 여왕이 어디로 갔어? 너는 그것에 관해 아는 게 있니?"

"그녀가 랩랜드로 갔을 것 같지는 않아. 그곳은 언제나 눈과 얼음뿐이야. 줄에 묶여 있는 순록에게 물어 봐."

"그곳은 얼음과 눈이 있는 곳이야. 그곳은 영광스럽고 영예로운 곳이야." 순록은 말했다. "그곳은 커다랗고 밝게 빛나는 계곡에서 네가 자유로이 뛸 수 있는 곳이야. 그곳은 눈의 여왕의 여름 별장이 있는 곳인데, 그녀의 영원한 성은 북극섬 근처에 있는데 사람들은 그곳을 스피츠베르겐이라고 부르지!"

"아, 케이, 케이!" 기르다는 한숨을 쉬었다.

call Spitzbergen!"

"Oh, Kay, little Kay!" sighed Gerda.

"Now you're to lie still!" said the robber girl. "Or else you'll get the knife in your belly!"

In the morning Gerda told her everything that the wood pigeons had said, and the robber girl looked quite grave, but nodded her head and said, "No matter! No matter! Do you know where Lappland is?" she asked the reindeer.

"Who should know that better than I do?" said the animal, and its eyes danced in its head. "That's where I was born and bred; that's where I frolicked on the snowy wastes."

"Listen!" said the robber girl to Gerda. "You see that all our menfolk are away, but Mama's still here, and she's staying. But a little later in the morning she'll have a drink from the big bottle, and afterwards she'll take a little nap upstairs. Then I'm going to do something for you." Now she jumped out of the bed, flung herself on her mother's neck, yanked her moustache, and said, "My own sweet nanny goat, good morning!" And her mother tweaked her nose so it turned both red and blue, but it was all out of pure affection.

Now, when the mother had taken a drink from her bottle

---

no matter:상관없이 bred:자라난 frolick:떠들며 놀다 menfolk:남자들 fling:껴안다. nanny goat:암염소 tweak:꼬집다 out of pure affection:순수한 애정에서 흘러나온

"아직도 너는 거짓말을 하려고 하는구나!" 도둑 소녀는 말했다. "그렇지 않으면 너는 칼을 네 배에 꽂게 될 거야!"

아침이 되자 기르다는 그녀에게 숲 비둘기가 한 말을 모두 이야기해 주었고, 도둑 소녀는 매우 엄숙해 보였지만, 고개를 끄덕이고 말했다. "문제없어! 문제없어! 너는 랩랜드가 어디 있는지 아니?" 그녀는 순록에게 물었다.

"누가 그것을 나보다 더 잘 알 것인가?"라고 말하면서 눈을 이리저리 굴렸다. "그곳은 내가 태어나고 자란 곳이지. 그곳은 내가 눈 천지에서 떠들며 놀던 곳이지."

"들어봐!" 도둑 소녀는 기르다에게 말했다. "너도 우리편 남자들이 가 버린 것을 알지. 하지만 엄마는 여전히 머무르고 있어. 조금 후 아침이면 그녀는 커다란 병의 술을 마실 거야. 그 후 그녀는 위층에서 잠시 잠을 자게 될 거고. 그 때 내가 너를 위해 뭔가를 해 줄 거야." 이제 그녀는 침대에서 뛰어나와 그녀 어머니의 목을 껴안고, 콧수염을 잡아당기며 말했다. "나의 사랑스러운 암염소야 안녕!" 그리고 그녀의 어머니는 그녀의 코를 꼬집었고 코는 붉으락푸르락 해졌지만, 이 모든 것은 순수한 애정에서 비롯된 것이었다.

그녀의 어머니가 병에 있는 술을 마시고 잠시 잠이 들었을 때, 도둑 소녀는 순록에게로 가서 말했다. "나는 날카로운 칼로 너를 좀 더 계속 간질이고 싶어. 너는 그것을 매우 좋아하는 것 같단 말이야. 하지만 걱정마. 나는 너를 풀어 주고 밖으로

and was having a little nap, the robber girl went over to the reindeer and said, "I'd so like to keep on tickling you a lot more with that sharp knife, for then you're so funny. But no matter. I'm going to untie your knot and help you outside so you can run to Lappland. But you're to take to your heels and carry this little girl for me to the Snow Queen's castle, where her little playmate is. I daresay you've heard what she said, for she talked loud enough and you eavesdrop."

The reindeer jumped high for joy. The robber girl lifted little Gerda up and was prudent enough to tie her fast yes, even give her a little pillow to sit on. "No matter," she said. "There are your fleecy boots, for it's going to be cold. But I'm keeping the muff, it's much too lovely! Still, you won't freeze. Here are my mother's big mittens; they reach up to your elbows. Put them on! Now your hands look just like my nasty mother's!"

And Gerda wept for joy.

"I can't stand your sniveling!-said the little robber girl. "Now you should looked pleased! And here are two loaves and a ham for you so you can't starves." Both were tied to the reindeer's back. The little robber girl opened the door, called in all the big hounds, and then cut through

---

Lappland:라플란드(유럽 최북부지역) take to one's heels:부리나케 달아나다 playmate:소꿉친구 eavesdrop:엿듣다 prudent:신중한 fleecy:양털로 만든 pillow:깔개 mitten:벙어리 장갑 elbow:팔꿈치 nasty:추한 snivel:훌쩍훌쩍 울다 starve:굶어 죽다 hound:사냥개, 개

나가는 걸 도와 네가 랩랜드로 갈 수 있게 해주겠어. 하지만 너는 부리나케 달려가서 이 작은 소녀를 그녀의 소꿉친구가 있는 눈의 여왕의 성까지 데려다 줘야 해. 나는 네가 그녀의 말을 모두 들었다고 확신해. 왜냐하면 그녀는 매우 크게 말했고 너는 그것을 엿들었기 때문이야."

순록은 기뻐서 펄쩍 뛰었다. 도둑 소녀는 기르다를 태워 신중하고도 재빠르게 그녀를 묶고, 심지어는 그 위에 앉을 수 있는 작은 깔개까지도 주었다. "걱정마." 그녀는 말했다. "여기 네 양털 장화가 있어. 곧 추워질 것이거든. 하지만 나는 토시는 계속 가지고 있을 거야. 그건 정말 예쁘거든! 그래도 너는 얼지 않을 거야. 여기 우리 엄마의 커다란 벙어리장갑이 있어. 이건 네 팔꿈치까지 올라오거든. 이걸 껴! 이제 네 손은 마치 추한 우리 엄마 손 같아 보이는군!"

그러자 기르다는 기쁨에 넘쳐 울었다.

"난 네가 우는 걸 참을 수 없어!" 작은 도둑 소녀는 말했다. "좀 기뻐하는 표정을 지어봐! 그리고 여기 네가 굶주리지 않도록 빵 두 덩어리와 햄 한 덩어리가 있어." 그 두 가지를 순록의 등에 매었다. 작은 도둑 소녀는 문을 열고, 커다란 사냥개들을 불러들인 후, 자신의 칼로 줄을 끊고 순록에게 말했다. "이제 가! 작은 소녀를 잘 보살펴야 해!"

그리고 기르다가 커다란 벙어리 장갑을 낀 자신의 두 손을 뻗어 도둑 소녀에게 안녕이라고 인사하자 순록은 빠르게 달리

the rope with her knife and said to the reindeer, "Now run! But take good care of the little girl!"

And Gerda stretched out her hands in the big mittens to the robber girl and said farewell, and then the reindeer flew away, over bushes and stubble, through the great forest, over marsh and steppes, as fast as it could. The wolves howled and the ravens screeched. "Sputter! Sputter!" came from the sky. It was just as if it sneezed red.

"They're my old Northern Lights!" said the reindeer. "See how they shine!" And then it ran on even faster, night and day. The loaves were eaten, the ham too, and then they were in Lappland.

SIXTH TALE:

They came to a standstill by a little house; it was so wretched. The roof went down to the ground, and the door was so low that the family had to crawl on their stomachs when they wanted to go out orin. There was nobody home except an old Lapp wife, who stood frying fish over a train-oil lamp. And the reindeer told her Gerda's whole story, but first its own, for it thought that was more important, and Gerda was so chilled that she couldn't speak.

---

mitten:벙어리 장갑 bush:수풀 stubble:그루터기 marsh:습지 howled:늑대가 울다 raven screech:갈가마귀가 울다 sputter:까악 sneeze:재채기 Northern Lights:북극광, 오로라 standstill:정지 wretch:낡다 chill한기를 느끼다 craw on one' s stomach:엎드려 Lapp:래플랜드 사람

기 시작했다. 순록은 수풀과 그루터기를 넘고, 커다란 숲을 거쳐 습지와 초원을 지나 전속력으로 달려갔다. 늑대들이 울었고 갈가마귀가 까악까악거렸다. “크르렁! 크르렁!” 하늘에서 소리가 났다. 그건 마치 하늘이 얼굴이 빨개지도록 재채기해대는 소리 같았다.

“저것들은 나의 오랜 친구 오로라야!” 순록은 말했다. “저것들이 얼마나 빛나는지 봐!” 그리고 그렇게 말한 다음 그는 밤낮으로 더욱 빨리 달렸다. 빵과 햄을 다 먹었고, 그들은 랩랜드에 도착했다.

여섯 번째 이야기

그들은 매우 낡은 작은 집에 멈추어 섰다. 지붕은 땅에 끌렸으며, 문은 매우 낮았기 때문에 들어오거나 나가려면 엎드려서 기어야 했다. 그 집에는 늙은 래플랜드 여자밖에 없었는데 그녀는 고래 기름 등불 아래에서 물고기를 튀기고 있었다. 그리고 순록은 자신의 이야기보다 기르다의 이야기가 더 중요하다고 생각했기 때문에 그녀에게 기르다의 모든 이야기를 했다. 기르다는 매우 한기를 느껴서 아무말도 할 수 없었다.

“아, 가엾은 것!” 래플랜드 여자는 말했다. “너는 아직 가야 할 길이 많이 남았단다! 핀마르크까지는 아직도 수백 마일을 더 가야 해. 그 곳에는 눈의 여왕이 살고 있고 매일 저녁 푸른색 불꽃이 타오른단다. 나에게는 종이가 없기 때문에 몇 마디

습지: 습기가 많은 땅, 축축한 땅

"Alas, you poor wretches!" said the Lapp wife. "You've still got a longway to run! You have to go hundreds of miles into Finnmark, for that's where the Snow Queen stays in the country and burns blue lights every single evening. I'll write a few words on a piece of driedcod-I don't have paper. I'll give it to you to take to the Finn wife upthere; she can give you better directions than I can!"

And now, when Gerda had warmed up and had something to eat and drink, the Lapp wife wrote a few words on a piece of dried cod, told Gerda to take good care of it, and tied her onto the reindeer again, and away it sprang. "Sputter! Sputter!" it said up in the sky. All night the loveliest blue Northern Lights were burning and then they came to Finnmark and knocked on the Finn wife's chimney' for she didn't even have a door.

It was so hot in there that the Finn wife herself went about almost completely naked. She was small and quite swarthy She loosened little Gerda's clothing at once, took off the mittens and the boots (or else she would have been too hot), put a piece of ice on the reindeer's head, and then read what was written on the dried cod. she read it three times, and then she knew it by heart and put the fish

---

wrtch:가엾은 사람, 녀석 Finn:핀 사람(핀란드 및 북서러시아 부근의 민족)
cod:대구 direction:자세히 nake:벗다 Northern Light:북극의 빛 chimney:굴뚝
swarthy:가무잡잡한 know by heart:외우다

의 글자를 북어에 적어 줄게. 저 위의 핀족 여자에게 가져가 봐. 그녀는 나보다 더 자세하게 방향을 알려 줄 수 있을 거야!"

그러고나서 기르다가 언 몸을 녹이고 음식을 좀 먹고 마시자, 래플랜드 여자는 북어에다 몇 마디 글을 써서 기르다에게 그것을 잘 간수하라고 말하고는 그녀를 다시 순록에 묶어 주었다. 그들은 떠났다. "크르렁! 크르렁!" 하늘에서 울려퍼졌다. 밤새도록 사랑스러운 푸른 오로라가 올랐으며 그들은 결국 핀마르크에 도착했고 문이 없었기 때문에 핀족 여자의 집의 굴뚝을 노크했다.

그곳은 매우 더워서 핀족 여자는 거의 완전히 벗고 있었다. 그녀는 작고 까무잡잡했다. 그녀는 순식간에 기르다의 옷을 느슨하게 풀어 주고 벙어리 장갑과 장화를 벗겼다. (그렇지 않았다면 기르다는 너무 더웠을 것이다) 얼음 한 조각을 순록의 머리 위에 올려 놓고, 북어에 쓰여 있는 것을 읽었다. 그녀는 그것을 세 번 읽어서 외었다. 그리고 그 북어는 먹을만 했기에 음식을 담는 커다란 솥에 집어 넣었다. 핀족 여자는 어느것 하나 낭비하는 법이 없었다.

이제 순록은 먼저 자신의 이야기를 한 후 그 다음 기르다의 이야기를 해 줬다. 그 핀족 여자는 자신의 총명한 눈을 찡긋했지만, 아무말도 하지 않았다.

북어:말린 명태

in the food caldron for it could be eaten and she never wasted anything.

Now the reindeer told first its own story and then little Gerda's. And the Finn wife blinked her wise eyes, but didn't say a thing.

"You're so wise," said the reindeer. "I know that you can bind all the Winds of the World with a sewing thread. When the skipper Sunties one knot, he gets a good wind; when he unties the second, a keen wind blows; and when he unties the third and fourth, there's such a storm that the forest falls down. Won't you give the little girl a draft so she can gain the strength of twelve men and overpower the Snow Queen?"

"The strength of twelve men!" said the Finn wife. "Indeed, that'll go a long way!" And then she went over to a shelf and took a big, rolled-up hide, and this she unrolled. Curious letters were written on it, and the Finn wife read it until the water poured down her forehead.

But again the reindeer begged so much for little Gerda, and Gerda looked with such beseeching tearful eyes at the Finn wife, that the latter started to blink her eyes again and drew the reindeer over in a corner, where she whispered to it while she put fresh ice on its head.

---

caldron:큰솥 blink:눈을 찡긋하다 skipper:선장 knot:매듭 a draft:한 모금
forehead:이마 beseeching:간절히 애원하는

"당신은 아주 현명해요." 순록은 말했다. "나는 당신이 바느질 실로 세상의 모든 바람을 묶을 수 있다는 것을 알아요. 선장이 하나의 매듭을 풀 때, 그는 좋은 바람을 얻지요. 그가 두 번째 매듭을 풀 때, 강렬한 바람이 불지요. 그리고 그가 세 번째와 네 번째의 매듭을 풀면, 아주 강한 폭풍이 불어서 숲이 쓰러지지요. 그 작은 소녀에게 한 모금을 줘서 그녀가 열두 사람의 힘을 가지게 되어 눈의 여왕의 힘을 능가할 수 있게 해주지 않겠어요?"

"열두 사람의 힘!" 핀족 여자는 말했다. "게다가 그것은 먼 길이 될 거야!" 그리고 그녀는 선반으로 가서 말아서 감춰진 커다란 것을 다시 풀었다. 신기한 글자들이 그 위에 쓰여 있었고, 핀족 여자는 땀이 이마위로 흘러내릴 때까지 그것을 읽었다.

다시 순록은 작은 기르다를 위하여 간절히 애원했고, 기르다는 눈물이 글썽거리는 애원하는 눈빛으로 핀족 여자를 쳐다보았다. 핀족 여자는 눈을 다시 깜빡거렸고 순록을 모퉁이로 데려갔다. 그녀는 순록의 머리에 새 얼음을 올려주면서 순록에게 속삭였다.

"케이는 눈의 여왕과 함께 있는 게 틀림없어. 그리고 거기서 그는 자신이 좋아하는 모든 것을 발견했고, 그곳이 세상에서 가장 좋은 곳이라고 믿고 있을 거야. 하지만 그 모든 것은 그

"Little Kay is with the Snow Queen, to be sure, and finds everything there quite to his liking and believes it's the best place in the world. But that's because he's got a fragment of glass in his heart and a tiny grain of glass in his eye. They have to come out first, or else he'll never become a man and the Snow Queen will keep him in her power."

"But can't you give little Gerda something to take so she can gain power over it all?"

"I can't give her greater power than she already has. Don't you see how great it is? Don't you see how mortals and animals have to serve her, how, in her bare feet, she has come so far in the world? She mustn't be made aware of her power by us. It's in her heart, it's in the fact that she is a sweet, innocent child. If she herself can't come in to the Snow Queen and get the glass out of little Kay, then we can't help! About ten miles from here the garden of the Snow Queen begins. You can carry the little girl there and put her down by the big bush with red berries that's standing in the snow. Don't linger to gossip, but hurry back here!" And then the Finn wife lifted little Gerda up onto the reindeer, which ran with all its might.

"Oh, I didn't get my boots! I didn't get my mittens!"

---

fragment:조각 a grain of:낟알만큼 작은 mortal:인간 serve:모시다 make aware:알게 하다 linger:꾸물거리며 지체하다 gossip: 잡담하다 with all one's might:있는 힘을 다해

의 심장에 거울 조각이 박히고 작은 거울 조각이 눈에 들어갔기 때문이야. 그것들을 먼저 배내야 한다. 그렇지 않으면 그는 선량한 사람으로 돌아오지 못하고 눈의 여왕은 자신의 힘으로 그를 잡아 두려 할 거야."

"당신은 기르다가 여왕을 이길 수 있게 그녀에게 뭔가를 줄 수 없나요?"

"나는 기르다가 이미 가지고 있는 것 이상의 힘을 줄 수 없단다. 너는 그녀의 힘이 얼마나 강한지 보지 않았니? 너는 인간과 동물들이 그녀를 돌보는 것을 보지 못했니? 그리고 그녀는 맨발로 여기까지 오지 않았니? 그녀는 우리에 의해서 그녀의 힘을 깨닫게 되어서는 안된다. 그 힘은 그녀의 마음에 있어 그녀가 사랑스럽고 순수한 아이라는 사실 때문인 거야. 만약 그녀 자신이 눈의 여왕에게로 가서 케이에게 있는 유리를 빼내지 못하면, 우리는 도와줄 수 없어! 눈의 여왕의 정원은 여기서 10마일 정도 떨어져 있지. 너는 그 소녀를 그곳까지 데려다 주고, 눈 속에서 붉은 딸기가 열려 있는 커다란 덤불 옆에 그녀를 내려 주어라. 꾸물거리지 말고 즉시 되돌아와!" 그리고 나서 핀족 여자는 기르다를 순록의 등에 올려 주었고 순록은 전력을 다해 달려갔다.

"아, 나는 장화를 빼놓고 왔어! 벙어리 장갑도 빼놓았어!" 기르다는 소리쳤다. 그녀는 살을 에는 듯이 추웠지만 순록은 멈

cried little Gerda. She could feel that in the stinging cold, but the reindeer dared not stop. It ran until it came to the big bush with the red berries. There it put little Gerda down and kissed her on the mouth, and big shining tears ran down the animal's cheeks, and then it ran back again with all its might. There stood poor Gerda, without shoes, without gloves, in the middle of the dreadful, ice-cold Finnmark.

She ran forward as fast as she could; then along came a whole regiment of snowflakes. But they didn't fall down from the sky, for it was quite clear and shone with the Northern Lights. The snowflakes ran along the ground, and indeed, the nearer they came, the bigger they grew. Gerda probably remembered how big and queer they had looked that time she had seen the snowflakes through the burning glass. But here, of course, they were much bigger and more horrible they were alive. They were the Snow Queen's advance guard. They had the strangest shapes. Some looked like huge loathsome porcupines, others like whole knots of snakes that stuck forth their heads, and others like little fat bears with bristly hair all shining white, all living snowflakes.

Then little Gerda said the Lord's Prayer, and the cold

---

berry:딸기 regiment:무리 grew:무거운 queer:기묘한 advance guard:전위 porcupine:호저(포유류 동물) bristly:뻣뻣한 털이 많은 털이 곤두선 Lord's Prayer:주기도문

추려 하지 않았다. 순록은 붉은 딸기가 열린 커다란 덤불이 이루고 있는 곳까지 달렸다. 거기서 기르다를 내려 주고 그녀의 입에 키스를 했다. 순록의 양 볼에는 커다란 눈물이 빛을 내며 흘려내렸다. 그러고는 있는 힘을 다해 되돌아갔다. 무시무시하고 얼음으로 차가운 핀마르크 한 가운데에 신발도 없고 장갑도 없이 불쌍한 기르다는 서 있었다.

그녀는 있는 힘을 다해 앞쪽으로 달려갔다. 그때 많은 눈송이가 내렸다. 하지만 그것들은 하늘에서 내리는 동안 오로라로 매우 밝게 빛났다. 눈이 가까이 올수록 점점 커졌다. 기르다는 아마 그녀가 뜨거운 유리를 통해서 눈송이를 보았을 때 그것이 얼마나 크고 기묘했는지를 기억하고 있을 것이다. 하지만 여기서는, 물론 그것은 훨씬 더 크고 더욱 무서웠다. 그것들은 살아 있었다. 그것들은 눈의 여왕의 전위병이었다. 그것들은 매우 기묘한 모양을 하고 있었다. 어떤 것들은 커다랗고 보기 싫은 호저의 모습을 하고 있었고, 다른 것들은 고개를 꼿꼿이 세우고 있는 한 무더기의 뱀 같았다. 나머지들은 털이 곤두선 커다란 곰 같았는데 모든 것은 흰색으로 빛나고 있었고 살아 있는 눈송이이었다.

그러자 기르다는 주기도문을 외었고, 추위가 워낙 지독했기 때문에 그녀는 자신의 입김을 볼 수 있었다. 그것은 마치 연기처럼 그녀의 입에서 쏟아져 나왔다. 그녀의 입김은 점점 짙어

호저: 남유럽, 북아메리카의 초원에 사는 동물

was so intense that she could see her own breath; it poured out of her mouth like smoke. Her breath grew denser and denser until it took the shape of little bright angels that grew bigger and bigger when they touched the ground. And they all had helmets on their heads and spears and shields in their hands. More and more of them appeared, and when Gerda had finished her prayers there was a whole legions of them. And they hacked at the horrible snowflakes with their spears until they flew into hundreds of pieces, and little Gerda walked on quite safely and fearlessly. The angels patted her feet and hands, and then she didn't feel the cold so much, and walked quickly on toward the Snow Queen's castle.

But now we should first see how Kay is getting along. To be sure, he wasn't thinking of little Gerda, and least of all that she was standing outside the castle.

SEVENTH TALE

The castle walls were of the driven snow, and the windows and doors of the biting winds. There were more than a hundred halls, according to the way the snow drifted; the biggest stretched for many miles, all lit up by the intense Northern Lights; and they were so big, so bare, so

---

intense:강렬한 spear:창 shield:방패 legion:군단 hack:난도질하다 driven:바람에 날린 biting:살을 에는 듯한 according to:~을 따라

져서 빛나는 작은 천사 모양이 되었고 땅에 닿을 때까지 천사의 모습이 점점 커졌다. 그들은 모두 머리에 철모를 쓰고 있었고 손에 창과 방패를 들고 있었다. 그들은 점점 많이 나타났다. 기르다가 기도를 끝냈을 때에는 그들은 한 군단 전체를 이루고 있었다. 그들은 무시무시한 눈송이를 창으로 수백 개의 조각으로 난도질했다. 기르다는 안전하게 두려움 없이 계속 걸어갈 수 있었다. 천사들은 그녀의 발과 손을 쓰다듬었다. 그래서 그녀는 그다지 추위를 느끼지 않게 되었고 눈의 여왕의 궁전을 향해 빨리 걸어갔다.

하지만 이제 우리는 우선 케이가 어떻게 지내고 있는지 알아보아야 한다. 확실히, 그는 기르다에 대한 생각을 하고 있지 않았다. 그녀가 성 밖에 서 있다는 생각은 꿈에도 하지 못했다.

일곱 번째 이야기

성벽은 날린 눈으로 만들어져 있었고, 창문과 문들은 살을 에는 듯한 바람으로 만들어져 있었다. 그곳은 눈이 쌓인 방법에 따라서 백 개도 넘는 홀이 있었다. 가장 큰 것은 수 마일에 걸쳐 있었다. 모두 강렬한 오로라에 의해 비춰지고 있었다. 홀은 모두 크고 황량하고 얼음처럼 차갑고 번쩍번쩍했다. 폭풍이 불어닥치고 북극곰들이 자신의 뒷다리로 걸으며 잘난 체하는 그곳에서는 어떤 즐거운 일도 없었고, 심지어는 곰을 위한 작

난도질:칼로 마구 베는 짓

icy cold, and so sparkling. Never was there any merriment here, not even so much as a little ball for the bears, where the storm could blow up and the polar bears could walk on their hind legs and put on fancy airs. Never a little game party, ; never the least little bit of gossiping over coffee by the white lady-foxes; empty, big, and cold it was in the halls of the Snow Queen. The Northern Lights flared up so punctually that you could figure out by counting when they were at their highest and when they were at their lowest. In the middle of that bare, unending snow hall there was a frozen sea. It had cracked into a thousand fragments, but each fragment was so exactly like the next that it was quite a work of art. And in the middle of it sat the Snow Queen when she was at home and then she said that she was sitting on the Mirror of Reason and that it was the best and the only one in this world.

Little Kay was quite blue with cold, yes-, almost black; but still he didn't notice it, for after all she had kissed the shivers out of him, and his heart was practically a lump of ice. He went about dragging some sharp, flat fragments of ice, which he arranged in every possible way, for he wanted to get something out of it just as the rest of us have small pieces of wood and arrange these in patterns, and

---

figure out:이해하다 a work of art:예술 작품 shiver:파편 practically:실제로 arrange:맞추다 tag:꼬리표, 술래잡기

은 공조차 없었다. 아주 작은 게임 파티도 없었고, 흰 여우들이 커피를 마시며 떠는 수다도 없었다. 눈의 여왕의 그 홀은 텅 비었고 크고 차가웠다. 오로라는 너무나 주기적으로 타올라서 사람들은 언제 그것들이 가장 높고 언제 가장 낮은지 알 수 있었다. 황량하고 끝없이 넓은 눈으로 된 홀의 중간에 얼어붙은 바다가 하나 있었다. 그 바다는 수천 개의 조각으로 깨어져 있었는데 조각 모양이 모두 정확히 같아서 마치 예술 작품 같았다. 그리고 그 중앙은 눈의 여왕이 집에 있을 때 앉는 곳이다. 그녀는 이 '지혜의 거울' 위에 앉아서 이 거울이 최고이며 세상에 하나밖에 없는 것이라고 말한다.

케이는 추위로 새파랗게 질려 있었는데, 거의 검은 빛이었다. 결국 그녀가 떠는 그의 몸에 입을 맞추었지만 그는 알아차리지 못했다. 그의 심장은 실제로 얼음 덩어리 같았다. 그는 가능한 모든 방법으로 정렬해 놓은 날카롭고 평평한 얼음 조각들 위로 갔는데, 그는 얼음 조각을 조금 얻기를 원했다. 마치 우리들이 조그마한 나무 조각을 가지고 있고, 이런 것들을 어떤 규칙에 따라 배열하는 것, 즉 '중국 퍼즐'이라고 불리는 것과 유사한 것이었다. 케이는 역시 모양을 만들었고, 그것은 매우 신기했다. 그것은 '지혜의 얼음 퍼즐'이었다. 눈 안에 들어있는 거울 조각 때문에 그에게는 그 퍼즐이 매우 대단하고 가장 중요하게 비춰졌다. 그는 모든 조각을 배열하여 '글자'를 만들기는 했지

this is called the "Chinese Puzzle." Kay also made patterns, a most curious one; this was the "Ice Puzzle of Reason." To his eyes the pattern was quite excellent and of the utmost importance. This was due to the grain of glass that was sitting in his eye! He arranged whole figures that made up a written word, but he could never figure out how to arrange the very word he wanted: the word "eternity." And the Snow Queen had said, "If you can arrange that pattern for me, then you shall be your own master, and I shall make you a present of the whole world and a pair of new skates." But he wasn't able to.

"Now I'm rushing off to the warm countries!" said the Snow Queen. "I want to have a look down in the black caldrons!" Those were the volcanoes Etna and Vesuvius, as they are called. "I'm going to whiten them a bit; that's customary; it does good above lemons and wine grapes!" And then the Snow Queen flew off, and Kay sat quite alone in-the big bare hall of ice many miles long, and looked at the pieces of ice, and thought and thought until he creaked. He sat quite stiff and still you'd have thought he was frozen to death.

It was then that little Gerda came into the castle through the huge doors of the biting winds; but she said an

---

utmost:가장 eternity:영원 rush off:떠나다. caldron:검은 냄비 volcanoes:화산
customary:관습적인 stiff:꼼짝 않다.

만 그가 원하는 단어를 어떻게 배열해야 하는지 몰랐다. 그 단어는 '영원'이었다. 눈의 여왕은 말했었다. "만약 네가 나를 위해 그 모양으로 배열할 수 있다면, 너는 너 자신의 주인이 될 것이며, 나는 너에게 전 세계를 선물로 줄 것이며, 새 스케이트를 만들어 줄 것이다." 하지만 그는 단어를 맞게 배열할 수 없었다.

"이제 나는 따뜻한 나라로 떠날 것이다!" 눈의 여왕은 말했다. "나는 검은 큰 냄비를 내려다보기를 원하노라!" 냄비들이란 이트나와 베수비우스라고 부르는 화산이었다. "나는 그것들을 좀 희게 해 주겠다. 이것은 관습적인 거지. 그것은 레몬이나 포도주의 포도보다 더 좋지!" 그렇게 말하고 나서 눈의 여왕은 날아갔다. 케이는 수 마일에 걸쳐 있는 얼음으로 된 커다랗고 황량한 홀에 혼자 앉아서 퍼즐 얼음 조각 쳐다보고 있었고 목이 삐거덕거릴 때까지 생각하고 또 생각했다. 그는 꼼짝도 않고 앉아 있어서 당신은 아마 그가 얼어 죽은 것 같다고 생각할 것이다.

그때 기르다가 살을 에는 듯한 바람으로 된 거대한 문을 통해서 궁전에 들어왔다. 하지만 그녀가 저녁 기도를 하자 바람은 마치 잠들 듯이 잠잠해졌다. 기르다는 커다랗고 황량하고 차가운 홀을 걸어 들어갔다. 그때 그녀는 케이를 보았다. 그녀는 그를 알아보았고 팔을 그의 목에 둘러 그를 꽉 껴안고 소리

evening prayer, and then the winds abated as if they were going to sleep, and she stepped into the big bare cold hall. Then she saw Kay. She recognized him, flung her arms around his neck, held him so tight, and cried, "Kay! Sweet little Kay! So I've found you, then!"

But he sat quite still, stiff, and cold. Then little Gerda cried hot tears. They fell on his chest, they soaked into his heart, they thawed out the lump of ice, and ate away the little fragment of mirror that was in there. He looked at her and she sang the hymn:

"Roses growing in the dale
Where the Holy Child we hail."

Then Kay burst into tears. He cried until the grain of the mirror rolled out of his eye. He knew her and shouted jubilantly, "Gerda! Sweet little Gerda! Where have you been all this time? And where have I been?" And he looked about him. "How cold it is here! How empty and big! And he clung to Gerda, and she laughed and cried for joy. It was so wonderful that even the fragments of ice danced for joy on all sides. And when they were tired and lay down, they arranged themselves in the very letters the

---

abate:약해지다 recognize:깨닫다, 알다 thaw:녹다 hymn:찬송가 dale:골짜기 burst into tears:울음을 터뜨리다 jubilant:기뻐하는 fragment:조각

쳤다. "케이! 사랑스러운 케이! 드디어 너를 찾았어!"

하지만 그는 꼼짝 않고 차갑게 굳은 채 앉아 있었다. 기르다는 뜨거운 눈물을 흘리며 울었다. 그 눈물은 그의 가슴에 떨어져 그의 심장을 적셨으며, 얼음 덩어리를 녹여 거기에 있던 거울 조각을 없애 버렸다. 그는 그녀를 쳐다보았고 그녀는 노래를 불렀다.

"장미들은 우리가 찬양하는
성스러운 아이가 있는 골짜기에서 자라네."

그러자 케이는 울음을 터뜨렸다. 그는 거울 조각이 자신의 눈에서 빠져나갈 때까지 울었다. 그는 그녀를 알아보고는 기쁨에 넘쳐 외쳤다. "기르다, 사랑스러운 기르다! 너는 그 동안 어디에 있었던 거야? 그리고 나는 어디에 있었던 거지? 그리고 그는 자신의 주위를 둘러보았다. "여기는 너무 추워! 텅 비었고 너무 크군!" 그리고 그는 기르다를 꼭 잡았다. 그녀는 기쁨에 넘쳐 울다가 웃다가 했다. 얼음 조각조차 사방에서 기쁨에 넘쳐 춤을 추고 있는 것은 매우 놀라운 일이었다. 그리고 그들이 지쳐서 주저앉았을 때, 그들은 스스로 정렬을 해서 눈의 여왕이 시킨 바로 그 문자들을 만들었다. 그 문자란 눈의 여왕이 그를 보고 찾으라고 했고 찾게 되면 눈의 여왕은 그에게 전 세

Snow Queen had said he was to find, and then he would be his own master and she would give him the whole world and a pair of new skates.

And Gerda kissed his cheeks and they blossomed; she kissed his eyes and they shone like hers; she kissed his hands and feet and he was well and strong. The Snow Queen was welcome to come home if she liked. His release stood written there in shining pieces of ice.

And they took each other by the hand and wandered out of the big castle; they talked about Grandmother and about the roses up on the roof. And wherever they walked, the winds abated and the sun broke through. And when they came to the bush with the red berries, the reindeer was standing there waiting. It had with it another reindeer, whose udder was full, and it gave the little ones its warm milk and kissed them on the mouth. Then they carried Kay and Gerda, first to the Finn wife, where they warmed themselves in the hot room, and were told about the journey home, and then to the Lapp wife, who had sewed new clothes for them and put her sleigh in order.

And the reindeer and the young reindeer sprang alongside and accompanied them all the way to the border of the country, where the first green sprouts were peeping

---

cheek:볼 blossome:활짝피다 release:석방되다, 해방되다 break through:헤치고 나가다 udder:젖통 accompany:따라가다 sprout:싹

계와 새 스케이트를 한 켤레 줄 것이라고 말했던 것이다.

그리고 기르다는 그의 뺨에 입을 맞추었고 그의 뺨은 활짝 피었다. 그녀가 그의 눈에 입을 맞추자 그의 눈은 그녀의 눈처럼 반짝였다. 그녀가 그의 손과 발에 입을 맞추자 그는 건강해지고 강해졌다. 그가 자유의 몸이 되었다는 사실을 그곳의 빛나는 얼음 조각에 써 놓았다.

그리고 그들은 서로 손을 잡고 커다란 성의 여기저기를 돌아다녔다. 그들은 할머니에 대한 이야기와 지붕에 핀 장미에 대한 이야기를 했다. 그리고 그들이 걷는 곳은 어디나 바람은 줄어들고 태양이 그 틈을 헤치고 들어왔다. 그리고 그들이 붉은 딸기를 가지고 덤불로 돌아왔을 때, 순록이 그들을 기다리고 있었다. 그것은 다른 순록과 함께 있었는데 젖이 가득찬 순록이었다. 암 순록은 그들에게 따뜻한 우유를 주며 입을 맞추었다. 그리고 나서 그 순록들은 케이와 기르다를, 첫 번째로 핀족 여자에게 데려다 주었다. 거기서 그들은 따뜻한 방에서 몸을 녹였고, 집으로 가는 여행 이야기를 했다. 그리고 다음으로는 래플랜드 여자에게 데려다 주었는데, 그녀는 이제 그들을 위한 새로운 옷을 만들고 있었고, 자신의 썰매를 주었다.

순록과 어린 순록은 그들 곁을 뛰어다녔고, 푸른 새싹이 돋아나는 국경 지방까지 그들과 함께 내내 동행했다. 거기서 그들은 순록과 래플랜드 여자와 헤어졌다.

---

forth. There they took leave of the reindeer and the Lapp wife.

"Farewell!" they all said.

And the first little birds began to twitter; the forest had green buds; and out of it, riding on a magnificent horse, which Gerda recognized (it had been hitched to the golden coach), came a young girl with a blazing red cap on her head and pistols in front. It was the little robber girl, who had become bored with staying at home and now wanted to go North first and later in another direction if she weren't content.

She recognized Gerda at once, and Gerda recognized her! They were delighted.

"You're a funny one to go traipsing about!" she said to little Kay. "I'd really like to know whether you deserve someone running to the ends of the earth for your sake!"

But Gerda patted her on the cheek and asked about the prince and princess.

"They've gone away to foreign lands," said the robber girl.

"But the crow?" asked little Gerda.

"Well, the crow is dead!" she replied. "The tame sweetheart has become a widow and goes about with a bit of

---

peep forth:돋아나다 farewell:안녕히(작별인사) twitter:지저귀다 bud:봉오리 magnificent:멋진hitch:잡아매다 blaze:타오르는 pistol:권총 traise:배회하다. for one's sake:~을 위하여 widow:과부

"안녕히!" 그들은 모두 소리쳤다.

그리고 첫 번째 작은 새가 지저귀었다. 숲은 푸른 봉오리를 맺었고, 기르다가 알아본 멋진 말(그것은 황금 마차에 매여 있던 말이다)을 탄 어린 소녀가 머리에 타오르는 붉은 색 모자를 쓰고 권총을 앞세우고 왔다. 그녀는 작은 도둑 소녀였다. 그녀는 집에서 지내는 것에 싫증이 나서 이제는 우선 북쪽으로 가고, 만약 거기서 만족하지 못하면 나중에 다른 방향으로 가려고 마음 먹었던 것이다.

그녀는 기르다를 한눈에 알아보았고, 기르다도 그녀를 알아보았다! 그들은 기뻐했다.

"네가 바로 여기저기 돌아다녔던 그 웃기는 애구나!" 그녀는 케이에게 말했다. "나는 네가 정말 너를 위하여 누군가가 지구의 끝까지 달려갈 만한 가치가 있는지 알고 싶어!"

하지만 기르다는 그녀의 볼을 쓰다듬고 왕자와 공주에 대해 물어 보았다.

"그들은 외국으로 떠나 버렸어." 도둑 소녀는 말했다.

"그러면 까마귀는?" 기르다는 물었다.

"음, 까마귀는 죽었어!" 그녀는 대답했다. "그 길들여진 애인 까마귀는 과부가 되었고, 다리에 양털실을 조금 감고 다녀. 그녀는 불쌍하게 한탄하지만 그건 부질없는 짓이지! 하지만 이제는 네가 그 동안 어떻게 지냈고 그를 어떻게 만나게 되었는지

부질없다: 공연한 짓으로 쓸데가 없다

woolen yarn around her leg. she complains pitifully, and it's all rubbish! But tell me now how you've fared and how you got hold of him!"

And Gerda and Kay both told her.

"And snip, snap, snee, go on a spree!" said the robber girl, and taking them both by the hand, she promised that if she ever came through their city, she would come and pay them a visit.

And then she rode out into the wide world. But Kay and Gerda walked hand in hand. It was a lovely spring, with flowers and greenery. The church bells rang, and they recognized the high towers, the big city. It was the one in which they lived, and they went into it and over to Grandmother's door, up the stairs into the room where everything stood in the same spot as before, and the clock said, "Ticktock!" and the hands went around. But as they went through the door they noticed that they had become grown people. The blooming roses from the gutter were coming in through the open window, and there stood the little baby chairs. And Kay and Gerda sat on their own chairs and held each other by the hand. They had forgotten the cold, empty splendors of the Snow Queen's castle like a bad dream. Grandma was sitting in God's clear sun-

---

yarn:실 pitifully:불쌍하게 rubbish:부질없는 일 snip:싹둑 자르다 Ticktock:똑딱똑딱 gutter:빗물받이 splendor:화려함

이야기해 줘!"

그리고 케이와 기르다는 모두 그녀에게 이야기했다.

"자르고 베고 물고 흥청거리자!" 도둑 소녀는 말했고, 그들의 손을 잡고는, 만약 그녀가 그들의 도시를 통과하게 된다면 그녀는 꼭 와서 그들을 방문하겠다고 약속했다.

그리고 나서 그녀는 넓은 세상으로 가버렸다. 하지만 케이와 기르다는 손을 잡고 나란히 걸었다. 꽃과 푸른 초목이 가득한 사랑스러운 봄이었다. 교회의 종이 울렸다. 그들은 높은 교회탑을 알아보았고, 커다란 도시를 알아보았다. 그것은 그들이 살던 곳이고 그들은 그 안으로 들어가 할머니 집의 문을 거쳐 계단을 올라가서 모든 것들이 예전과 마찬가지인 장소에 놓여 있는 방으로 들어갔다. 시계는 '똑딱똑딱' 소리를 냈고 바늘이 빙빙 돌았다. 하지만 그들이 문들 통해 들어갔을 때 그들은 자신들이 어른이 되었다는 것을 알았다. 빗물받이에서 자라던 장미들은 열린 창문을 통해서 들어왔고 그곳에는 작은 어린아이의 의자가 있었다. 케이와 기르다는 그들 자신의 의자에 앉아 손을 잡았다. 그들은 마치 나쁜 꿈과 같은 춥고 화려한 눈의 여왕의 성을 잊었다. 할머니는 신의 깨끗한 햇빛을 받으며 앉아 계셨고 성경의 다음 구절을 읽고 계셨다. "어린아이의 마음을 가지고 있지 않으면, 하늘 나라의 왕궁에 들어갈 수 없다."

그리고 케이와 기르다는 서로의 눈을 쳐다보았고 동시에 오

shine and reading aloud from the Bible: "Except ye become as little children, ye shall not enter into the Kingdom of Heaven."

And Kay and Gerda gazed into each other's eyes, and they understood at once the old hymn.

"Roses growing in the dale
Where the Holy Child we hail."

And they both sat, grown up and yet children children at heart. And it was summer the warm, glorious summer.

---

splendor: 화려함 ye=you gaze:쳐다 보다

래된 노래를 이해했다.

"장미들은 우리가 찬양하는
성스러운 아이가 있는 골짜기에서 자라네."

그리고 그들은 어른이되었지만 아이들의 마음을 가진 채로 앉아 있었다. 때는 여름, 따뜻하고 영광스러운 여름이었다.

▣ 지은이 한스 크리스티안 안데르센(Hans Christian Andersen) 약력

한스 크리스티안 안데르센 (Hans Christian Andersen, 1805 ~1875)은 1805년 4월 2일 덴마크의 오덴세에서 태어났다. 아버지는 초등교육을 받았으며 아들에게『천일야화』를 읽어주며 문학을 알려줬다. 어머니인 안네 마리 안데르스다터는 글을 읽지 못하는 세탁부였다. 그는 1816년 남편이 사망한 후 1818년에 재혼했다. 안데르센은 가난한 아이들을 위한 지역 학교에 보내졌고, 그곳에서 기초교육을 받았다. 직접 생계를 꾸려야 했기에 직조공의 견습생으로, 그 다음에는 재봉사의 견습생으로 일했다. 안데르센은 14세에 배우가 되고자 코펜하겐으로 이주했다. 좋은 소프라노 음색을 가져 덴마크 왕립극장에 들어갔으나, 곧 목소리가 변성기를 맞았다. 극장의 한 동료가 안데르센을 시인으로 여긴다고 말했고, 안데르센은 이 제안을 진지하게 받아들여 글쓰기에 집중하기 시작했다. 덴마크 왕립극장의 감독 요나스 콜린은 안데르센에게 큰 애정을 가지고 있었다. 그는 안데르센을 슬라겔세의 문법학교로 보냈고, 프레데리크 6세 국왕을 설득하여 안데르센의 교육비 일부를 지불하도록 했다. 당시 안데르센은 이미 그의 첫 번째 이야기인『팔나토케의 무덤에 있는 유령』(1822년)을 출판한 상태였다. 안데르센은 뛰어난 학생은 아니었지만 1827년까지 헬싱외르에서도 학교를 다녔다. 안데르센은 훗날 이 학교에서 보낸 시간이 인생에서 가장 어둡고 쓰라린 시기였다고 말했다. 한 학교에서 안데르센은 교장의 집에 거주하면서 "성격을 고친다"는 이유로 학대를 받기도 했다. 안데르센은 훗날 교직원들이 그의 글쓰기를 저지했다고 말했으며, 이로 인해 우울증에 빠졌다고 한다. 안데르센의 동화는 9권에 걸쳐 총 156편이 수록되어 있으며, 125개 이상의 언어로 번역되었다. 그의 가장 유명한 동화로는『즉흥시인』,『벌거숭이 임금님』,『빨간 구두』,『꿋꿋한 주석 병정』,『성냥팔이 소녀』,『미운 오리 새끼』,『인어공주』,『엄지공주』,『눈의 여왕』,『공주와 완두콩』,『돼지치기 왕자』,『야생의 백조』 등이 있다. 안데르센의 동화들은 발레, 연극, 애니메이션 및 실사 영화 등으로 많이 각색되어 왔다. 안데르센 문학은 안데르센이 가난한 구두 수선공의 아들이라는 것에 영향을 많이 받았다.『성냥팔이 소녀』는 가난하게 자라서 구걸까지 해야했던 안데르센의 어머니를 소재로 한 작품이다. 또한『눈의 여왕』은 어렸을 때 나폴레옹전쟁에 참전했다가 돌아온 아버지가, 서리가 내리던 밤에 신경쇠약으로 죽자, 고아가 되었고 이를 '눈의 여왕'이 데려가는 것으로 생각한 어린시절의 기억이 소재가 되었으며,『미운 오리 새끼』는 안데르센이 작가로 데뷔한 후에도, 그의 출신 때문에 홀대를 받은 상처가 문학으로 표현된 작품이다.

▣ 옮긴이 김종윤 약력

전라북도 남원에서 태어나 한국외국어대학교 법학과를 졸업하였다.
1993년『시와 비평』으로 등단하여 장편소설 〈어머니는 누구일까〉, 〈아버지는 누구일까〉, 〈날마다 이혼을 꿈꾸는 여자〉, 〈어머니의 일생〉 등이 있으며, 옴니버스식 창작동화 〈가족이란 누구일까요?〉가 있다.
그리고 〈어린이 문장강화(전13권)〉, 〈문장작법과 토론의 기술〉 등이 있다.

자신의 문해력에 맞춰서 읽는 Solution Book

성냥팔이 소녀 외 7편

초판 1쇄 인쇄일 : 2024년 12월 5일
초판 1쇄 발행일 : 2024년 12월 10일

지은이 : 한스 크리스티안 안데르센
옮긴이 : 김종윤
발행인 : 김종윤
발행처 : 주식회사 자유지성사
등록번호 : 제 2 - 1173호
등록일자 : 1991년 5월 18일

서울특별시 송파구 위례성대로 8길 58, 202호
전화 : 02) 333 - 9535 I 팩스 : 02) 6280 - 9535
E-mail : fibook@naver.com
ISBN : 978 - 89 - 7997- 394 - 5 (03850)
